차표 한 장

박석수 전집 ❸ 소설

차표 한 장

박석수 전집 ❸ 소설

도서출판 북인

발간사

과거와 미래가 만나는 풍경

2021년에 시작한 박석수전집 가운데 세 번째 작품집을 발간하게 되었다. 그의 시와 소설은 과거 쑥고개라는 이름의 송탄 지역 현대사를 예리한 시각으로 파헤친 역작들이다. 최근 몇 년 동안 박석수기념사업회는 박석수와 관련된 외형적 행사를 포기하고 작품집을 내는 데 총력을 기울여왔다. 역사란 눈으로 보기에 동일한 방식으로 되풀이되지는 않는다. 그러나 내재적 관점에서 보면 과거의 관성은 여전히 작동하고 있으며 문학은 그러한 문제들에 대하여 본능적으로 응전의 형식을 보여준다.

박석수의 작품들은 기지촌의 조악한 현실을 살아가는 당대 생생한 인물을 통하여 이 땅은 살 만한 곳인가를 묻고 있다. 그때와는 현실적 조건이 달라진 것은 사실이다. 그러나 과거 이 땅에 살았던 사람들의 몸부림을 외면한 채 미래를 말할 수는 없는 노릇이다. 박석수 소설에 나오듯 기지촌의 사람들은 살기 위해 철조망을 넘나들었다. 세 번째 작품집에 실린 장편『차표 한 장』도 기지촌에 살며 그림을 그려 생계를 이어가는 '소영'이라는 인물을 주인공으로 삼고 있다. 이 책에서는 송탄의 과거 지명들을 어렵지 않게 만나볼 수 있어 지금의 신장동 부대 앞 풍경을 머릿속에 그려가며 읽을 수 있다. 과거라는 것이 물 흐르듯 흘러가 사라지는 것이 아니라는 사실을 새삼 깨닫게 된다.

박석수전집 발간 사업은 앞으로도 계속될 것이다. 여러 사정상 일 년에 한 권을 발간 중이다. 『외로운 증언證言』, 『동거인同居人』에 이어 올해 『차표 한 장』까지 세 권의 작품집이 발간되었다. 이번 작품집에 끝에 실린 「책을 만들고 나서-소설 속의 그 사람」이라는 박석수의 글은 과거 박석수의 작품집에서 발췌한 것이다. 더딘 행보지만 쉬지 않고 가리라 다짐한다.

작은 소망이 있다면 박석수를 기리는 시비가 하나 건립되었으면 하는 바람이다. 각 지자체에서 앞다투어 문화사업의 일환으로 시비를 세우는 일을 보며 박석수 같은 우뚝한 작가를 외면하는 것은 도리가 아닐 터이다. 작품집을 내는데 평택시의 문학분야 지원사업의 도움을 받았음을 밝힌다. 평택시와 평택시의회의 도움이 아니었으면 이 작업은 뒷날을 기약했을 것이다. 머리 숙여 감사드린다.

2022년 11월

박석수기념사업회

회장 우대식

차례

| 장편 |

차표 한 장

무지개가 잠깐 보였어.

거미줄에 걸려
필사의 몸부림을 치는
한 마리 잠자리의 날개 빛에 어린
내 영혼의 넓이를 잴 수 있었네.

허물어진 담벽 사이로 보이는
피빛 하늘엔
굶주린 구름의 일가一家가
마지막 혓바닥을 길게 빼물고
죽어버렸고

거미는 네 쌍의 긴 발을 교묘히 움직여
마침내는
하나의 슬픔을 완벽히
가두고 있었지.

아, 무지개가 보고 싶어.

—박석수 시 「소묘素描」

거미줄에 걸린 노을

흡사 거미가 집을 짓기 시작하는 것 같애.

가로 세로로 온통 가늘게 금이 간 시멘트 벽을 쳐다보면서 5층짜리 서민 아파트의 층계를 오를 때마다 소영金素英은 늘 그렇게 생각했다. 그런 생각은 벌써 1년 동안이나 계속되었지만, 아파트는 쉽게 무너지지도 않았고, 그렇다고 완전히 보수가 된 상태도 아니었다.

마냥 그 상태 그대로였다. 18동 맨 왼쪽 입구에 들어서면 소영은 늘 층계를 밟기 전에 금이 간 시멘트 벽쪽을 쳐다보았다.

그녀의 눈에 거미줄같이 금이 간 벽이 보이는 것과 동시에 느껴지던 '거미가 집을 짓기 시작하는 것 같애'라는 느낌이 오늘은 느껴지지가 않았다.

참 이상한 일이다.

각이 진 벽에 패인 가늘고 길쭉한 구멍이 없어진 것도 아니고, 그렇다고 더 깊고 길게 패인 것도 아닌데 왠지 오늘은 그 작은 구멍 속에서 어떤 소리가 들리는 것만 같았다.

그것은 아파트의 모든 철근들이 어떤 보이지 않는 힘에 의해 관절의 마디를 뚝뚝 꺾으며 내지르는 비명 같기도 했다. 아니, 어쩌면 선구韓善九를 따라가본 적이 있는 언젠가의 그 서부영화에서처럼, 결투를 즐기는 서부의 건맨들같이 서로 등을 돌린 채 노을 속을 걸어가는 소리 같기도 했다.

소영은 잠시 머뭇거리다가 머리를 흔들고 5층으로 올라가기 위해 층계를 밟았다.

피곤 탓일 거야. 피곤해지니까 잠시 환청이 들린 것인지도 몰라. 달라진 것은 역시 없어.

'아무래도 거미가 집을 짓고 있는 것 같애.'

그녀는 억지로 그렇게 자신의 느낌을 바꾸려 했다. 그러나 그런 느낌은 쉽게 바꾸어지지 않았다. 그녀의 귀에 잠시 들렸던 소리는 지난 1년간 전혀 들어보지 못했던 소리임이 분명했기 때문이었다.

자정이 가까워서야 퇴근하게 되는 소영으로서는 형광등의 차가운 불빛으로서만 늘 보아오던 '거미가 집을 짓고 있는' 모습, 그러니까 노을을 배경으로 아파트 벽에 균열이 가기 시작한 모습은 오늘 모처럼만에 보게 된 것이었다.

그래서일까. 참으로 불가사의하게도 자꾸 '어떤 소리'가 들리는 것만 같았다.

그 '소리'는 하루 종일 세 평 반짜리 가게에 앉아서 미군들과 양색시들의 초상화나 그려주고 있는 소영에게는 시슬레Alfred Sisley의 고통스러운 임종의 신음소리 같기도 했고, 임종을 앞둔 어머니의 유언 같기도 했다.

소영은 두려웠다.

이명耳鳴의 증상일는지도 모른다는 생각이 들었다. 그렇다면 이명증이 온 것으로 보아 머지않은 장래에 소영 자신이 귀머거리나 벙어리가 되는 큰 불행을 겪게 될는지도 알 수 없었다.

노을이 서녘 하늘 자락에서 아직 완전히 내려앉지 않아서일까. 어릴 적 체한 배를 쓸어주시던 어머니의 손길같이 자애로운 어둠은 오지 않았다.

그 어둠은 신의 청진기였다. 밤에 전등을 끄고 창문을 열고 서 있으면 별빛이 무더기로 쏟아져 들어와 가슴에 닿았고, 별이 뜨지 않은 날은 밤하늘에 있는 어둠이 모두 내려와 청진기가 되어 소영의 가슴에 닿았다. 가슴을 열고 어둠을 받아들이면 소영은 그렇게 행복할 수가 없었다.

자신의 가슴에서 무수히 많은 말과 생각들을 어둠은 모두 들어낼 수 있다고 믿고 왔었다. 그런데 그 어둠이 요즘에 와서는 왠지 신의 청진기보다는 하나의 무거운 쇠사슬같이만 생각되었다.

쇠사슬 같은 어둠.

그 어둠이 오면, 어둠을 지우는 밝은 형광등 불빛이 다시 켜질 것이다. 그것이 하나의 질서라고 사람들은 말했다.

그러나 아직은 형광등 불빛이 들어오지 않았고, 밝지도 어둡지도 않은 그런 상태에서 층마다 아라비아 숫자는 타일 바닥에서 금이빨을 드러내며 웃고 있었다.

소영은 인간이 지니고 있는 감각을 과연 어느 정도까지 신뢰

해야 할 것인가를 알지 못했다. 그녀는 인간이 지닌 모든 감각 기능이 어느 날 문득 인간을 배반할는지도 모른다는 생각이 들었다.

화실로 출근하기 위하여 아침에 거울 앞에서 화장을 하고 있거나, 화실 문을 걸어 잠그며 유리문에 비치는 자신의 모습을 문득 쳐다보다가 그녀는 가끔씩 까닭 모를 두려움에 빠지고는 했다.

전날 밤까지, 아니 오늘 아침까지만 해도 멀쩡하게 제자리에 붙어 있던 눈 코 입 귀 등이 불시에 얼굴에서 제가끔 자리이동을 하게 될는지도 모른다는 생각이 들었다.

눈이 붙어 있어야 할 자리에 코가 붙어 있거나, 코 밑자리에 귀가 붙어 있거나, 또는 엉뚱하게 입이 오른쪽이건 왼쪽이건 한쪽 귀로 가 붙어 머리카락 사이에 파묻혀서 숨죽이고 있는 모습을 그녀는 가까운 장래에 곧 보게 될는지도 모른다는 참으로 가당찮은 생각에 사로잡히곤 했다.

시각이나 청각이나 미각도 마찬가지였다. 인간이 개나 고양이로 보일 수도 있고, 새침한 미소 속에 가리워진 점잖지 못한 생각이 보일 수도 있고, 의상 속에 감추어진 알몸이 보일 수도 있고, 매운 것이 시게, 신 것이 짜게, 짠 것이 싱겁게 느껴질 수도 있을 것 같았다.

아아, 꽃들이 숨쉬는 소리나, 새들이 말하는 소리를 들을 수 없다고 과연 누가 장담할 수 있을까.

그렇게 생각하다가 소영은 그냥 피식 웃고 말았다.

5층.

소영은 시장을 봐온 묵직한 비닐백 두 개를 내려놓고 핸드백을 열었다.

그리고 열쇠묶음을 꺼냈다.

그녀가 쥐고 있는 열쇠고리에는 세 개의 열쇠가 모두 대갈통이 뚫린 채 한 궤로 꿰어져 있었는데, 그 세 개의 열쇠는 그녀가 오늘을 살아가는 데 없어서는 안 될 아주 소중한 물건들이었다.

색깔이나 크기나 열쇠에 나타난 톱니의 숫자는 각기 달랐지만 인간의 개성처럼, 그 세 개의 쇳덩이는 똑같이 '열쇠'라는 이름으로 불렸다.

그녀는 눈을 감고서 그 세 개의 열쇠를 손가락으로만 만져보고서도 어느 것이 어디에 소용되는지를 용케 구분해낼 수 있을 만큼 그들과 매우 친숙해져 있었다.

하나는 아파트 열쇠이고, 또 하나는 방문 열쇠이고, 나머지 하나는 세 평 반짜리 화실의 열쇠였다.

그녀는 핸드백에서 꺼낸 열쇠묶음을 한두 번 뒤적이다가 은빛깔을 띤 길쭉한 열쇠를 골라내어 아파트의 열쇠 구멍에 끼워 넣고 오른쪽으로 조금 돌려보았다.

찰칵, 하고 쇠붙이가 교미하는 듯한 짧고 황홀한 쇳소리를 내면서 열려지던 아파트의 문이 오늘은 이상스럽게도 꿈쩍도 하지 않았다.

'어머!'

이상하다.

그녀는 열쇠 구멍에서 열쇠를 빼내어 다시 확인해보았다.

틀림없이 맞는 열쇠였다.

그렇다면 정말 이상한 일이었다. 열쇠가 고장난 것도 아닌데 문이 별안간 열리지 않으니 정말 귀신이 곡할 노릇이었다.

지난 1년간 이런 일은 한번도 없었다.

자물쇠가 열쇠를 거부하다니, 이건 도무지 있을 수 없는 사건이었다.

자물쇠가 열쇠를 거부하고, 집이 집주인을 거부하는 이런 놀라운 현상을 그녀는 어떻게 받아들여야 할지를 몰라서 당황할 뿐이었다.

아침 저녁으로 시늘한 가을바람이 불어왔지만 그녀는 온몸에 진땀이 솟았다.

시장을 봐온 무거운 비닐백을 들고 힘겹게 5층까지 걸어올라와서만은 결코 아닐 것이었다. 아마도 당황감 때문일 것이었다.

열쇠를 쥔 오른손에 촉촉하게 땀방울이 만져졌다.

그녀는 다시 아파트 문에 열쇠를 꽂고 살짝 옆으로 돌려 문을 여는 동작을 여러 번 반복해보았지만 결과는 마찬가지였다.

그녀는 차츰 초조해지기 시작했다.

아, 어떻게 해야 하는가.

이럴 때는 정말 어떻게 해야 하는가.

그녀는 공중전화 부스가 서 있는 아파트 입구 쪽으로 급하게 걸어내려갔다.

어디로 전화를 해야 하는지도 모르는 채 공중전화 부스 안으로 들어갔다. 공중전화 부스 안에서 보는 서녘 하늘에 걸린 핏빛 노을이 달리의 그림인 '내란의 예고'같이 그녀를 소름끼치게 했다.

그녀는 수화기를 들고 10원짜리 동전 두 개를 한 일 자로 패인 홈 속으로 밀어넣고 다이얼을 돌렸다.

신호가 가자 교환양이 나왔다.

"여보세요."

"저…."

"네. 말씀하세요."

"저…."

"어디를 찾는데요?"

교환양의 재촉에 소영은 가슴이 답답했다.

"저… 말이에요."

"말씀하시라니까요!"

교환양의 신경질적인 음성이 노을 속에서 튀어나와 공중전화 부스 안으로 날아왔다.

소영은 반사적으로 입을 열었다.

"크로바 아파트예요. 문이 안 열려요. 어쩜 좋지요. 자물쇠가 열쇠를 거부하고, 집이 집주인을 거부하고 있어요. 어쩜 좋지요. 어디로 연락해야 되나요? 네?"

이번에는 교환양 쪽에서 잠시 말이 없었다.

"…."

"어디로 연락해야 되나요?"

"…."

소영은 초조했다.

수화기를 쥔 손바닥에서도 진땀이 배어나고 있었다.

"어디로 연락해야 되나요?"

"…."

어서 열쇠수리공을 찾아야만 했다. 그래야만 자물쇠가 왜 열쇠를 거부하는지, 집이 왜 집주인을 거부하는지, 그 명백한 이유를 알아낼 수 있을 것이었다.

그러나 교환양은 침묵했고, 소영은 교환양의 침묵이 차츰 두려워지기 시작했다.

"어디로 연락해…."

그러자 그때까지 침묵하고 있던 수화기 속에서 교환양의 표독스런 음성이 튀어나왔다.

교환양은 대뜸 반말지꺼리였다.

"남은 바빠서 죽을 지경인데, 웬 미친년이 장난질을 하고 있어. 야! 그만 전화 끊어!"

찰칵.

수화기 속에서 갑자기, 뚜, 뚜, 뚜 하는 소리가 일정한 간격으로 들려왔다.

소영은 이를 악물었다.

왜 이렇게들 변해가는가.

소영이 공중전화 부스 안에서 잠시 마음을 진정시키고 다시 아파트로 돌아왔을 때, 아파트 문 앞에서 문을 열고 있는 동생 미영美英의 뒷모습을 보았다.

반가웠다.

지금 소영의 심정은 물에 빠진 사람이 지푸라기라도 잡듯 아무나 붙잡고 싶은 심정이었다.

그런 불안한 마음 상태에서 역시 혈육을 보게 되니까 다소 안정이 되찾아지는 것도 같았다.

그래도 저것이 오늘이 바로 어머니 기일忌日인 줄은 알고 있었나보다. 기특했다.

아침에 학교 갈 때까지만 해도 오늘은 강의가 오후까지 빽빽하게 들어차 있고, 또 무슨무슨 중요한 모임도 있다면서 뾰루퉁하게 나가길래,

"오늘은 일찍 들어와."

라는 말에 이어 '오늘이 어머니 1주기'라는 말을 덧붙이지 못했는데도 동생은 오늘이 어머니 1주기인 줄 이미 알고서 이렇게 일찍 왔으니 얼마나 기특한 일인가 말이다.

계집애.

그래도 언니가 양키들 초상화 그려주느라고 고생하는 걸 지

속으로는 다 가슴 아프게 생각했었는지도 모를 일이라고 소영은 생각했다.

이 시간에 집에 도착했다면 아마 용산역에서 4시 반 통학열차를 탔으리라. 가끔 의견대립으로 서로 심하게 다투기도 하고 며칠씩 서로 말 한마디 안 하며 지내기도 했지만, 그래도 의지할 건 혈육밖에는 없었다.

"일찍 와줘서 고맙구나, 얘."

미영은 그렇게 말하는 언니를 한번 흘낏 쳐다보더니 대수롭지 않게 말했다.

"언니, 웬 물건을 이렇게 많이 샀어?"

그렇게 말한 후 미영은 아파트 문에 열쇠를 꽂았다.

두 자매는 아파트 열쇠와 방문 열쇠를 한 벌씩 더 만들어서 나누어 갖고 있었으므로 미영이가 열쇠를 갖고 있다는 것은 전혀 놀라운 일이 아니었다. 정말 놀라운 것은 미영이가 오른쪽으로 열쇠를 한번 슬쩍 돌리자마자 아파트 문이 찰칵 하고 쇳소리가 교미하는 듯한 황홀한 소리를 내며 열렸다는 데 있었다.

내가 언제 열쇠를 거부했으며, 내가 언제 집주인을 거부했느냐는 듯 아파트 문은 원래대로 되돌아와 있었다.

소영은 어이가 없었다.

조금 전까지만 해도 분명히 입을 굳게 다물고, 가슴에 철문을 내리고 완강하게 버티고 있던 '문'이 이처럼 쉽게도 열릴 수 있다고는 선혀 생각해본 적이 없었다.

한마디로 그저 기가 막혔다.

소영은 모든 게 어이없고, 놀랍고, 기가 막혀서 참담한 기분이 되어 그 자리에 넋나간 여자처럼 그냥 멍청히 서 있었다.

조금 전에 있었던 그 끔찍한 사건(?), 자물쇠가 열쇠를 거부하고, 집이 집주인을 거부하던 일이나, 교환양에게 들었던 지독한 욕설조차도 소영은 모두 다 착각이거나 환청이라고 생각했다.

그것도 아니라면, 지금 자신은 분명히 꿈을 꾸고 있는 것이지 싶었다.

도대체가 말이 되지 않았다.

어떻게 똑같은 열쇠로 하나는 문이 열리는데, 다른 하나로는 문이 그토록 완강하게 열리지 않을 수 있는지, 어떻게 그럴 수가 있는지 소영은 도대체 납득할 수가 없었다.

정말 교환양의 말처럼 납득할 수가 없었다.

"언니! 밖에서 뭘해. 그만 빨리 들어오지 않고."

안에 들어간 미영이가 소리쳤다.

'알았어. 곧 들어갈께.'

소영은 입 속으로 그렇게 대꾸하며 시장을 봐온 세 개의 비닐백을 집어올렸다.

그 비닐백 안에는 밤 사과 배 감 대추 등의 과일류와, 콩나물 숙주나물 고사리 도라지 따위의 나물류 그리고 북어 조기 쇠고기 등과 떡을 제각기 비닐봉지에 싼 채 3등분으로 나누어 차곡차곡 담아두었던 것이다.

소영이 무거운 비닐백을 들고 아파트 안으로 들어서자 거실의 형광등을 켜놓고 응접소파에 앉아 있던 미영이가 바바리코트를 벗어놓으며 꿈 많은 대학 2학년 학생답게 발랄한 목소리로 말했다.

"나, 오늘 언니에게 할 얘기가 있어서 일찍 왔어."

"…?"

'우선 시장을 봐온 것들을 대충이라도 풀고 나서 얘기해도 될 터인데, 쟤는 너무 성질이 급한 게 탈이야. 누굴 닮아서 저런지 모르겠어. 그래, 쟤는 그게 탈이야. 그런데 할 얘기란 무슨 얘기지? 등록금은 등록 마감 때까지는 어떻게 해서라도 마련이 될 것 같다고 어제 얘기했으니 그 얘기를 다시 하자는 것은 아닐 테고, 그저께인가 한 이삼 일 MT를 따라간다는 것도 너 좋을 대로 하라고 말했으니 승낙한 것이나 다름없는데, 무슨 얘기를 또 하려는 것일까.'

소영은 싱크대 앞에 비닐백들을 내려놓고 그 내용물들을 하나씩 꺼내면서 물었다.

"무슨 얘긴데 그러니?"

별 감정 없는 어조로 내뱉은 질문이었다.

그만큼 소영의 머릿속은 지금 거미줄처럼 복잡했다.

그러나 가장 큰 충격과 놀라움을 준 것은 '열쇠사건'이었다.

'왜 나는 열지 못했던 것을 저 애는 열 수 있었을까?'

똑같은 열쇠인데 나는 왜 열지 못했을까. 아무리 거듭 생각해

보아도 그 분명한 이유를 알 수 없었다.

"일루 와야 얘길 하던지 말던지 하지. 언니가 거기 서서 일하고 있으면서 내가 어떻게 얘길 하란 말야."

발랄하던 미영의 목소리에 약간의 신경질이 배어 있었다.

세 살이나 나이 터울이 있는데도 언니에게 존대를 붙이지 않는 동생의 태도가 못마땅하다거나, 괘씸하다거나 하는 생각은 전혀 들지 않았다. 오히려 그게 무슨 상관이 있겠느냐고 그녀는 늘 생각해왔다.

어머니가 돌아가시기 전에도 미영은 언니에게 반말을 한다는 것 때문에 어머니에게 자주 야단을 맞았었다. 오죽하면 어머니가 곁에 계실 때는 두 자매 사이가 서로 모르는 사람처럼 서먹서먹해지는 경우도 종종 있었다.

하지만 지금 같은 경우는 조금 달랐다. 미영이가 언니를 무시하는 것 같은 태도를 노골적으로 보일 때, 그럴 때는 사실 조금 서운한 생각도 들었다.

그러나 소영은 동생의 성격이 원래 그렇다는 걸 알기 때문에 그것도 이해했다.

"그래, 내가 미처 그 생각을 못했어. 미안하다, 얘. 난 일하면서도 늘 네가 하는 얘기를 들어왔기 때문에 그런 거야. 그리고 오늘밤에 이것들을 모두 다 하려면 시간이 없을 것 같아서 그랬던 거야."

소영은 그렇게 변명하듯 차분하게 말하면서도 이 말이 미영에게 자칫 어머니를 파는 것같이 들리지나 않을까 해서 그것이 또 마음에 걸렸다.

하긴 그렇게 듣는다 해도 그것은 어쩔 수 없는 일이었다. 조금 쑥스럽고 민망스럽더라도 별 수가 없었다. 지금부터라도 둘이서 팔 걷어붙이고 준비하면 12시까지는 어머니의 제사를 차질없이 지낼 수 있을 것 같았다.

소영은 비닐백에서 우선 생선과 쇠고기부터 꺼내 냉장고에 집어넣고 응접소파로 걸어갔다.

미영이가 벗어던진 바바리코트를 집어들며 그 자리에 앉았다. 그리고 조심스럽게 물었다.

“무슨 말인데, 중요한 일이니?”

미영의 표정에 어느새 한 움큼 의혹의 그늘이 드리워졌다.

“언니, 지금… 뭐하는… 거야?”

“얘는, 뭘하긴?”

“… 그래도, 웬 시장을 저렇게 많이 봐왔나 싶어서 그래.”

“아니, 그럼, 너 정말 모르고 있었니? 오늘이 어머니 1주기가 된다는 거.”

미영의 표정에 드리워졌던 의혹이 순간 당혹감으로 변하면서 갑자기 표정도 새침하게 굳어갔다.

소영이가 동생을 달래듯 토닥거려주었다.

“난, 네가 다 알고 오늘 일찍 온 줄 알았지 뭐니? 괜찮아. 모를 수도 있지 뭐.”

그러자 미영이 불쾌한 듯 언니를 쏘아보며 말했다.

"어제는 그런 말 없었잖아!"

'그걸 꼭 얘기해야만 아니? 넌 어머니 딸 아니고, 나만 어머니 딸이니?'

하고 대꾸해주고 싶었지만, 소영은 그만두었다. 미영의 성질을 다시 건드리고 싶지가 않아서였다.

"그래, 그것도 다 내 잘못이야. 내가 얘기해줬어야 하는 건데, 사실 넌 공부하느라고 몰랐을 거야."

"내, 참…."

"그런데 할 얘기란 뭐니? 어서 얘기해봐라."

미영은 별안간 입을 다물었다. 무슨 생각인가를 아주 골똘히 하고 있는 것 같았다.

응접소파에 앉아 있던 소영이 조용히 일어서면서 무릎 위에 얹어놓았던 바바리코트를 다시 그 자리에 내려놓았다.

어서 일을 시작하지 않으면 제사를 못 지낼는지도 몰랐다. 그녀가 싱크대 쪽으로 걸음을 옮기려 했을 때였다.

한동안 입을 다물고 있던 미영이가 손을 뻗어 언니의 손목을 붙잡아 그 자리에 다시 앉혔다.

"언니, MT 오늘 밤차로 떠나. 난 저것들이 모두 MT 떠나는 나를 위해 언니가 준비해준 것들인 줄 알았어. 그래서 아까는 고맙다는 말을 하려고 했어."

"아니? 얘는…?"

소영은 너무 기가 막혀서 말끝을 맺지 못하고 동생의 얼굴만 빤히 쳐다보았다.

그러나 미영은 냉정하게 자신이 할 나머지 얘기들을 마저 했다.

"MT 간다는 건 이틀 전에 말했잖아. 2박 3일 동안 다녀온다고. 오늘 아침에 언니가 일찍 들어오라고 한 것도 나는 다 그 MT 때문인 줄 알았어."

동생의 얘기를 들으며 소영은 자신의 몸에서 힘이, 아니 모든 근육이 하나하나 차례대로 이완되어져버리는 것 같았다.

그녀는 동생에게 한 가지 질문을 겨우 던졌을 뿐이었다.

"어, 어머니의 제사보다도, 그 MT라는 게 더 중요한 거니?"

그러나 미영은 눈을 똑바로 뜨고 언니를 향해 말했다.

"친구들과 약속했는 걸 어떻게 해. 빠지면 걔들한테서 소외된단 말야."

언니를 쏘아보던 미영의 눈에 어이없게도 눈물이 하나 가득 고여 그렁거렸다.

눈이 크면 겁이 많다고 누가 그랬는지는 모르지만, 그 말이 미영에게만은 해당되지 않는다고 소영은 평소 생각해왔었다.

그런데 미영이 지금 울고 있는 것이었다.

MT보다는 어머니의 제사가 더 중요하다는 것을 알고 있으면서도 MT에 빠질 수가 없는 자신의 난처한 입장을 눈물로밖에는 설명할 길이 없었던 모양이었다.

미영의 눈과 입에서 흘러나온 '눈물'과 '소외'라는 말을 듣자 소영의 가슴 속에서도 조그만 변화가 일기 시작했다.

하나씩 이완되어져 가고 있던 근육들이 일시에 동작을 멈추고 '분노'라는 이름으로 다시 재충전되기 시작한 것이었다.

계집애, 단순한 계집애.

소외? 그렇지. 너도 그것이 두렵고 서럽고 무서웠겠지. 스스로 깨닫건 스스로 깨닫지 못하건 소외의 가장 완벽한 치유방법은 어머니가 행한 '자살'일는지도 몰라. 그러나 나는 찾아보겠어. 이 땅에서, 화판에서, 양키들의 얼굴을 그리면서 나는 끝끝내 찾아볼 거야. 연좌제가 폐지된 지가 언제인데, 그들은 아직도 감시의 눈빛을 우리 주위에서 완전히 거두어들이지 않고 있어. 어머님이 돌아가시던 바로 그날까지도 그들은 어머니의 영혼조차 떠나지 못하게 감시하느라고 그랬는지 집 앞을 서성거렸으니까.

그들은 지금도 마찬가지야. 정기적으로 가게 앞을 어정거리거나 동네 사람들에게 물어 우리의 동태를 계속 살피고 있을 거라는 것도 나는 알고 있단다. 네가 대학교에 합격했다는 합격통지서를 받던 날 밤, 어머니는 이불을 뒤집어쓰고 혼자 우셨을 거야. 나는 알아. 분명히 그랬을 거야.

그때 나는 속으로 얼마나 불안해했는지 몰라. 너까지 하루 아침에 합격이 취소되어 '입학 불가'의 통지를 받게 된다면 네가 받게 될 정신적 충격이 너무 클 것이라는 생각 때문이었지. 나는 그날 이후 코빼기도 본 적이 없는 삼촌이라는 사람을 더 이상은 원망하지 않기로 했어.

미영은 눈물을 씻고 소파에서 일어섰다.

바바리코트를 들고 안방으로 들어갔다가 잠시 후 간편한 백색 스포츠 스웨터와 청바지 차림을 한 채 배낭을 하나 들고 나왔다.

그때까지 소영은 꼼짝도 하지 않은 채 소파에 앉아 있었다.

"언니. 회비 3만 원만 줘. 지금 나가야 돼."

소영이 무겁게 입을 열었다.

"할 말이라는 게 고작 그것이었니?"

그러자 미영이 대들듯 말했다.

"언니, 약속은 지키기 위해서 있는 거야. 그 두 가지 중 내가 약속을 한 것은 MT 참가였어."

"그래도 그렇지. 오늘이…."

"알아. 오늘이 어머니 제삿날이라는 거 나도 안다고. 그러나 약속을 했으니 어머니 제삿날이라도 나는 나가야 돼. 언니가 이해해줘."

소영의 상식으로는 도저히 납득되어지지 않는 미영의 이런 불효막심한 태도를 어떻게도 할 수 없는 자신이 그저 한심스러울 뿐이었다.

"미안해, 언니."

결국 이 한마디를 남겨놓고 미영은 떠났다. 충청도 어디에 있다는 MT 현장으로, 배낭에 쌀과 부식과 제삿상에 올릴 물건들을 나눠담고서.

소영이 핸드백에서 돈을 꺼내 3만 원을 헤아리자 그것을 나꿔채듯 빼앗아 움켜쥐고 미영은 나갔다.

아파트 문을 쾅 소리가 나도록 힘껏 닫고서.

"미안해, 언니."

이것이 어머니의 제삿날 아파트를 나서며 미영이가 남긴 한마디였다.

아파트의 문이 닫히자 13평짜리 공간 안으로 일시에 무덤 같은 정적이 찾아왔다.

무덤 같은 정적.

정적 같은 무덤.

소영은 소파에 주저앉은 채 눈을 깊게 내리감았다. 어머니의 모습이 떠올랐다. 어머니는 지금 무덤 속에서 살아 생전에 못하신 한 맺힌 말씀들을 하고 계실 것이다.

아무도 들어주는 이 없는 그 말씀들은 모르스 부호가 되어 무덤 밖으로 나오는 것이나 아닐까. 나오다가 모르스 부호는 그대로 잔디 그 자체로 변하는 것이나 아닐까. 잔디가 되어 무덤에 깊은 뿌리를 내린 후, 오랜 세월이 지나 그 무덤을 다듬는 그리운 손길 하나와 닿기를 간절히 기원하고 있는 것일지도 모른다.

살아 숨쉰다는 것, 사랑한다는 것, 그리워한다는 것, 그처럼 생명을 가진 모든 자연의 모습은 얼마나 경이롭고 아름다운가.

풀 한 포기조차 그럴진대 인간이란 얼마나 더 큰 경이로움이며 아름다움이겠는가.

그러나….

소영은 퍼뜩 눈을 떴다.

아파트의 벨 소리를 들은 것 같아서였다.

"딩동, 딩동…."

다시 벨 소리가 분명하게 들렸다. 미영이 같았다.

'계집애. 결국 이렇게 돌아오고 말 것을….'

그녀는 반가운 마음으로 일어서서 급하게 현관문을 열었다.

그러나 문 밖에 버티고 서 있는 사람은 미영이가 아니라 선구였다.

"아니, 웬일이세요?"

"오늘이 소영 씨 어머님 1주기여서…."

그는 말끔한 신사복 차림이었다.

정종 두 병을 담은 케이스의 손잡이 부분을 한 손에 쥐고, 다른 한 손으로는 넥타이의 매듭진 부분을 어색한 듯 자꾸 매만지면서 문 밖에 우뚝 서 있었다.

미영인 줄로만 알았는데, 정말 의외의 손님이었다.

소영이 말했다.

"어서 들어오세요."

그러자 그는 거실로 성큼 들어섰다.

풍경화와 초상화

사흘 후였다.

오후 7시경 MT를 갔던 미영이 맥빠진 모습으로 소영의 화실로 들어섰다. 언니가 일하고 있는 이 비좁은 화실로는 좀체로 찾아오는 법이 없던 동생 미영의 때아닌 방문이 소영으로서는 반갑기도 했고, 또 한편 의외라는 생각도 들었다.

소영은 막 10호짜리 초상화 한 점을 마무리하고 있던 중이었다.

"여긴 웬일이냐?"

"언니 일하는 거 보려고."

"얘는…?"

소영은 밉지 않게 눈을 흘기며 동생을 쳐다보았다.

동생의 말이, 언니가 미군의 초상화 그리는 것을 한번도 본 적이 없는 애 같은 말투여서가 아니라, 어머니의 제삿날인 줄 뻔히 알면서도 그냥 친구들과 만나기로 한 MT 장소로 떠났던 것이 못내 마음에 걸려 그 미안함을 이런 식으로 다시 언니에게 사과하고 있는 것인지도 모른다는 생각이 들었기 때문이었다.

"앉아라."

"… 응."

미영이 두 개뿐인 접대용 의자 중 하나에 힘없이 주저앉았다.

소영이 붓을 놓고 동생이 앉아 있는 쇼윈도 쪽을 향해 의자를 돌려놓고 앉았다.

그리고 반가운 표정을 지으면서 말했다.

"어떻게 MT는 재미있었어?"

그러나 미영은 잠자코 있었다.

이제 막 완성 단계에 있는 미군의 초상화를 대각선으로 한번 쳐다보더니, 가게에 처음 들어와 보는 사람처럼 3면 벽에 즐비하게 걸린 풍경화와 초상화들을 한 바퀴 휘 훑어보고는 다시 고개를 떨구었다.

"…."

소영은 오늘 따라 동생의 태도가 조금 이상하다는 느낌을 받았다.

막상 저녁에 도착해보니 저 혼자 집에 들어가 밥을 해먹는 것도 그렇고, 언니가 있는 가게에나 들러서 함께 저녁을 먹으면서 그날의 잘못도 사과한 후 집에 들어가는 것이 더 개운하고 나으리라는 판단을 혹시 미영이가 내렸는지도 모를 일이었다. 그렇다면 어쩌지. 난 이미 저녁을 먹었는데.

"너, 저녁은 어떻게 했니? 난 조금 전에 짜장면을 하나 시켜서 먹었는데, 참 맛있더라. 얘, 너도 그걸로 시켜줄까? 아니면 다른 거 뭐 먹고 싶은 게 있으면 말해봐."

고개를 쳐든 미영의 얼굴은, 뭐랄까. 딱히 꼬집어낼 수는 없지만 어떤 완강함 같은 게 서려 있었다.

음성부터가 그랬다.

"아니. 난 별로 생각이 없어. 그보다 언니…."

"왜?"

"어머니 제사는 어떻게 됐어?"

계집애. 그것 봐라. 너도 MT에 따라갔지만 마음은 온통 집에 있었던 게 분명해. 그렇게 껍데기만 참석한 MT가 어떻게 네게 즐거울 수 있었겠니? 네 마음은 온통 집에만 있었는데 아니 집에만 있었던 것이 아니라 집에 두고 떠난 어머니의 제사에만 있었는데, 어떻게 마음이 편안할 수 있었겠니? 이 못난 계집애야.

소영의 가슴은 동생에 대한 연민으로 다시 노을처럼 물들기 시작했다. 그러자 동생이 다시 물었다.

"어머니 제사는 어떻게 됐느냐니까?"

계집애. 그 신경질적인 말투는 여전하구나.

"시간 맞춰서 잘 지냈어."

소영의 대답에 동생은 깜짝 놀라는 듯한 눈치였다.

"어떻게?"

"선구 씨가 도와줘서."

"선구 오빠가 왔었어?"

"그래. 네가 나간 후 바로 찾아왔었어. 어떻게 그날이 어머니의 기일인 줄 알았는지 몰라."

소영은 생각했다.

그날 그 시간에 만약 선구가 오지 않았더라면 어머니의 제사는 어떻게 되었을까. 그가 오지 않았어도 어머니의 제사를 지낼 수 있었으리라는 생각은 아무래도 할 수가 없었다.

한껏 어질러진 거실에서 망연히 앉아만 있던 그녀에게 어머니의 기일을 알고 찾아와준 선구가 그렇게 고마울 수가 없었다.

더욱이 음식 만드는 일도 거들어주고 소영이 혼자 제사를 올릴 수 있게끔 제삿상에 음식놓는 법까지 일일이 다 알려주고 자정이 가까워서야 그는 '안녕히 계십시오'라는 말을 뚜벅 남기고 아파트를 걸어나갔다.

그는 두 자매가 아파트로 이사 오기 전부터 목천이라는 동네에서 함께 살았던 이웃의 소꼽동무였다.

그도 다른 이웃에게는 따돌림을 당하고 있었기 때문에 함께 놀아줄 동무가 필요했고, 그래서 두 자매와 가끔 어울려 놀곤 했었다. 그러나 어머니는 그와 어울려 놀고 있는 모습만 보면 그렇게 질색을 할 수가 없었다.

물론 그 이유를 소영이 알게 된 것은 많은 세월이 지난 후였지만, 그는 일정한 간격을 두고 우리 두 자매를 계속 도와주고 있었다.

그는 미군과 결혼한 어머니 덕분에, 아니 결혼해서도 한국에 사업가로 계속 주둔해 있는 양아버지 덕분에 센트럴 텍사스 컬리지와 유니버시티 오브 메릴랜드 컬리지를 졸업할 수 있었고, 또 쉽게 미군부대에 취직할 수도 있었다.

용산에 메인 오피스가 있고, 미군부대가 주둔해 있는 기지촌마다 분교가 하나씩 있는데, 그는 양아버지 덕분에 그 분교를 다닐 수 있었던 것이다.

분교장을 커뮤니티 코디네이터라고 부른다는 것도 그가 알려준 얘기였다.

이곳의 분교에는 2년제인 센트럴 텍사스 컬리지도 있고, 4년제인 유니버시티 오브 메릴랜드 컬리지도 있었다. 여기에는 15명의 교수진이 있는데, 우리나라로 치자면 거의가 다 C급 강사에 불과하다고 했다. 그러나 미국 병사들에게는 입학시험이 따로 없기 때문에 누구라도 희망만 하면 입학을 할 수가 있고, 또 강의도 듣게 되지만, 그 강의 내용을 분석해서 비판할 만한 능력을 가진 학생(군인)은 하나도 없는 것 같다고 그는 말했다.

그가 모교인 그곳에서 근무하고 있는 부서는 등록계였으므로 소영은 가끔 그 같은 얘기도 듣고 또 영어도 배울 수 있었다.

커뮤니티 코디네이터와 한방에서 일하는 그가 하루 종일 하는 일이란 미군 병사들의 입학 신청서나 수강 신청서, 또는 서약서 등을 받는 것이 고작이었다. 별로 바쁠 것은 없지만 그렇다고 한가하지만도 않은 그런 곳이라고 말했다.

매학기마다 2백50여 명의 등록을 에이미Amy와 미스 송 두 사람의 보조를 받아가며 셋이서 그럭저럭 잘 처리하고 있다고 그는 말했었으니까.

그의 표현을 빌리자면, 에이미는 한국에 사는 미국 여자이고,

미스 송은 미국에 사는 한국 여자라고 했다.

그만큼 두 여자는 서로 다르다고 했다.

하긴 국적도 다르고 얼굴도 다르고 체격도 피부도 성격도 생각도 배경도 이름도 다 다르니까 서로 다른 것이야 당연한 일이겠지만, 그가 말하는 '다름'의 의미는 S대 영문과 출신인 미스 송이라고 하는 아가씨에게서는 우리 민족에 대한 최소한의 긍지나 자부심마저도 없는 게 분명하다고 말했다. 왜냐하면 미스 송은 미군이 하는 것은 무조건 옳고 우리 한국인이 하는 것은 무조건 틀리다고 해서 가끔 자신과 다툰다고 그는 말했다.

어쩌면 미스 송이 선구의 신분을 알고, 또 그의 뛰어난 회화 실력을 보고 나서 그것이 선구에게 접근하기 위한 하나의 방법일는지도 모르겠다고 같은 여자의 직감으로 소영은 생각해본 적이 있었다.

"언니. 나 학교 그만둘래."

자신이 선구의 생각에 너무 깊이 빠져서 동생의 얘기를 잘못 들은 것이나 아닌지 싶어 소영은 다시 물었다.

"너 지금 뭐라고 그랬니?"

동생은 여전히 힘없는 그러나 분명한 어조로 또박또박 말했다.

"나, 학교 그만두겠다고 했어."

"아니, 얘가 미쳤니? 너 별안간 그게 무슨 소리야. 등록금은 내가 마감 때까지는 어떻게든 마련해준다고 하지 않았니?"

동생은 아랫입술을 윗이빨로 꼬옥 깨물고 있었다.

그리고 잠시 후 동생은 피멍이 든 예쁜 입술을 움직여 이런 말을 뱉어냈다.

"언니. 등록금 때문이 아냐. 나 이번 MT에 가서 참으로 많은 걸 생각했어."

동생이 의자에서 일어섰다.

소영은 너무 어이가 없어서 그냥 멍청히 앉아서 너무도 많이 변해버린 동생의 모습만 살피고 있었다.

"언니. 나 먼저 들어갈께. 이따 집에서 봐."

말을 마치자 미영은 화실의 유리문을 열고 나갔다. 사흘 전의 그 모습 그대로였다. 그때는 아파트의 문이었지만 오늘은 화실의 유리문이라는 차이뿐이었다.

'변했구나.'

소영은 직감적으로 그렇게 느꼈다.

무엇이 어떻게 변했는지는 아직 확실하게 알 수 없지만, MT를 따라갔다온 동생의 태도가 너무 엄청나게 변했다는 것만은 분명히 느낄 수 있었다.

MT에 가서 무슨 짓들을 했기에 사흘 전까지만 해도 철없던 애가 저토록 엄청나게 변할 수 있단 말인가. 아니, 미영의 변화는 '철없음'에서 '철이 든 상태'로의 발전적 변화는 아닌 것 같았다.

그렇다면 동생의 변화는 어떤 변화일까.

갑자기 까닭모를 불안감이 엄습해왔다.

사흘 전에 느꼈던 그 열쇠의 불안감일는지도 모를 일이었다. 그렇다. 집이 집주인을 거부하고, 자물쇠가 열쇠를 거부하던 그런 끔찍한 당혹스러움이 다시 되살아났다.

"실례합니다."

이때 누군가가 유리문을 열고 들어왔다.

소영은 앉은 채로 고개만 돌려 화실로 들어서는 미군을 쳐다보았다.

"Would you draw my portrait as soon as possible?(초상화를 급히 좀 그려줄 수 있습니까?)"

미군의 그 말에 소영은 반사적으로 의자에서 몸을 일으켜 세웠다.

이 미군을 어디선가 본 듯한 느낌이었다. 어디서 봤을까. 매우 낯익은 인상의 미군이었다. 어디선가 가끔 본 적이 있는 것 같은, 그러나 현실에서는 전혀 만났을 리가 없는 그런 인상이었다.

혹시 선구와 함께 갔던 서부영화에서 봤을는지도 몰랐다. 존 웨인과 함께 나오는, 이름도 기억나지 않는 그 조연급 배우를 많이 닮아 있는 것 같기도 했다.

조연급 미군은 고급영어로 말했다.

기지촌에는 흔히 두 가지의 영어가 공존하고 있었다. 하나는 하급영어이고, 다른 하나는 고급영어인데 기지촌의 영이란 막

돼먹은 영어가 대부분이었다.

미국 군인들의 문화란 언어뿐만이 아니라 여자와 술과 재즈와 먹을 것만을 탐하는 그들의 행동양식과도 무관하지는 않으리라.

기지촌의 문화를 군인문화, 또는 하급문화로 규정하는 것도 따지고 보면 그들의 이와 같은 언어 때문일는지도 모른다. 그들 대부분이 사용하고 있는 막돼먹은 영어로는 조연급 미군과 같은 경우에도 흔히 'Can you draw picture right away'라고 했다.

소영은 모처럼 만에 고급영어를 한마디 들었던 것이다.

그녀는 선구에게서 영어를 배우면서 그것이 자기 자신과의 처절한 싸움이라는 생각을 했었다. 어릴 때는 상관이 없지만 성장해서 배우는 외국어란 끊임없는 노력과 끊임없는 반복, 반복, 반복만이 정도였다. 그것은 결코 끝이 보이지 않는 지겹고도 끔찍한 지옥길이었다.

외국어란 한마디로 정의해서 자기를 극복하는 길이며, 만약 자기를 극복하지 못했을 때에는 넓은 바다 한가운데 익사할 수밖에 없는 무서운 숙명을 지녔다고 소영은 믿고 있었다.

그러한 믿음 덕분에 소영의 귀는 진작에 틔어 있었지만, 입은 아직까지도 완전하게는 틔어 있지 못했다.

소영은 완전히 틔어 있지 못한 입으로 조연급 미군에게 말했다.

"언제까지 그려야 됩니까?"

"내일 오후 2시까지."

"그릴 것은 어떤 건가요?"

소영이 묻자 조연급 미군은 포켓에서 수첩을 꺼내 수첩 사이에 끼워져 있던 낡은 사진 한 장을 꺼내 소영에게 내밀었다.

"이 사진입니다."

조연급 미군이 내미는 사진을 받아쥐고 소영은 잠시 사진을 들여다보았다.

그러나 사진은 모처럼 만에 듣는 조연급 미군의 고급영어처럼 신선하거나 화려하거나 우아하지는 못했다.

오히려 그 반대였다.

사진은 너무 낡고 색이 바래서 아무리 초상화라고는 하지만 사진의 원형을 그대로 복원시킨다는 것이 여간 까다롭고 힘들 것 같지가 않았다. 뿐만 아니라 사진 속의 인물도 셋이나 되었다.

한 사람이라면 또 모르겠지만 세 사람씩이나 되는 손톱만 한 얼굴들을 모두 전화기만 한 크기로 약속 시간까지 그린다고 하는 것은 여간 힘든 일이 아닐 수 없었다.

10호건 20호건 간에 일정한 크기 속에다 초상화를 그려넣을 때는 화폭에 들어가는 인물이 한 사람씩 늘어날 때마다 30퍼센트씩 요금도 추가되었다. 이것은 기지촌 주변 화실에서는 하나의 불문율처럼 지켜지고 있는 일이었다.

사람의 얼굴이 셋이나 되므로 두 사람 몫의 요금으로 60퍼센트를 더 받는다 하더라도 밤을 새우지 않는 한은 도저히 조연급 미군과의 약속 시간인 내일 오후 2시까지는 작품을 완성시킬 수 없을 것 같았다.

잠시 망설이다가 소영은 고개를 가로저었다.

아깝지만 도저히 시간을 맞출 수가 없을 것 같아서였다.

조연급 미군은 소영이가 내미는 사진을 받아쥐더니 그 사진을 다시 포켓에서 꺼낸 수첩의 갈피에 소중하게 끼워넣으며 말했다.

“알겠습니다. 실례했습니다.”

조연급 미군이 발길을 돌려 유리문을 막 밀고 나가려 할 때였다. 소영은 자신도 모르게 ‘잠깐만’이라고 그를 불러세웠다.

동생의 등록금이 아직도 턱없이 부족하다는 생각이 들어서였다.

유리문 가까이 다가선 조연급 미군이 걸음을 멈추고 뒤를 돌아다보았다. 왜 불렀는지를 설명해달라는 그런 표정이었다.

동생이 지금은 아무리 학교를 그만두겠다고 말하고 있지만, 그 생각은 다시 바뀔 것이었다. 아니 만약에 학교를 그만둔다는 동생의 생각이 바뀌어지지 않는다면 그것도 더 심각한 문제가 아닐 수 없었다.

소영의 꿈은 오직 동생 미영이가 대학을 졸업하는 날 버젓이 학사모를 쓰고 있는 모습에다 두고 있었으므로.

조연급 미군은 소영을 똑바로 쳐다보았지만, 그녀로서는 얼른 미군을 부른 이유를 설명해줄 수가 없었다.

조연급 미군이 고급영어로 말했다.

“할 얘기가 남았습니까?”

소영은 나오지 않는 억지 미소를 지으면서 말했다.

“사진을 두고 가세요. 내일 2시까지 그려볼께요.”

조연급 미군도 따라 웃었다.

“아, 그렇게 해주시겠습니까? 이거 정말 감사합니다.”

조연급 미군은 다시 포켓에서 수첩을 꺼내 수첩 갈피에 끼워져 있던 낡은 사진을 꺼냈다.

그 사진을 받아 쥐고 소영은 영수증을 끊었다.

이름은 브라이언Bryian.

계급은 공군 정보장교.

초상화는 10호로 그리기로 결정했다.

가격은 64불.

그런데 소영이 선금을 요구하자 브라이언은 1불을 내놓았다.

상식 밖의 일이었다.

선금을 1불밖에 걸지 않다니 이건 말도 안 되는 일이었다.

소영은 화가 났다.

“선금은 삼십 퍼센트 이상 걸어야 합니다.”

그렇지만 브라이언의 태도는 알미울 정도로 딤덤했다.

"이유가 뭡니까?"

그는 전혀 모르는 체하고 그 이유를 물었다.

소영은 답답했다.

브라이언에게 그 이유를 설명해줄 수 없어서가 아니라, 정보장교인 그가 기지촌에서 왜 선금을 30퍼센트까지 받아야만 하는지 그 까닭을 모르고 있을 턱이 없다고 믿고 있었기 때문이다.

소영은 다시 화가 치밀어올랐다.

그림을 부탁한 미군들이 선금을 전혀 걸지 않았거나, 또는 선금을 걸었다 하더라도 적게 걸었을 때에는 부탁했던 그림을 찾아가지 않는 경우가 허다했기 때문이었다.

"선금을 1불만 거신다면 이 초상화는 맡을 수 없어요."

브라이언은 그렇게 말하는 소영이가 오히려 이상하다는 눈빛이었다.

"내일 두 시가 넘으면 이 그림은 필요가 없게 됩니다. 그러나 나와의 약속 시간인 두 시까지 이 그림을 완성시키면 그때 63불을 내고 그림을 찾아갈 텐데 무슨 걱정이십니까?"

이 말의 밑바닥에는 미국인들의 우월성이 노골적으로 배어 있었다.

자신들은 약속을 잘 지키지만 한국인은 과연 약속을 얼마나 잘 지키는지 두고볼 일이라고 말하는 것도 같았다. 만약 그런 마음이 아니라면 30퍼센트의 선불은 오늘 지불해도 될 일이었다.

아무래도 브라이언이라고 하는 미군에겐 한국인을 뿌리부터 철저히 불신하는 태도가 숨어 있는 것 같기도 했다.

소영은 자존심이 상해서 견딜 수가 없었다.

"좋아요, 그럼 내일 두 시까지 오세요."

"알겠습니다."

그는 깍듯하게 인사하고 유리문을 밀고 나갔다.

브라이언이 나간 후 소영은 그가 두고 간 사진을 들여다보았다. 낡은 카메라 사진이었다. 그렇지만 사진을 자세히 들여다보면 카메라 사진은 원래의 자기 수명보다 너무 일찍 낡아버린 것 같았다. 그것은 물론 보관을 잘못해서일 것이라고 소영은 생각했다. 브라이언의 수첩 갈피에서 너무 자주 끄집어내졌다가 다시 끼워지곤 하는 모습을 충분히 보았으니 말이다.

사진 속에서는 초로의 부부와 군인(브라이언의 신병 때 모습이 분명할 듯싶은) 한 사람이 숲을 배경으로 약간 웃고 있었다.

소영이 가장 애를 먹는 초상화 그림은 바로 이런 경우였다.

인물을 직접 앉히고 그리거나, 사진관에서 찍은 큼지막한 사진을 모델로 해서 그릴 때는 그런대로 잘 그릴 수도 있겠지만, 이렇게 희미한 카메라 사진만 한 장 달랑 놓고 그릴 때는 여간 애를 먹는 것이 아니었다.

더욱이 다시 손질할 시간적인 여유도 없는 다급한 상황이고 보면 이것은 참으로 암담한 일이 아닐 수 없었다.

소영은 먼저 마무리 작업을 하던 처음의 그 초상화를 치우고 곧바로 브라이언의 사진을 화판 우측에 붙여놓았다.

그리고 스케치를 하기 위해 낡은 카메라 사진을 한참 동안이나 뚫어져라 노려보고 있었다.

어쩔 수 없었다. 오늘은 미영이가 싫어하겠지만 일거리를 집에까지 가져가서 밤샘을 해야 할 것만 같았다. 그렇게라도 하지 않는다면 브라이언과의 약속 시간을 지킨다는 것은 거의 불가능할 것만 같았다.

이토록 고생스러운 브라이언의 초상화를 자신이 맡은 것은 물론 1차적으로는 동생의 등록금 때문이었지만, 다시 생각해보면 꼭 그렇지만도 않은 것 같았다. 그녀가 영수증을 끊을 때 그가 선금을 1불밖에 걸지 않고서도, 선금이 왜 30퍼센트가 넘어야 되는지 그 이유를 모르겠다는 듯한 표정을 지었을 때 사실은 그때 브라이언이라고 하는 미군을 그냥 되돌려보낼 수도 있었다. 그런데 그녀가 굳이 일감을 맡은 것은 아마도 브라이언이라고 하는 그 정보장교가 건드린 그녀의 알량한 자존심 때문이었는지도 모를 일이었다.

소영은 쇼윈도 밖을 내다보았다.

지겹도록 보아온 기지촌의 풍경이 오늘도 변함없이 펼쳐져 있었다. 미군과 그 미군의 팔짱을 끼고 거리를 활보하는 양색시들….

그들의 야비하고 비굴한 웃음이 소영의 의식 속으로 걸어오고 또 걸어가고 있었다.

냉철하게 생각해보면 그 웃음 속 어디에도 자존심이 깃을 칠 수 있는 장소는 없을 것 같았다. 쉽게 망가지는 어린아이들의 싸구려 장난감처럼 그들의 손에 의해 망가져버린 자존심, 또는 마취된 자존심, 그것은 소영 자신만의 자존심은 아닌 것 같았다. 미군부대 주변에서 미군에게 빌붙어 먹고 살아가고 있는 우리 모두의 자존심이라는 생각도 들었다.

주 5일 근무를 시행하고 있는 미군들은 월요일에서부터 금요일까지 근무했지만, 미군부대 주변의 가게들은 모두 토요일과 일요일 오전까지는 가게 문을 열어놓는다.

아니 일요일 오후에도 가게 문을 모두 열어놓고 미군들을 기다리고 있다.

그러나 미군들은 일요일 오후에는 좀체로 외출을 하지 않을 뿐더러, 외출을 한다 하더라도 간단한 쇼핑만 할 뿐 그들이 즐겨 마시던 술은 절대로 마시지 않는다. 아마 월요일 아침의 출근 시간을 생각해서인 듯싶었다.

오늘이 목요일이니까 금요일이 되는 내일은 미군들이 휴일에 대한 기대로 가장 바쁘고 활기찬 하루가 될 것이다.

우리에게 토요일이 즐거운 것은 일요일 하루를 모처럼 쉴 수 있다는 막연한 기대감 때문이지만, 그들에게 있어서 금요일이 더욱 즐거운 것은 이틀이나 연이어 쉴 수 있다는 막연한 기대감이 포함되어 있기 때문일는지도 모른다고 소영은 생각했다.

그만큼 미군들은 금요일만 되면 더 들뜨고, 더 넉넉한 마음가짐이 되는지도 몰랐다. 그런데도 미군들은 평일과 토요일에는 진탕 마시고 떠들다가도 막상 일요일 저녁만 되면 가능한한 술을 마시지 않는다.

그것이 우리와 다른 점이다.

소영은 가게 문을 닫을 때까지도 브라이언이 맡긴 낡은 사진의 인물들을 스케치조차 제대로 하지 못했다. 할 수 없이 동생이 싫어할 줄 알면서도 화구들을 챙겨서 가방을 꾸려갖고 집으로 들어갔다.

아파트에는 방이 두 개 있었지만, 동생은 공부할 때만 건넌방을 사용했고 잠은 늘 언니와 함께 안방에서 잤다. 그러나 오늘따라 동생의 태도는 의외였다.

“얘. 이거 내일 두 시까진 완성시켜야만 해. 그래서 집으로 가져왔어.”

소영의 말에 동생은 보일 듯 말 듯 잔잔하게 웃어보였다.

계집애.

많이 너그러워졌구나.

그래.

고맙다.

“너 먼저 자려무나. 나는 거실에서 작업을 좀 해야 될 거야.”

동생은 가볍게 고개를 끄덕였다. 그리고 안방으로 들어가 장농에서 소영이 입지 않고 처박아두었던 겨울 스웨터까지 찾아내 거실로 다시 들고 나왔다.

"추울 텐데 언니, 이거 입고 해. 그리고 방해가 안 된다면 내가 곁에 있어줄까?"

"얘는… 괜찮아."

"정말이야. 언니."

"쓸데없는 소리 하지 말고 어서 들어가 잠이나 자거라."

사실 소영은 동생의 이런 엄청난 변화가 어디에서 온 것인지를 알고 싶었다. 정말 밤을 새워서라도 동생과 실컷 이야기를 나누고 싶었다. 그러나 오늘은 그럴 만한 시간적인 여유가 없었다.

급했다. 우선 브라이언의 그림을 그려야만 했다. 밤을 새워서라도 내일 두 시까지는 어떻게든 그림을 완성시켜야만 했으니까 말이다. 그래야만 동생의 등록금도 당당하게 벌 수 있고, 기지촌의 자존심도, 아니 양키들에게 빌붙어먹고 살아가고 있는, 초상화 그리는 자신의 자존심도 지켜낼 수 있는 길이라고 소영은 생각했다.

"알겠어. 언니. 일하다가 혹시 내가 도울 일이 있으면 불러."

그렇게 말하고 동생은 안방으로 들어갔지만 소영은 밤을 새워 일하면서도 끝내 동생을 부르지 않았다.

화폭에 매달려 밤을 꼬박 밝힌 소영은 아침 6시쯤 되어서야 겨우 한숨을 돌릴 수 있었다.

작업의 진행 속도로 보아 오후 2시까지는 충분히 그림을 완성시킬 수 있으리라고 소영은 생각했다. 아니 한두 시간 정도의 여유도 생길 것 같았다.

밤새 세 번이나 동생은 안방문을 열고 거실로 나왔었지만, 소영은 작업에 한창 열중하던 중이어서 모른 체했었다. 한번은 새벽 2시경에 커피를 끓여 내왔었고, 또 한번은 30분쯤 지나 커피잔을 치우면서 아무 말도 없이 그냥 등 뒤로 다가와 가만히 어깨 너머로 그림을 들여다보다 들어갔었고, 나머지 한번은 그로부터 한두 시간이 더 지났을 때 화장실을 다녀오면서 잠시 언니의 그림 진도를 제 속으로 체크했던 것이다.

모르긴 해도 동생은 아마 뜬눈으로 밤을 꼬박 새웠으리라.

불쌍한 계집애.

소영은 붓을 놓고 안방으로 들어가보았다.

예상했던 대로 동생은 깊은 잠 속으로 곯아떨어져 있었다.

동생은 지금 무슨 꿈을 꾸고 있을까. 꿈 속에서 혹시 어머니를 만나 꾸중을 듣고 있는 것이나 아닐까. 아니면 아버지를 만나고 있을는지도 모른다.

그녀는 거실로 나와서 화구를 대충 챙겨놓고 아침을 지었다.

그리고 세수를 하고 머리도 감았다. 산뜻한 기분으로 화실로 나가 나머지를 그리고 싶었다.

동생이 깨어나면 아침을 먹고 학교에 갈 수 있도록 아침상을 봐놓고, 화장을 하고, 화구를 챙겨들고서 출근한 화실 앞에서였다.

그녀는 열쇠고리를 꺼내 몸체가 두터운 열쇠 하나를 골라 화실의 덧문에 달린 자물쇠의 옆구리에 들이밀었다. 그리고 오른쪽으로 살짝 돌려보았다.

'찰칵.'

쇳소리가 교미하는 듯한 신선한 음향과 함께 열려지던 자물쇠가 오늘 따라 꿈쩍도 하지 않고 있었다.

오른쪽 왼쪽으로 바꾸어서 사용해보아도 결과는 마찬가지였다.

자물통에 문신처럼 새겨진 'U·S·A' 마크가 그녀를 비웃고 있는 것 같았다.

미군부대 정문에서 다섯 번째 골목 어귀의 길가에 서서 한 손으로는 열쇠를 쥐고, 다른 한 손으로는 자물통을 받쳐든 채 허리를 구부리고 있는 자신의 모습이 그녀는 문득 두려워지기 시작했다.

'이것은 꿈이야. 어젯밤 잠을 자지 못해서 지금 허깨비가 보이는 거야.'

그러나 그녀는 분명히 꿈을 꾸고 있는 것도 아니고, 허깨비가 보이는 것도 아니었다.

모든 것은 분명한 현실이었다.

미군부대에 근무하는 한국인 근로자들은 지금 한창 출근을 시작하고 있었고, 근처의 가게들도 하나둘씩 문을 열고 있었다.

소영이 열쇠를 좌우로 한참 돌리다가 지칠 대로 지쳐 있을 때였다.

"오늘은 일찍 나오셨군요."

누군가 곁으로 다가와 말했다.

뒤돌아보지 않아도 누군지 알 수 있는 사람, 그는 선구였다.

왈칵 눈물이 쏟아질 것처럼 반가웠다.

선구는 아마 부대에 들어가다가 길가에 서서 한참 동안 낑낑대는 자신의 모습을 보고 골목 안으로 들어온 모양이었다. 어머니의 제삿날 밤 이후 한번도 만나본 적이 없는 그가 우연히 출근길에 자신을 발견한 것일는지도 몰랐다.

그는 늘 입고 다니던 후줄그레한 검정 작업복 차림이었다.

소영은 아무 말도 할 수가 없었다.

"무슨 일이십니까? 얼굴이 창백한데…."

열쇠를 내밀며 그녀가 더듬거렸다.

"가게가… 열쇠를… 거부해요… 자물통이… 안 열려요… 한번 열어보세요."

열쇠를 넘겨주고 소영은 오른손으로 이마에 몇 올 내려와 달라붙은 머리카락을 쓸어올렸다.

진땀이 촉촉히 밴 손바닥에 쓸린 머리카락들이 한꺼번에 머리 위로 넘어가면서, 잘 빗질된 앞마당처럼 이마 위가 깨끗해졌다.

솟은 땀이 식는지 등줄기에서 서늘한 바람이 일었다.

엉거주춤한 자세로 열쇠를 받아쥔 선구가 물었다.

"그게 도대체 무슨 말씀입니까?"

그는 한동안 영문을 몰라 멍청히 서 있다가 진땀을 흘린 소영의 표정을 살핀 후에야, 서류봉투를 왼쪽 옆구리에 끼고 덧문의 자물통에 열쇠를 갖다꽂았다.

"찰칵!"

선구가 열쇠를 오른쪽으로 살짝 돌리자 자물통의 한쪽 팔이 뽑혀져 나왔다. 선구는 팔이 뽑혀진 자물통을 소영에게 건네주며 자신의 손목시계를 한번 힐끗 쳐다보았다.

출근 시간이 거의 다 된 모양이었다.

그러면서도 그는 서류봉투를 이번에는 아예 땅바닥에 내려놓고 덧문을 모두 열어주었다.

가게 덧문을 다 열고 손바닥을 툭툭 털고는 그는 바닥에 내려놓았던 서류봉투를 다시 집어올렸다. 그리고 이렇게 말했다.

"그만 가보겠습니다. 소영 씨. 요즘 일을 너무 열심히 하는 것 같습니다. 일은 좀 쉬엄쉬엄하시오. 자, 그럼."

말을 마치자 선구는 자신이 들어왔던 골목길을 되짚어 뚜벅뚜벅 걸어나갔다.

소영은 유리문을 밀고 화실에 들어와서도, 화구들을 꺼내 모두 제자리에 놓고서도, 아니 이젤에 10호짜리 화판을 올려놓고서도, 거기에다 브라이언의 초상을 그리면서까지 내내 열쇠 사건만을 생각했다.

그녀의 머릿속은 거미줄처럼 헝클어져 있었다.

왜 또 다시 그런 일이 발생한 것일까.

나흘 전에는 아파트 문이 그러더니 이번에는 가게 덧문이 그랬다.

덧문은 자물쇠가 채워져 있었고, 그 자물통에는 'U·S·A'라는 마크가 문신처럼 선명하게 새겨져 있던 모습이 떠올랐다.

소영은 생각했다.

어떻게 나는 열 수 없었던 것을 선구 씨는 열 수 있었을까.

일이 쉽게 손에 잡히지 않았다.

오후 2시까지 손님이 두서너 명 다녀갔고, 단골인 양색시 주희安朱姬도 미장원에 머리를 하러 나왔다가 잠시 들렀다면서 이런저런 수다를 늘어놓다가 나갔다.

주희의 수다에 일일이 대꾸해주지도 못했으면서 그녀는 브라이언의 초상화는 또 초상화대로 완성시키지도 못했다. 다 열쇠 사건 때문이었다. 소영은 가슴이 답답했다.

정각 2시가 되자 브라이언은 화실문을 밀고 들어섰다.

"초상화는 다 됐습니까?"

무표정한 브라이언을 쳐다보며 소영은 죄송하다고 말했다. 한두 시간만 더 기다려달라고 부탁했다. 그러면 액자까지도 완성시킬 수가 있다고 말했다.

그러자 브라이언이 예의 그 무표정한 얼굴로 손을 내밀었다.

"사진을 돌려주십시오."

소영은 화판 위에 붙여놓았던 브라이언의 그 낡은 카메라 사진을 떼어주었다.

완성된 그림과 함께 사진을 넘겨주는 것이 통례로 되어 있었지만 브라이언의 경우 이제 사진은 없어도 될 것 같았다. 브라이언의 초상화는 거의 다 끝나가고 있었기 때문에 사진이 없어도 완성까지 별 지장을 줄 것 같지가 않았기 때문이었다.

그러나 사진을 받아쥔 브라이언은 소영이 밤새워 그린 유화 초상화에는 시선 한번 던지지 않고 손목시계를 들여다보며 그냥 유리문을 밀고 나갔다.

섭섭했다.

아무리 시간이 바쁘기로서니 다른 사람 얼굴도 아닌 바로 자기 부모와 자기 자신의 얼굴인데, 그것이 남의 손에 의해 어떻게 그려졌는지가 궁금하지도 않단 말인가. 어떻게 저토록 무관심할 수가 있단 말인가.

한두 시간이면 완성될 것으로 예상했던 초상화는 마지막 손질과 액자맞춤으로 3시가 넘어서야 겨우 끝낼 수 있었다.

시각은 5시가 넘어 있었다.

그때까지 소영은 점심도 거른 채였다. 모든 그림이 매양 이런 식이라면 밥 빌어다 죽도 못 쑤어먹을 것 같았다.

최소한 24시간 동안 꼬박 밤을 새워가며 그림을 그렸다면 그가 초상화쯤은 하루에 너댓 점은 그릴 수 있어야 이 바닥에 비싼 집세 내고 화실을 한다고 말할 수 있을 것이었다.

그런데 겨우 초상화 한 점을 가지고 이 모양 이 꼴이라니. 소영 자신이 생각해봐도 한심하고 어이가 없을 지경이었다.

브라이언의 초상화를 맞춤액자에 끼워넣고 화실의 한 모퉁이에 세워두었다.

워낙 애정을 쏟아서 그린 그림이어서 그런지 초상화 자체가 아주 그럴 듯하게 보였다.

화급火急을 요하던 브라이언의 초상화를 끝내고 나니까 별안간 할 일이 없는 것 같았다. 어제 마무리 작업을 하던 또 다른 미군의 초상화도 끝내서 액자집으로 보내놓고 나니까 일시에 맥이 탁 풀렸다.

점심을 거른 상태였지만, 시장기는 전혀 느껴지지 않았다. 그것보다도 한두 시간이면 완성된다고 말했었는데도 그로부터 3시간이 지나도록 나타나지 않는 브라이언이 궁금할 뿐이었다.

다시 밀린 일거리를 붙잡고 한참 작업에 열중하고 있는데 미영이 저녁을 해서 가게로 갖고 나왔다.

동생을 대하자 소영은 피곤한 중에도 번쩍 정신이 들었다. 아무래도 뭔가 잘못되어져가고 있다는 생각이 뇌리를 스쳤다.

"너 오늘 학교에 안 갔니?"

언니가 그렇게 묻자 미영은 순순히 시인했다.

"응. 어제 언니에게 말했었잖아. 학교 그만두겠다고."

동생의 얘기를 들으며 소영은 가슴이 철렁했다.

"너 정말 어쩌려고 그러니? 등록금은…."

미영이가 재빨리 말을 가로챘다.

"등록금 때문이 아냐. 언니."

"그럼 도대체 왜 그러는 거야?"

"…."

미영이 입을 꼭 다물고 가만히 있자 소영은 밤을 새운 피곤 탓인지 모든 것이 갑자기 짜증스러워졌다. 브라이언이 그림을 찾으러 오지 않는 것도 그렇고, 동생의 이런 갑작스런 태도의 변화도 그렇다.

모든 게 다 귀찮아만졌다.

"알았어. 알았어. 다 니 마음대로 해…. 나도 이젠 지쳤어. 나도 이젠 모르겠어."

소영은 머리를 좌우로 흔들며 두 손으로 머리를 감싸쥐었다.

동생은 언니가 무슨 얘기를 하든 그런 것쯤은 이미 다 각오한 바가 있다는 듯 꿈쩍도 하지 않았다.

"언니 저녁이나 먹어."

동생이 조그마한 응접용 탁자 위에 신문지를 깔고 밥과 반찬을 꺼내놓으며 그렇게 말했다.

그로부터 며칠 동안 동생은 계속해서 점심과 저녁을 해내와 가게에서 언니와 함께 식사를 했다.

그러면서 조금씩 가게 일도 도와주었다.

급할 때는 가까운 거리에 있는 액자집도 뛰어가고, 그림을 찾으러온 미군에게는 예쁜 포장지로 그림을 싸주기도 했고, 미군이 오면 언니에게 의견을 물어가며 직접 상담도 해주고는 했다.

원래 그림을 그리는 사람은 잡다한 다른 일들로 시간을 빼앗겨서는 안 되었다. 오직 그림만 그려대야 했다. 이곳에 있는 열대여섯 개가 넘는 다른 화실들이 모두 그렇게 경영이 이원화되어 있어서 운영이 잘 되고 있었지만, 소영이가 하는 세 평 반짜리 화실은 비좁은데다가 따로 월급을 줘가며 사람을 두기도 뭣해서 그럭저럭 혼자 힘겹게 이끌어가고 있던 중이었다.

그러니 동생이 화실에 나와서 그런 잡다한 일들을 도와준다는 것이 소영에게는 여간 큰 도움이 되는 게 아니었다. 그러나 왠지 까닭 모를 두려움과 함께 늘 께름칙한 구석은 남아 있었다. 그러나 명확한 이유는 그녀 자신도 잘 몰랐다.

그저 어머니의 기일에 발생한 '아파트 열쇠 사건'과, MT를 갔다와서 갑자기 학교를 그만두겠다고 결심한 동생의 태도와, 브라이언의 초상화를 밤새워 그린 날 아침에 발생한 '가게 덧문의 열쇠 사건' 등과도 전혀 무관하지는 않으리라는 생각이 막연히 들 뿐이었다.

저녁 먹은 그릇들을 비닐백에 챙겨넣으며 퇴근 준비를 하고 있던 미영이가 가늘고 긴 손가락을 브라이언의 초상화 위로 던졌다.

사기꾼을 찾습니다

“저 그림은 언니가 밤새워 그린 그림인데 왜 아직도 안 찾아갔지?”

화구들을 정리하며 소영이 시답지않게 대꾸했다.

“글쎄….”

“글쎄라니? 언니 선금은 얼마나 받았어?”

요즘 며칠 가게에 나와 있는 동안에 미영은 꽤 많은 걸 알게 된 모양이었다. 계집애. 소영은 1불이라고 대답했다.

“그냥 1불?”

“왜 놀라니?”

“아니 얼마짜리 그림인데 선금을 1불밖에 안 받았단 말야?”

소영은 쓰게 웃었다. 그리고 사실대로 말해주었다.

“64불.”

그러자 미영의 입에서는 ‘나쁜 놈’이라는 욕설이 튀어나왔다. 소영은 당황했다.

“그게 아니고 실은….”

“사실이 안 그래? 언니 얘기해봐. 그림을 주문했으면 당연히 찾아가야지. 그게 원칙 아냐?”

“저 그림은….”

소영은 브라이언과 그의 부모의 얼굴을 한번 힐끗 쳐다보고 다시 말을 이었다.

"… 이튿날 2시까지 그려주기로 했는데, 내가 그 약속 시간을 지키지 못했어. 그래서 그렇게 된 거야."

"그래도 마찬가지 아냐? 뭐, 그런 나쁜 자식이 다 있지. 어디 사기칠 데가 없어서 화실에 와서 그런 못된 사기를 쳐. 나쁜 놈."

하긴 소영으로서도 그림을 찾아가지 않는 브라이언이 괘씸한 것은 동생과 마찬가지였다. 그렇지만 동생은 지나치게 흥분하고 있는 것 같았다.

조금 지나치다고 생각했던 동생의 흥분은 다음날부터 현실로 나타나기 시작했다. 화실 쇼윈도에 브라이언의 그림을 내걸고 그림 아래에 포스터 컬러로 이런 글씨를 써서 붙여놓았다.

사기꾼을 찾습니다!
이름 · 브라이언.

이렇게 브라이언의 초상화를 내걸자 어찌된 일인지 미군들이 더 자주 드나드는 것 같았다.

미군들은 화실로 들어서면서 저마다 하급영어로 농담을 한마디씩 했다.

"오늘도 사기꾼을 못 찾은 모양이죠?"

"나는 선금을 많이 낼 테니까 사기꾼이라고 써서 밖으로 내걸지는 말아주시오."

그러나 소영이 브라이언의 초상화를 워낙 열심히 그려서인지 그림 자체로서도 초상화의 배경 색깔이 썩 괜찮아 보였다. 배경 색깔이 가을 숲인 것도 같았고, 노을진 들녘 같기도 한, 환상적이면서도 아름다운 색채를 띤 한 폭의 예술적 그림 같았다. 시슬레가 만약 초상화를 그렸다면 아마 이런 것이 되지 않았을까 싶기도 했다.

길을 가다가 쇼윈도인 줄도 모르고 가끔 부딪치는 멍청한 행인들을 보게 된다. 그때마다 소영은 투명한 쇼윈도가 어쩌면 기지촌의 나방이들을 잡기 위한 하나의 거미줄일는지도 모른다는 생각을 하곤 했다.

그렇다면 지금 내건 브라이언의 초상화는 그 거미줄에 걸린 하나의 노을일는지도 모른다는 생각이 들었다.

소영은 처음 한동안은 어서 브라이언이 나타나서 63불(계약금으로 1불을 받았으므로 계산상으로는 잔액이 63불이 된다)을 내고 자신이 그려놓은 저 그림을 찾아가주었으면 하고 간절히 바랐었지만, 보름이 되는 날부터는 생각이 완전히 바뀌어져버렸다. 오히려 브라이언이 영영 화실로 나타나주지 않았으면 좋겠다는 생각이 들었다.

물론 그것은 그림과 포스터 컬러로 쓴 문안을 쇼윈도에 내건 이후부터 갑자기 화실로 찾아오는 미군과 양색시들이 부쩍 늘어났다는 것이 가장 큰 이유이겠지만, 투명해서 오히려 허전했던 쇼윈도 상단에 그림 한 점이 걸림으로써 보기에도 그냥 좋다라는 느낌이 들었기 때문이었다.

그러나 브라이언은 보름을 채 넘기지 않고(초상화를 쇼윈도에 내건 지 꼭 보름째 되는 날) 결국 찾아오고 말았다.

그는 화실로 들어서자마자 미영이를 제쳐두고 화판 앞에서, 요즘 들어 갑자기 주문이 많이 늘어나 정신없이 바빠진 붓끝으로 양키들의 초상화를 그려대고 있는 소영을 향해 말했다.

"이것 보시오!"

소영은 화판에서 눈을 떼어 그 미군을 쳐다보았다. 브라이언이었다.

"쇼윈도에 내건 그림과 글씨를 지금 당장 떼시오."

브라이언을 대하자 소영은 왠지 속이 찔끔했다.

눈치 빠른 미영이가 금방 사태를 짐작한 듯 브라이언 앞에 냉큼 나섰다.

"지금이라도 63불을 주면 당장 뗄 수 있어요."

브라이언은 냉정한 눈빛으로 미영을 쳐다보았다.

"당신은 누구요?"

"이 화실 주인의 동생이에요."

"그럼 빠지시오. 내 그림은 언니가 당사자이니까 언니와 얘기해야 합니다."

그 말을 듣고 소영은 화판 아래로 붓을 내려놓고 일어섰다.

브라이언이 침착한 어조로 소영을 향해 말했다.

"나는 처음에 저 그림을 주문한 다음날 2시까지 완성되는가부터 묻고 맡겼던 사람이오. 그런데 당신은 분명히 2시까지는 된다고 말하며 그림을 맡았고, 그래서 나는 다음날 2시에 그림을 찾으러왔소. 그런데 그림은 완성되지 않았소. 약속을 어긴 것은 당신 쪽이지 내 쪽이 아니오. 내게 그 초상화는 매우 중대한 의미를 지니고 있었소. 그날 2시 10분에 본국으로 들어가는 비행기가 있어서 인편에 어머님의 생일선물로 그 초상화를 보내려 했던 거요. 어머님의 생일에 맞춰서 말이오. 오히려 손해배상을 청구하지 않은 것만 해도 내가 그만큼 양보한 셈이요. 그런데 어떻게 그런 나를 사기꾼이라고 써서 쇼윈도에 내걸어놓고 사람을 모독할 수가 있단 말이요. 지금 당장 그림을 떼시오."

소영은 아무 할 말이 없었다.

애초 약속을 지키지 못한 책임은 자신에게 있었으므로,

느닷없이 가게 덧문의 열쇠 사건만 아니었어도 시간은 충분했었는데, 2시까지의 시간은 어김없이 맞출 수 있었는데, 정말 안타까운 일이었다.

소영은 벙어리처럼 아무 소리도 못하고 쇼윈도로 걸어가 동생이 쓴 '사기꾼을 찾습니다! 이름 · 브라이언'이라는 글씨를 떼어내고 더불어 초상화도 함께 떼어냈다.

그런 언니의 모습을 가만히 지켜보고 있던 미영이 브라이언에게 말했다.

"약속을 지키지 못한 잘못은 인정합니다. 그러나 어머니 생신 때에 맞춰서 초상화를 보내지 못했으면 뒤늦게라도 보낼 수 있는 방법은 없을까요? 배편이나 항공편으로, 그렇지 않으면 저 그림과 글씨는 쇼윈도에서 가게 안으로만 겨우 옮기는 것에 불과할 텐데요."

그렇게 야물딱지게 말하는 미영의 얼굴을 브라이언은 찬찬히 뜯어보고 있었다.

그러더니 포켓에서 한 움큼의 군표와 10불짜리 달러를 꺼내 들었다. 그는 군표를 다른 주머니에 쑤셔넣고 달러로 10불짜리 여섯 장과 1불짜리 석 장을 세어 미영에게 쥐어주고는 포장도 하지 않은 채 소영이 쇼윈도에서 막 떼어내 들고 서 있던 그림을 나꿔채 빼앗아들고 유리문을 밀고 나갔다.

그런데 바로 그날 밤이었다.

미군부대 안에서 갑자기 비상이 걸렸다.

비상이 걸렸을 때는 단 한 명의 군인도 밖으로 외출하지 못했다.

오히려 베이스 밖으로 외출을 나가 있던 모든 미군들이 비상 연락망이나 MP들의 손에 의해 한두 명씩 혹은 여러 명씩 귀대하고 있었다.

어떤 자는 술에 취해 잠자리에서 코를 골며 자다가 불려들어가는 경우도 있었고, 어떤 자는 엷은 조명 아래서 한참 기묘한 행태로 남녀 체온의 가감승제법을 공부하다가 불려들어가는 경우도 있었다고 했다.

물론 이런 이야기들은 다 이튿날 양색시 주회에게 들어서 알게 된 것들이었지만 말이다.

그날 자정을 기해 미군부대 안에서는 엄청난 발표를 했다.

그때까지 달러와 병행해서 사용해오던 모든 군표의 사용을 오늘부로 전면 중지한다고 전격적으로 발표했던 것이다.

1973년 11월 19일의 일이었다.

이튿날, 미군들의 그 충격적인 발표에 놀란 기지촌은 그야말로 온통 벌집을 쑤셔놓은 것처럼 발칵 뒤집혔다.

딱지장사와 일수놀이를 하던 아주머니들은 물론 포주와 기지촌에서 양복점, 금은방 등을 경영하던 수십 명의 상인들이 새벽부터 미군부대 정문 앞에서 항의 데모를 했었지만, 결국 '군표는 군대 안에서만 사용하는 것이므로 군대 밖에서는 절대 달러와 함께 사용될 수 없다'는 주한미군행협위SOFA, 駐韓美軍行協委의 결정을 따를 수밖에는 별 도리가 없는 일이었다.

끝내 손해를 본 사람들은 모두 한국인들뿐이었다.

미군이 손해를 볼 일은 하나도 없는 것이었다.

이미 그들은 군표로 여자를 샀고, 술을 마셨으며 양복을 맞췄고 시계와 반지도 샀을 뿐 아니라 그림도 샀다. 그들이 사고 싶은 모든 것을 그들은 기지촌에서 이미 다 사고 난 후였으므로 손해볼 일이라는 게 하나도 없는 상태였다.

물론 개중에는 미군들이 곧 군표를 전면 폐지한다는 정보를 입수하고 일확천금을 꿈꿔왔던 사람들도 더러 있었는지 모르지만 피해자들의 대부분은 미군들을 상대로 부대 주변에서 장사를 해오던 영세상인들이었다.

세 평 반짜리 가게에서 화실을 경영하던 소영도 그 피해상인의 한 사람이었다.

소영은 하루 종일 그려봐야 미군들의 초상화 석 점 이상은 그리지 못했다. 풍경화도 잘 팔릴 때라야 하루 한두 점씩 나갔을 뿐, 안 나갈 때는 며칠씩 가도 한 점 안 팔릴 때가 종종 있었다.

그런데 그동안의 그림값을 거의 모두 군표로 받아왔기 때문에 소영의 피해도 결코 적은 것만은 아니었다.

하루 아침에 군표를 모두 못 쓰게 하다니 그동안 군표로 모아왔던 동생의 등록금은 이제 어떻게 되는 것인가. 이 무슨 변괴란 말인가.

소영은 참담한 기분이었다.

마른 하늘에 날벼락을 맞은 꼴이었다. 아니 소영뿐만이 아니라 기지촌의 모든 상인들이 그러했다.

더욱이 다른 물건값에 비해서는 턱도 없이 그림값이 싼 데가 바로 기지촌이라는 곳이다.

그것은 주한미군들이 대부분 지원병이어서 거의가 가난한 데에도 이유가 있었지만, 더 큰 이유는 그림에 대한 의식의 차이가 너무 심하다는 것 때문이었다.

우리와 미군들의 그림에 대한 인식은 사뭇 다른 것 같다고 소영은 늘 생각해왔었다. 우리들은 그림 한 점을 구하면 참으로 소중하게 아끼고 보관하지만, 미군들은 소중하게 보관하기는커

녕 곧 싫증을 느끼고, 싫증을 느끼게 되면 또 쉽게 내다버리고 나서 새로운 그림을 다시 구입한다고 했다. 그러니까 미군들은 그림에 대한 '인식'뿐만이 아니라 그림에 대한 '안목'도 우리와는 전혀 다른 것 같았다.

우리들은 마음에 드는 그림이 아니면 별로 '갖고 싶다'는 충동을 느끼지는 않지만, 기지촌에 주둔한 미군들은 색감이 화려한 그림들에 대해서는 무조건 갖고 싶어하는 충동을 강하게 느끼는 모양이었다.

그들이 왜 화려한 색감의 그림을 좋아하는지에 대해서는 정신분석학자들이 규명해낼 일이다. 하지만, 그것은 부유한 미국에서 가난하게 살아온 그들이 비참한 삶을, 화려한 그림 몇 점으로 혹은 과세가 붙지 않은 값싼 술로 또는 진한 화장을 한 싸구려 여자들을 군표로 삼으로써 보상받으려 하는 일종의 보상심리 같은 게 숨겨져 있는 것이나 아닌지 모를 일이라고 소영은 가끔 생각해보곤 했었다.

그런데 '군표'를 못 쓰게 하던 바로 그날, 미국 정보장교 브라이언은 소영의 가게로 찾아와 63불의 달러를 지불하고 초상화를 찾아갔다.

정보장교인 그가 자정을 기해 일시에 군표가 못 쓰게 된다는 것을 모를 리는 없었다.

그는 분명 군표가 못 쓰게 된다는 것을 알고 있었을 것이고, 그래서 군표가 아닌 달러로 그림값을 지불함으로써 최소한 소영에게 63불의 손해만은 입히지 않았는지도 모를 일이었다.

생각할수록 다른 미군들과는 전혀 다른 일면을 브라이언은 지니고 있는 것 같았다.

첫인상부터가 그랬다.

그림을 맡길 때부터 정확한 날짜와 시간을 못박아 얘기했던 일들도 그렇고, 약속한 시간에 정확히 나타나서 그림의 완성 여부를 묻고는 두말없이 사진만 찾아갔고 나가던 냉정함이 또한 그랬다.

쇼윈도에 내걸었던 그의 초상화를 떼어낼 때 미영이가 '쇼윈도에서 화실 안으로 자리만 옮기는 것'이라고 야물딱지게 말하는 소리를 듣고서 당혹감을 감추지 못하고 황망히 포켓에서 63불의 달러를 꺼내 헤아려주던 모습 등이 기지촌에서 흔히 보아오던 다른 미군들과는 달라보였다.

아마 다른 미군들 같았으면 그런 상황 속에서는 대부분 화를 냈을 것이 분명했다. 인간이 가지고 있는 최소한의 양심, 또는 수치심을 진작에 포기해버린 듯한 다른 양키들에 비교한다면 브라이언은 매우 신사적인 태도를 보였던 것일 수도 있다.

그러나 소영의 생각만 그런 것은 아닌 모양이었다. 미영이도 브라이언에 대해서는 호감을 갖고 있는 것이 분명했다.

'군표 파문'도 어느 정도 가라앉았을 무렵이었다. 그날도 여느 날과 마찬가지로 소영은 화실에 나와 앉아서 주문받은 양키들의 초상화를 한참 그리고 있을 때였다.

"언니, 그 왜 브라이언이라고 하는 미군 있지. 그 미군을 어떻게 생각하고 있어."

"그건 왜 묻니?"

"그냥."

"글쎄…."

"또 글쎄야?"

미영이가 짜증스럽다는 듯 이맛살을 찌푸렸다.

"그럼 뭐라고 해야 하니?"

"언니도, 참."

"…."

"언니의 눈에는 그 브라이언이 어떻게 비쳤는가가 궁금해서 한번 물어본 거야."

"글쎄…."

"또 그런다."

"또 그러긴, 얘가 정말!"

소영은 화판에서 눈을 떼어 동생을 향해 눈을 흘겨주었다.

"언니는 나에 관한 것 외에는 모든 걸 그런 식으로 얼버무리려고 하는지 그 이유를 모르겠어. 왜 좀 더 확실한 자기 의사 표시를 못하는 거지?"

소영은 붓을 내려놓고 미영을 향해 의자를 돌려앉았다.

"나는 말야."

"말해봐."

미영이가 재촉했다.

"우리 자매에게 그가 손해를 입히지 않았다는 것만 가지고 그를 좋게만 볼 수는 없다는 생각이야. 왜냐하면 그도 군표를 사용해온 미군이기 때문이지. 내 말 알겠니? 그는…."

"알았어."

미영이가 말을 막았다.

"나 액자집에 좀 다녀올께."

동생이 나간 유리문을 바라보며, 아니 유리문을 통해 바라다 보이는 미영의 뒷모습과 걸음걸이를 보면서 소영은 치밀어오르는 화를 속으로 달래고 있었다.

계집애.

자기가 먼저 언니에게 브라이언에 대해 어떻게 생각하느냐고 물었으면, 최소한 언니에게 그 대답이 어떻게 나오는 그것을 끝까지 들어줘야 될 것이 아니냐는 게 소영의 생각이었다.

아무리 친한 동기간이라고 하더라도 그것은 지켜야 할 하나의 예의였다. 얘기 중간에 남의 말을 함부로 자르거나 무시하고 뛰쳐나가는 저런 태도는 결코 바람직한 것이 아니라고 소영은 생각하는 것이었다.

의자를 화판 앞으로 되돌려앉아 붓을 잡았지만 화판에 붓을 갖다대기가 두려워졌다.

감정의 변화가 곧바로 손끝으로 전달되어 자칫 그림이 망쳐질는지도 모른다는 생각이 들었기 때문이다.

그때 때맞춰 양색시 주희가 유리문을 열고 들어왔다.

오늘은 또 무슨 수다를 떨어대려는지 모르지만, 지난 번 건성으로 대꾸해서 보냈던 일이 떠올라 이번에는 아예 붓을 놓고 그녀를 맞이했다.

"어서 와."

소영이 의자를 권하자 주희는 그 자리에 앉자마자 머리를 뒤로 젖히고 한 손으로 물기에 흠뻑 젖은 긴 머리칼을 털어댔다.

목욕탕을 다녀오는 길인지 한 손에는 비누 타올 등의 목욕도구가 담긴 끈 달린 조그마한 비닐백이 들려 있었다.

소영은 그림에 물방울이 튈 것만 같아 이젤을 조금 뒤로 밀쳐 놓았다.

주희는 비닐백을 바닥에 내려놓고 긴 머리칼을 한쪽으로 쓸어모으며 물었다.

"언니, 장사는 잘 돼요?"

"그냥 그렇지 뭐."

"지난 번 군표파동 때 손해들 많이 본 모양이던데 언니는 어땠수?"

"우리 같은 구멍가게에서 손해를 봤어야 얼마를 봤겠어."

"그래도 엘간홀 앞에 있던 화실과 또 정문 앞에 있던 화실도 문을 닫았던데요. 집세도 안 나온다고 하면서. 앞으로 무슨 장사를 한다던가…. 참, 우리 윗집 오 마담은 어떻게 알았는지 군표가 폐지된다는 걸 미리 알고 곧바로 군표를 다 처분했는가봐.

하나두 손해를 안 봤대요."

"그랬어?"

소영은 마지못해 그렇게 대꾸해주었다. 벌써 두 개의 화실이 문을 닫고 전업을 했다는 말은 소영이도 듣고 있었다. 앞으로도 몇 개의 화실이 더 문을 닫게 될는지는 모른다. 그러나 요즘같이 손님이 없어서는 머지않아 열일곱 개의 화실이 반 이상으로 줄어들 것임이 분명했다.

"… 오 마담은 미군장교들을 꽤 많이 알고 있으니까 그 중 누군가가 귀띔해주었는지도 모르지요, 뭐. 그나저나 '숙미용실'은 왜 그 모양이죠. 그 집 주인 있지요…."

주희의 본격적인 수다가 계속되는 모양이었다.

안주희의 이름을 '주리'로 바꿔준 것은 바로 그 엘간홀의 오 마담이었다.

그러나 소영은 그녀를 가능한 한 주리라는 이름으로는 부르지 않았다. 왜냐하면 그 이름에 얽힌 이야기를 다른 사람이 아닌 주희로부터 직접 들었기 때문이다.

주희는 가끔 미군들과 함께 소영의 화실로 찾아와서 풍경화를 사갔지만, 며칠 후 슬그머니 사간 그림을 도로 갖고 와서 그냥 내밀었다.

"언니, 보관할 데가 없어서 그래. 나중에 나 결혼하면 그때 보관료를 내고 찾아갈 테니까 그때까지 잘 좀 보관해줘요."

물론 소영은 알고 있었다.

주희가 나중에 정말, 결혼해서 가게에 걸린 여러 점의 풍경화를 모두 떼어갈려는지, 아니면 그냥 소영을 도와준답시고 그러는 것인지는 잘 모르겠지만 소영은 그런 것에는 별로 상관하고 싶지가 않았다.

다만 주희가 의외로 엉뚱한 구석이 있고 속도 꽤 깊은 아이 같다는 막연한 생각만 들 뿐이었다.

주희는 조금 수다스럽기는 해도 근본은 무척 착한 양색시였다.

미군들은 몸매뿐만 아니라 이름조차도 야들야들한 것을 좋아한다면서 오 마담은 그녀에게 성까지 안安 씨에서 박朴 씨로 바꿔주었다고 했다. 그것은 주희가 학교 공부가 지겹다고 가출해서 몇 군데 술집을 전전하다가 '종업원 구함'을 보고 스스로 엘 간홀에 처음 찾아들었던 6개월 전이었다.

촌닭 같았던 그녀가 지금은 이곳 엘간홀에서 미군들 사이에서는 가장 인기 있는 아가씨로 통했다.

그녀가 그토록 미군들에게 맞게끔 다듬어진 것은 물론 본인의 지극한 노력과 정성 탓도 있었겠지만, 오 마담의 작명 덕분이 아니었겠냐고 그녀는 늘 나불거리고는 했었다.

미군들은 '박'이라는 발음을 할 때마다 항시 '팍'이라고 하는 된소리로 발음했기 때문에 주리도 '팍주리'가 되었다고 한다.

이름치고는 별로 고상하지 못한 이름이었지만 미군들은 성을 이름 뒤에 붙여서 부르거나 아예 성은 떼어내고 그냥 '주리'라고 하는 이름만 불렀으므로 그렇게 야하게는 느껴지지 않았다.

어쨌거나 안주희는 자신의 본명보다도 '팍주리'가 더 좋다고 생각하는 것 같았다.

그것은 앤더슨을 포함한 미군들의 계약동거나 국제결혼 신청이 무더기로 쏟아져 들어오고 있는 것이 '팍주리'라고 하는 그녀의 이름 때문이라고 그녀는 믿고 있는 것 같았다.

다른 양색시들에게는 좀처럼 찾아오지 않는 기회였다. 오죽하면 다른 양색시들은 교회에 가서 국제결혼을 하게 해달라고 매월 십일조도 꼬박꼬박 바치고 기도도 열심히 드린다고 했다. 그러나 주희에게는 그럴 필요가 전혀 없었다. 마음만 먹고 눈짓만 해보이면 계약동거나 국제결혼을 해줄 만한 미군은 얼마든지 있었으니까 말이다.

그러나 주희는 아직 아무에게도 소속되지는 않았다.

왜냐하면 미군들은 약아서 계약동거를 시작할 때 한국 여자 쪽에서 자신과 삶으로써 받을 수 있는 혜택까지를 염두에 두고 있었기 때문에 그 조건이라는 것이 여자 쪽에서 볼 때는 여간 불리한 것이 아닌 경우가 허다했다.

이를테면 말만 계약동거지 매월 얼마씩이라는 일정 금액을 받고 살림을 살아준다는 사항은 명시하지 않고 돈 한푼 받지 않고도 그냥 미군과 살림을 차린다는 것만으로도 감지덕지해 하는 양색시들이 많이 있었다.

그녀들은 동거하는 미군에게 매월 돈을 얼마씩 받는 대신 미군 부대 PX에서 그냥 면세물건을 살 수 있었기 때문에 그것이 돈 몇 푼 받는 것보다 오히려 더 나을 수도 있다는 것이었다.

미군과 살림만 차리면 부대 안의 PX에서 물품 구입은 얼마든지 가능했고 그들이 구입한 그 물품은 다시 부대 밖에서 높은 프리미엄이 붙어 거래되고 있었다.

그러한 사실들을 속속들이 알고 있는 미군들이 높은 콧대를 더욱 높이는 것은 어떻게 보면 지극히 당연한 일일는지도 몰랐다.

그러나 주희에게, 아니 주리에게 청혼을 해오는 많은 미군들 중에는 그런 얌체 족속은 한 명도 끼어 있지 않았다. 모두들 그녀의 환심을 사기 위해서는 달러밖에는 달리 방법이 없다는 듯 한달에 두 번 받는 월급봉투를 고스란히 주리에게 갖다 맡기는 축들도 더러 있었다. 헌스 중사도 그 중의 한 사람이었다. 그러나 주리는 한사코 그들의 봉투를 뿌리쳤다.

만약 그들의 봉투를 받게 된다면 그날부터 주리는 임자 있는 몸이라는 소문이 나돌아 단골손님이 뚝, 소리나게 끊기게 된다는 것을 오 마담의 지시가 아니더라도 그녀는 너무나 잘 알고 있었기 때문이었다.

어느 누구에게도 얽매이지 않고 그때그때 기분 내키는 대로 자유스럽게 상대를 골라잡는다고 하는 것은 인기 절정의 주리에게만 주어진 일종의 특권 같은 것이었다.

미군들이 양색시들을 선택하는 것이 통례인 기지촌에서 그 반대로 양색시 쪽에서 미군을 선택한다고 하는 것은 매우 특이

한 현상이 아닐 수 없었다.

물론 주리가 그 같은 인기를 누리고 있는 것에 대해서는 몇 가지 이유가 있었다. 하나는 주리가 학교 때 무용으로 가다듬은 균형잡힌 몸매를 지니고 있다는 점이고, 또 하나는 그녀가 그 몸매를 무대 위에서 그대로 드러내 보일 수 있는 스트립걸이라는 점이었고, 나머지 하나는 그녀의 회화 실력이 괜찮다는 점이었다.

물론 그것은 소영이가 가끔 찾아오는 주희에게 틈틈이 가르쳐준 것에 불과했지만, 주희는 매우 영리해서 소영이 한번 가르쳐준 것은 절대로 잊어버리지 않고 홀에서 미군들에게 반드시 사용하고는 했다.

대부분의 양색시들이 '사랑한다거나 하룻밤 잠자는 데 몇 달러'라거나 하는 원색적인 표현밖에는 하지 못하는 데 반해 주리는 조금쯤은 수다스러워도 그 수다스러움이 미군들에게는 하나의 애교나 귀여움으로 받아들여졌던 모양이었다.

"… 그 여자가 남편에게 얻어터져 가지고 오늘도 또 문을 닫았어요. 단골을 옮기던지 해야지. 이거, 원…."

소영은 퍼뜩 제정신으로 돌아와 있었다.

"부부싸움이 잦은 모양이지?"

"말 마, 언니. 사흘 건너 하루씩 그 모양이에요. 그런데 내가 언니에게 그 집 얘길 안 했던가."

"안 했어."

"그래요?"

"남편이 뭐하는 사람인데 그래?"

"그 집 남편이요? 뭐 반건달이지. 뭐라던가. 태권도 사범이라던가. 감옥도 지 집 드나들 듯 드나드는 것 같던데, 성질이 워낙 개차반이래요. 술만 마시면 꼭 그 집 숙이 언니에게 손찌검을 하는 모양이던데 그것두 이젠 습관이 된 모양이더라구요. 지난번 숙이 언니한테 왜 그 남자와 이혼을 안 하느냐고 물으니까 그냥 웃고 말아요. 얻어터지지 않고 그냥 지나가도 오히려 그 언니 쪽에서 불안하다는 거예요. 성질을 부릴 때가 됐는데도 안 부리는 게 이상하다는 거죠. 난 참 이해가 안 가요. 숙이 언니 같은 사람이 왜 그런 남자와 사는지 말예요. 배운 게 없나. 얼굴이 남에게 빠지기를 하나. 그렇다고 나이가 많은가. 기술이 없는가. 도대체가 나는 이해할 수가 없어요. 우리 가게에 오는 미군들과 동거를 하거나 결혼을 한 언니들 얘기를 들으면 걔들은 절대적으로 여자들에게는 폭력을 사용하지 않는대요. 걔들이 여자들을 얼마나 끔찍이 위하느냐 하면…."

끝도 한도 없이 이어지는 주희의 수다를 도중에서 끝나게 해준 사람은 의외의 인물이었다. 브라이언이었다. 그는 가게로 들어서면서 정면에 앉은 소영에게 먼저 미소를 보냈다.

소영이도 아는 체를 했다.

주희가 뒤를 돌아보자 눈이 마주친 브라이언은 반가운 미소를 지으려다가 멈칫했다.

미영이가 앉아 있으려니 짐작했었던 모양이었다.

소영은 자리에서 일어나 브라이언에게 무슨 일로 왔는지를 물었다. 그러자 브라이언은 별안간 그의 트레이드 마크처럼 생각되었던 냉정함을 잃은 채 머뭇거렸다.

그러나 역시 그는 브라이언이었다.

그는 갖고 온 자신의 용건을 또박또박 고급영어로 털어놓았다.

"지난 번 보았던 동생에게 부탁할 일이 있어서 왔습니다."

"무슨 부탁인데요?"

"내가 직접 동생을 만나서 말을 했으면 좋겠습니다."

"그래요? 동생은 지금 가게에 없는데 어쩌지요."

"어딜 갔습니까?"

소영은 입을 다물고 잠시 생각해보았다. 브라이언이 동생에게 직접 부탁할 일이라는 게 무엇인지를. 물론 두 사람이 서로 호감을 갖고 있다는 것은 어렴풋이 알 수 있었지만 이건 너무도 당돌한 일이라고 생각되었다.

"곧 돌아옵니까?"

브라이언은 다시 물었다.

소영은 망설였다.

"글쎄요."

"그럼 기다리겠습니다."

소영은 주희에게 했던 것처럼 기다리겠다는 브라이언에게도 의자를 내놓고 앉으라고 권할 수도 없었고, 그렇다고 동생을 만나러 왔다는데 계속 모른 체할 수도 없는 입장이었다.

"동생이 늦을는지도 모르는데 내게 그 용건을 얘기하면 안 되겠습니까?"

브라이언은 잠시 난감한 표정을 짓더니 말했다.

"실은 다음 주에 부대 안에 있는 장교클럽에서 큰 파티가 있습니다. 그 파티에 동생을 내 파트너로 초대하고 싶어서 그럽니다."

두 사람의 이야기를 앉아서 듣고 있던 주희는 아무래도 자신의 입장이 좀 묘하다고 생각했는지, 아니면 자존심이 상했는지 그냥 슬그머니 자리에서 일어섰다.

비록 화장을 하지는 않았지만, 그래도 엘간홀에서는 최고의 미인인 자신을 못 알아보는 저런 미군 앞에서 더 이상 무시를 당하면서까지 앉아 있을 필요는 없다는 생각을 한 모양이었다.

"언니, 나 그만 가볼께."

아니 어쩌면 주희는 그런 말을 함으로 해서 브라이언이라고 하는 미군장교의 시선을 자기에게로 끌어보려는 계산된 의도가 숨겨져 있었는지도 모를 일이었다.

그러나 정작 기대했었는지도 모를 브라이언은 주희를 쳐다보지도 않았고, 소영만이 그녀에게 고개를 끄덕여주며,

"잘가."

라고만 짧게 대꾸해주었다.

주희가 나가자마자 브라이언은 주희가 앉았던 의자에 앉았

다. 소영이도 브라이언의 맞은편 의자에 앉을 수밖에 달리 도리가 없었다.

브라이언이 소영에게 말했다.

"그날 언니께서도 시간이 있으면 함께 나오십시오."

소영은 불쾌했다.

그것은 브라이언이 '시간이 있으면…'이라는 단서를 붙여서 자신을 초대했기 때문이 아니라, 우리 두 자매를 어떻게 봤길래 그런 말을 함부로 할 수 있겠느냐는 것 때문이었다.

브라이언의 단순한 친절이나 또는 대수롭지 않은 호감의 표시일 수도 있었다. 그러나 소영의 느낌은 결코 그렇지 않았다.

여자로서의 예감이었다.

브라이언은 미영이에게 첫눈에 반한 것 같았다.

그것은 여자의 직감으로 느낀 솔직한 느낌이었다. 가능한 한 브라이언을 좋게 보려고 마음속으로 노력해왔던 까닭도 바로 거기에 있었음을 소영은 그때서야 비로소 깨닫게 되었다.

최근에 와서 많은 심경의 변화를 보이고 있는 미영이가 지금 자칫 브라이언을 잘못 따라갔다가는 어떻게 될는지도 모른다는 생각이 불현듯 들면서 소영은 모든 것이 갑자기 두렵고 무섭게만 느껴졌다.

소영의 표정을 재빨리 읽어낸 듯 브라이언은 자리에서 얼른 일어섰다.

"꼭 좀 부탁합니다."

"…."

"그럼. 다시 들르겠습니다. 안녕히 계십시오."

브라이언이 나가자 소영은 내내 잊고 있었던 선구의 모습이 갑자기 떠올랐다.

'선구 씨!'

소영은 입속으로 그리운 선구의 이름을 한번 불러보았다. 그러자 선구가 무척 보고 싶어졌다.

'보고 싶다!'

라고 생각하자 견딜 수 없이 그에게 달려가고 싶은 마음이 생겼다.

그는 늘 우리 편이었다. 아니 내 편이었다.

'이럴 때 선구 씨라도 곁에 있다면 마음을 터놓고 의논해볼 수도 있으련만….'

지금쯤 그는 학교 서무실에서 미스 송이라고 하는 여자와 다투고 있을는지도 몰랐다. 정신이 미국에 가 있다는 그 여자와 어쩌면 다정한 사이가 되었을는지도 혹 모를 일이었다.

소영은 차분하게 감정을 가라앉히고 생각해보았다.

미영이도 이제는 어린아이가 아니다.

그러나 기지촌에서 자란 동생이 브라이언의 말을 듣고 어떻게 반응할 것인지는 사실 소영으로서도 여간 궁금한 것이 아니었다.

아무리 동생이라고는 해도 그 속을 들어갔다 나오지 않은 이상 속을 모르는 것이 당연했다.

하지만 액자집으로 가기 전에 동생과 나눈 몇 마디의 대화로 미루어 짐작하건대 동생도 브라이언에 대해서만은 매우 깊은 관심을 보이고 있는 것 같았다.

동생 미영이가 과연 브라이언의 초대에 응할 것인지, 아니면 코웃음쳐버리고 말 것인지는 정말 모를 일이었다.

소영의 생각은 점점 어지러워졌다.

어지러운 머리를 들어 쇼윈도 밖을 바라보자, 갑자기 기지촌의 하늘 가득 함박눈이 펄펄펄 쏟아지고 있었다.

첫눈이었다.

눈송이는 흡사 수천 수만 마리의 하얀 나비 떼였다.

기지촌의 하늘을 온통 하얗게 뒤덮은 나비 떼는 그들이 내려앉을 수 있는 온갖 곳에 내려앉았다.

그 하얀 나비들은 내려앉자마자 움직이지 않았다. 하얗게 질려서 죽어갔다.

골목길과 쓰레기통 위와 점퍼 차림의 흑인과 원색을 즐겨 입는 양색시들과 그들을 끌어안고 걷는 백인과 높은 블록담과 더 높은 영문 아크릴 간판과 철공소의 낡은 짐자전거 위로도 눈은 내렸고, 눈은 내려서 하얀 시체더미를 이루었다.

미영이가 액자집에서 액자를 찾아온 것은 기지촌의 하늘과 거리에서 공중전과 시가전이 한참 계속되고 거리마다 나비 떼의 시체가 즐비하게 쌓여 있을 때였다.

눈길 위를 미끄러지지 않으려고 애쓰면서 화실로 들어선 미영은 액자집에서 갖고 온 두 개의 액자를 탁자에 올려놓고 자신의 머리칼에 묻은 물기를 털어내며 투덜거렸다.

"첫눈이 이렇게 엄청 쏟아지는 걸로 봐서 이번 보리농사는 아마 풍년이 틀림없을 거야. 그치? 언니."

머플러를 하고 나가지 못했기 때문에 눈을 고스란히 다 맞은 미영의 긴 머리칼이 문득 애처로워 보였다.

"그래."

소영은 힘없이 대답했다.

그러자 머리칼을 털어내던 미영이가 언니를 힐끗 곁눈질로 쳐다보더니 이상하다는 듯 되물었다.

"언니 왜 그래? 가게에 무슨 일 있었어?"

소영은 충동적으로 미영에게 브라이언의 내방 얘기를 해줄까 하다가 그만두고 대답을 흐리고 말았다.

"일은 무슨 일…."

그러나 미영은 집요하게 파고들었다.

"아무래도 무슨 일이 있었던 것 같은데, 그 일이 뭔지 말해봐 어서. 언니."

"얘는…, 아무 일도 없었다니까 그러는구나."

"아냐. 틀림없이 무슨 일이 있었어. 집주인이 가게를 비워달래?"

가게를 비우긴. 별 뚱딴지같은 생각을 다 하는구나 하면서도 소영은 문득 가게 주인 최재명崔在明 씨를 생각했다.

최재명 씨는 한 달에 한번, 그러니까 매월 25일 정오에 가게로 나와서 자신이 직접 임대료를 받아가는 사람이었다.

그가 회갑이 가까워온다는 말을 누군가에게(아마 주희에게 들었지 싶지만 확실하다는 자신은 안 섰다) 들은 것 같기도 했고, 진작에 회갑을 넘겼다는 말도 들은 것 같기도 했다.

그러나 최재명 씨를 만나도 대놓고 그런 말을 물을 수는 없었다. 아니 묻는 것은 고사하고 그는 그럴 만한 틈을 전혀 주지 않았다.

간혹 점심이라도 대접할라치면 그는 소영이 내미는 봉투 속의 돈만 헤아려보고는 영수증 한 장만 달랑 써준 채 아무 대꾸도 없이 일어서곤 했다.

"나 점심 사줄 돈이 있으면 그걸 모아서 집세에 보태."

라는 말을 들은 후부터는 소영이 쪽에서도 가게 주인은 으레 그런 분이려니 하고 점심을 함께하자는 말은 꺼내지도 않았다.

최 씨는 정문 앞에도 두 개의 가게터를 갖고 있는 상당한 알부자로 소문이 나 있었다. 피난민인 그는 처자식보다도 돈을 더 사랑하고, 더 믿는 어른이라는 말들을 수군거렸다. 이 말은 그의 집에서 흘러나온 말이거나, 그에게 당한 사람들이 퍼뜨린 말일 가능성이 높았다.

정문 앞 가게의 한 곳은 임대료를 제 날짜에 내지 못하자 그 이튿날 당장에 쫓아가 세든 사람을 내보냈다고 했다.

물론 이같은 말도 소문으로만 들은 것이지만, 소영은 최 씨라면 충분히 그럴 수도 있으리라는 생각이 들었다.

소영이는 아직 한번도 임대료를 걸러본 적이 없어서 거리로 내쫓기는 설움을 당해본 적은 없지만 요즘 정말 매달 임대료 물기도 힘에 버겁다는 생각이 들고는 했다.

"맞지?"

"뭐가 맞는다는 거야?"

"집주인이 가게를 비워달라는 거지?"

"아냐. 우리가 언제 임대료를 밀린 적이 있었니? 그런 걱정은 하지도 마."

"그럼 뭐야, 왜 언니 얼굴에 그토록 태산 같은 걱정이 찍혀 있냐구."

소영은 갑자기 거울이 보고 싶었다.

지금 자신의 모습이 동생에게 어떻게 비쳤길래 그런 말을 하는지 알고 싶었다.

정말 '태산 같은 걱정이 찍혀 있는 얼굴'이라는 것이 구체적으로 어떤 모습인지를 한번 보아두고 싶었다.

"브라이언이 다녀갔다."

"…?"

소영은 동생을 속일 수가 없었다.

아예 그 말을 털어내면 '태산 같은 걱정'이 찍혀진 자신의 얼굴 표정도 맑아지고, 답답한 가슴도 밝아지리라고 기대한 것부터가 잘못이라면 잘못이었다. 브라이언이라는 이름을 뱉아내자마자 소영의 가슴은 더욱 답답해져 왔다.

미영이가 반문했다.

"언니, 지금 누구라고 했어?"

"브라이언이 다녀갔다니까."

소영의 음성이 자신도 모르는 사이에 신경질적으로 변해갔다. 미영이가 다급하게 되물었다.

"무슨 일로?"

"…."

"무슨 일로 그가 왔었느냐니까?"

"장교클럽 파티에 너를 자기 파트너로 데리고 들어가고 싶다고 그러더라."

"파티가 언제인데…?"

"그건 몰라."

"시간도?"

"그래. 그것도 몰라. 브라이언이 다시 오겠다고 했으니까 그건 네가 그 사람에게 직접 들으려무나."

브라이언은 구체적인 이야기를 하지 않았지만, 장교클럽의 초청 인사는 사령부 비서실에서 직접 그 명단을 작성하기 때문에 사병클럽이나 하사관클럽과는 근본부터가 달랐다. 장교클럽의 초청자들은 군기밀에 속하는 사항이어서 범위가 상당히 제한되어 있을 것이다.

어쩌면 동생이 그 초청 대상에 끼여 있다는 사실만으로도 그것은 매우 기쁘고, 오히려 영광스럽게 받아들여야 할 일일는지도 몰랐다.

총사령관의 이취임식離就任式이나 크리스마스 때가 아니면 일반인들이 장교클럽을 들어간다고 하는 것은 거의 불가능한 일이었다. 미군장교의 에스코트가 없이는 들어갈 수가 없는 곳이었다. 그만큼 통제가 심한 곳이 바로 장교클럽이기도 했다.

미영은 브라이언의 생각을 하는지 대꾸도 하지 않고 입을 굳게 다물고 있었다.

'철딱서니 없는 계집애.'

소영은 쇼윈도를 등지고 접대용 의자에 앉아 있는 동생의 얼굴을 쳐다보면서 그렇게 뇌까리다가 자신도 모르게 섬찟한 생각이 들었다.

동생의 얼굴에는 핏기가 하나도 없었다. 아니, 정신이 모두 빠져나간 것 같았다. 그녀는 창백한 얼굴로 시선도 고정시켜두지 않은 채 그저 멍하니 앉아만 있었다.

완전히 넋이 빠져나간 사람 같았다.

"애, 미영아!"

"…."

"미영아, 미영아!"

"…."

그래도 대답이 없자 소영은 할 수 없이 미영에게 다가가서 그녀의 어깨를 가볍게 두어 번 흔들어댔다.

"얘, 얘야…."

그러자 창백했던 그녀의 얼굴에 핏기가 서서히 돌아오면서 정신도 함께 살아나는 것 같았다.

"언니, 왜 그래?"

동생의 음성은 언젠가 MT를 갔다와서 학교를 그만두겠다고 소영에게 일방적으로 통고하던 그때처럼 아주 차분하게 가라앉아 있었다.

"너 갑자기 왜 그러는 거니?"

"뭘, 왜 그런다는 거야?"

동생의 반문은 너무 도전적이어서 소영을 당황시켰다.

"아냐. 내가 잘못했어. 우리 그만두자."

소영은 동생의 어깨를 짚었던 팔을 떼어내고 다시 돌아섰다.

쇼윈도 밖은 여전히 펄펄펄 함박눈이 휘날리고 있었다.

퇴근할 때까지, 아니 아파트에 돌아와서도 한동안 두 자매는 흡사 큰 싸움이라도 한 사람들처럼 서로 말들을 하지 않고 있었다.

잠자리에 나란히 들기까지도 그것은 마찬가지였다. 곁에서 이불을 끌어당기는 미영의 바스락거리는 소리가 소영의 예민해질 대로 예민해진 신경을 거슬리고 있었지만 소영은 그것을 참기로 했다.

동생은 쉽게 잠이 오지 않는 모양이었다.

한참을 그렇게 뒤치락거리더니 미영이 먼저 입을 열었다.

"언니, 자?"

소영은 일부러 자는 체를 할 필요가 없었다.

동생이 다 알고 묻는 것 같았기 때문이었다.

동생은 서로 피부만 닿아도 (피부가 숨쉬는 소리만 듣고서도) 잠이 든 상태인지 아니면 잠이 깬 상태인지를 용하게 알아맞춰왔는데, 두 자매는 지금 피부보다 서로의 호흡을 아주 가까이에서 느끼고 있기 때문에 잠이 들었는지 잠이 깬 상태인지를 더 수월하게 알 수 있으리라는 판단이 소영에게는 들었기 때문이었다.

소영은 대답했다.

"아니."

"언니, 그럼 불 켜지 말고 그대로 누워서 내 얘기 좀 들어줄래?"

"무슨 얘긴데?"

"나, 한국을 떠나고 싶어."

소영은 자신도 모르게 상체를 벌떡 일으켜 세웠다.

그리고 전깃불을 켰다.

방 안이 갑자기 밝아지자 미영이는 재빨리 이불을 머리 위까지 뒤집어썼다.

소영은 동생이 뒤집어쓴 이불을 걷어젖히며 물었다.

"다시 한번 얘기해봐. 너 지금 뭐라고 했지?"

불빛에 갑자기 노출된 동생 미영이의 얼굴은 눈물로 형편없이 얼룩져 있었다.

처음 보는 미영이의 모습이었다.

두 손바닥을 펴서 얼굴을 가리운 채 미영이가 말했다.

"언니, 불 좀 꺼줘."

이 말이 예쁘고 길쭉한 미영이의 손가락 사이를 빠져나왔다.

이해할 수 없는 일이었다.

그렇게 밝기만 하던 미영이가 갑자기 왜 이러는 것일까.

왜 불빛을 싫어하는 것일까.

왜 어둠 속에서 얘기하고 싶어하는 것일까.

왜 자신을 어둠 속에 가두고 싶어하는 것일까.

자매가 서로의 얼굴을 마주보고 얘기할 수 없는 내용이란 도대체 어떤 것일까.

참으로 이해할 수 없는 일이었다.

펜을 들면 날카로워진다.
눈물과 피가 떨려온다.
연애시는 쓸 수가 없단다.
동토대凍土帶를 탈출한 이들에게보다.
남아서 꿋꿋한 이들에게로
나의 키스는 벌써 날아가버렸다.

펜을 들면 자꾸 새로 깨닫는다.
낫자루 움켜쥐고
뛰쳐나간 지아비를 기다려
오두막 황토구들에 장작 지피고
스무 겨울도 개가改嫁 않고 있는 여인.
여인의 기다림이 결코 지아비뿐 아님을.

펜 끄트머리만큼도
서툰 판단 저지르지 않는
뇌리와 양심으로
상반된 애매 속을 뚫고 가야지.
그리고 그리고,
우리에게 잊혀진 대륙大陸으로 가
그 뭉개진 심장부를 가르리라.

지금 망설여도 안 되고,
지금 죽어서도 안 된다는 걸
펜을 들면 안다.
펜을 들면 안다.

— 김옥기의 시 「詩作노트」

펜을 들면 날카로워진다

"그냥 얘기해봐."

"언니, 나도 다 알고 있어. 엄마가 왜 자살했는지. 아버지와 삼촌은 어떤 사람들이었는지. 왜 우리 가족은 이 땅에서 늘 감시를 당하면서 살아야 했는지. 왜 우리는 갇혀서 끝내 외국으로 나갈 수 없는지. 언니, 나는 다 알고 있단 말야. MT에 가서 그 모든 걸 다 알게 됐어. 그곳까지 따라와준 어떤 아저씨 하나가 친절하게도 다 가르쳐주더군."

미영이는 자조적으로 킬킬대더니 끝내 울고 말았다.

울고 있는 동생의 얼굴을 바라보는 순간 소영의 눈가에도 이슬이 맺혀갔다.

미영이가 계속 흐느끼며 말을 이었다.

"한국을 떠날 수 있는 유일한 방법은 내가 미군과 국제결혼을 하는 길밖에는 없어. 나라도 미국에 가서 시민권을 얻어 언닐 초청할 수도 있잖아. 그래서 그동안 브라이언에 대해서 내가 관심을 가졌던 거야. 미안해 언니, 언니의 가슴을 아프게 한 것 같아서."

소영은 아무 할 말이 없었다. 지금 동생에게 무슨 말을 더 할 수 있단 말인가.

마냥 철부지로만 알아왔던 동생 미영이가 오늘 소영에게 보여준 눈물은 참으로 가슴 아픈 눈물이었다. 참으로 값진 선물이었다.

그동안 소영이가 치러낸 말 못할 고생에 대한 일종의 보답일 수도 있었다. 그러나 동생의 그같은 태도가 결코 바람직스럽다거나 옳은 일은 아니었다.

동생은 자칫 양색시 주희의 또 다른 재판이 될 가능성도 지니고 있었다. 결혼이 도피의 수단으로 이용되어져서는 안 된다. 그것은 지하에 계신 어머니께서 또 한번 칼을 물고 엎어지실 일이었다.

"바보 같은 계집애. 대학까지 다녔다는 것이 고작 생각한다는 게 그것뿐이었니? 미친 짓 하지 말고 내 말 잘 들어. 넌 어떻게 하든 대학을 졸업해야만 돼. 알겠니?"

"언니, 내게 그런 식으로 명령형 어투를 쓰지 마. 세 평 반짜리 화실에 갇혀 사는 언니의 삶은 좀 더 자유스러워야 하고, 그곳에 갇혀 미군들의 초상화나 그려주고 있는 언니의 생활은 좀 더 행복한 삶으로 보상되어져야만 돼. 그러기 위해서는 직접 우리가 미국으로 들어가야만 돼. 그 나라는 우리에게 그 모든 것을 줄 수 있을 거야. 나는 확신할 수 있어. 나는 내가 한번 옳다고 믿는 것은 반드시 실천하고야 마는 성격이니까 내게 설교를 하려거나 훈계를 하려고는 하지 말아. 언니. 이젠 나도 할 얘긴 다 했어. 그만 불 써. 그리고 날 용서해줘 언니."

불을 끄고서도 소영은 한동안 잠을 이루지 못했다. 아니 그것은 동생 미영이도 마찬가지였을 것이었다.

미영은 브라이언의 초대에 응할 것이 틀림없었다.

그의 파트너로 초대에 응한다고 하는 것은 브라이언에게 그다음 단계로의 접근 가능성을 자연스럽게 시사해주는 것이 아닐 수 없었다.

그것을 알고 있는 소영의 가슴은 이만저만 답답한 것이 아니었다.

건지미 뒷산에 모신 어머니는 무덤 속에서도 편히 잠들지 못하고 무덤 밖으로 모르스 부호 같은 잔디를 내보내고 계실 것이었다.

아버지와 삼촌은 듣고 계실까.

건지미 뒷산의 조그만 무덤 하나, 거기서 비어져나오는 한 많은 잔디의 비밀을.

그분들은 알고 계실까.

한참을 망설이다가 소영은 마침내 결정했다.

"네 잠깐 가게 문을 닫고요."

언니가 적당한 핑계를 대며 한사코 사양할 것으로 기대하고 있었던 미영이나, 그런 제안을 했던 브라이언 자신은 전혀 예상하지 못했던 소영의 그같은 반응에 몹시 당황하고 있는 것 같았다.

미영은 브라이언이 눈치채지 못하도록 소영을 향해 그 큰 눈을 두어 번 꿈벅꿈벅해 보였다.

이튿날 미영이의 눈총을 받아가면서도 가게 유리문을 닫아걸고 브라이언을 따라나섰던 것은 동생을 보호한다는 의미에 다름 아니었다.

"언니도 함께 가시지요."

라는 형식적인 브라이언의 말에 소영은 곧바로 반응했다.

'제발 부탁이야. 언니!'

미영의 눈은 그렇게 말하고 있었다.

그러나 소영은 동생의 눈을 못 본 체하고 브라이언을 향해 말했다.

"파티가 몇 시부터라고 했지요. 빨리 나가야지 파티에 늦겠네요."

"아니, 열두 시부터니까 늦지는 않을 겁니다. 시간은 충분합니다."

브라이언은 시계를 들여다보며 소영에게 대꾸했다.

11시 50분.

지금 이 시간이 결코 충분한 시간이라고는 말할 수 없었다.

소영은 서둘렀다.

여기서부터 부대 정문 앞까지 걸어가서 출입을 통제하고 있는, 권총을 찬 늘씬한 미모의 흑인 여군 앞에 서는 데까지 소요되는 시간, 그리고 브라이언의 에스코트를 받으며 두 자매가 정문을 통과하는 데 소요되는 그 시간을 5분만 잡는다 하더라도 그 안에서 곧 바로 택시를 (베이스 안에서만 운행하는 택시와 버스가 따로 있었다) 만나지 못한다면 총사령부 건물 앞에 위치해 있는 장교클럽까지는 걸어가야만 했는데, 그 걷는 시간도 5분은 족히 넘을 것이라고 소영은 생각했다. 결론적으로 말해서 12시 10분 전인 지금 이 시간이 결코 충분한 시간은 아니라는 말이었다.

어쨌거나 언니가 끼어듦으로 해서 더욱 서먹서먹해진 브라이언과 미영은 변변한 대화 한마디 나누지 못한 채 정문을 통과하게 되었다.

이렇다고 해서 소영이와 미영이의 대화가 재미있게 이루어졌던 것도 아니었다. 말하자면 삼각 데이트의 전형적인 잘못된 한 실례를 보여주는 것같이도 생각되었다.

〈Officers Club Open Mess〉라고 써붙인 하얀 대리석 건물로 된 장교클럽의 정문을 통과하기 직전에 브라이언은 우뚝 걸음을 멈추고 미영을 쳐다보았다.

정문 오른쪽으로 조그마한 분수대 하나가 있었는데, 그 분수대는 170센티미터 정도의 높이로만 물줄기를 올려보낼 뿐이었다.

물줄기는 하늘로 치솟다가 170센티미터 정도에서 다시 바닥으로 주저앉고 말았는데, 바닥은 한 뼘밖에는 안 될 것 같았다.

깨끗한 물이 찰랑거리는 그 분수대 앞에서 걸음을 멈춘 브라이언이 미영에게 동전 한 닢을 건네주며 미소를 지었다.

"마음속으로 소원 한 가지를 빌고 저 물 속에 이 동전을 던져 넣으십시오. 그러면 그 소원이 이루어진답니다."

얼떨결에 동전을 받아쥔 미영의 눈길이 자신도 모르는 사이에 물줄기가 뿜어져 나오고, 뿜어져 오르던 물줄기가 흩어져 떨어진 수면 밑바닥을 살피게 되었다. 잘디잔 자갈과 주먹만 한 돌멩이들이 섞여 있는 물 속에는 무수히 많은 동전들이 떨어져 있었다.

그러나 그 가운데 25센트짜리는 하나도 보이지 않고 모두가 10센트짜리가 대부분이었다.

미영이는 손에 쥔 동전을 살폈다.

25센트짜리였다.

그 동전을 물 속에 던져넣으며 그녀는 눈을 감았다. 정말 기도라도 하고 있는 것인지 모를 일이었다.

미영이가 경건한 마음으로 물 속에 25센트짜리 동전 한 닢을 던져넣자 브라이언도 그 모습을 그대로 흉내내 자신도 25센트짜리 동전 하나를 물 속에 던졌다.

이어서 브라이언은 소영에게도 동전 한 개를 내밀었다.

10센트짜리였다.

"당신도 한번 해보십시오. 행운이 온다고 합니다."

동거

브라이언이 내민 10센트짜리 동전을 얼떨결에 받아쥔 소영은 어처구니가 없었다. 아니 어처구니가 없는 것이 아니라 자존심이 몹시 상했다고 말하는 것이 더 정확한 표현이 될 것이었다.

소영의 자존심을 건드린 것은, 미영과 브라이언이 분수대에 함께 던진 동전이 똑같은 25센트짜리임에도 불구하고 소영에게는 그 절반도 안 되는 10센트짜리 동전을 건네주었다는 사실에 있었다.

그 같은 사실은 브라이언에게 25센트짜리 동전이 두 개밖에 없었을 경우를 제외하고는 어떻게도 설명이 되어질 것 같지 않았다. 브라이언이 의도적으로 그 같은 행동을 취하지 않았다면 말이다.

소영은 늘 보아오던 10센트짜리 동전을 새삼스럽게 다시 들여다보았다. 동전의 표면에 양각陽刻된 인물도 서로 다른 인물이고, 동전의 크기에 있어서나 무게에 있어서도 그 두 개의 동전은 엄청난 차이가 있었다.

미영이와 브라이언은 서로 한 개씩 같은 동전을 던지며 같은 소원을 빌었을는지도 모른다.

저들의 진실된 소원은 과연 무엇이었을까.

둘이 서로 결혼을 하는 것이 소원이었을까.

"언니, 언니도 한번 던져봐."

브라이언의 곁에 서 있던 미영이가 그렇게 재촉했다.

동생의 말에 따라 분수대로 동전을 한 개 던져넣으며 소영은 생각했다.

정말 내게도 소원은 있는 것일까. 있다면 그것은 무엇일까.

나의 소원은 아버지가 계신 곳, 그곳으로 가는 것일는지도 모른다고 소영은 생각했다.

장교클럽 안의 넓은 홀에는 천정에 매단 아름다운 샹들리에가 휘황찬란한 불빛을 구석구석 비춰주고 있었고, 홀 중앙에는 하얀 테이블보를 씌운 둥근 테이블 20여 개가 두 줄로 이어져 있었으며, 그 테이블 위에는 아름다운 꽃과 술잔과 먹음직스러운 음식과 술병이 놓여 있었다.

두 줄로 이어진 둥근 테이블 끝에는 오늘의 귀빈이 되는 총사령관이 앉을 자리가 미리 마련되어 있었고, 그 오른편에는 무대가 있었으며 무대 바로 아래로는 넓은 플로어링이 있었다.

무대 위에 올라선 장교 한 사람이 마이크를 입에 대고 막 식순에 따라 파티를 진행시키고 있었다.

40여 명의 미군장교들은 본국에서 온 부인과 함께 참석했거나, 아직 결혼을 하지 않은 장교들은 여군女軍이나 한국 여자들을 파트너로 데리고 온 것 같았다. 미영이도 그 중의 한 사람이었으니까 말이다.

테이블에는 미군장교가 두 명씩 앉아 있었으므로 그들의 파트너까지 합하게 되면 네 명씩이 되었다. 그런데 브라이언이 앉아 있는 테이블에만 파트너가 없는 소영이가 외톨이로 끼이게 되었으므로 다섯 명이 되는 셈이었다.

소영은 다시 자존심이 상했다.

브라이언은 미영의 곁에 앉아서 무대 위에서 사회를 보는 장교를 쳐다보며 뭐라고 미영의 귓속에 귓속말을 집어넣고 있었다.

소영은 미영이에게 함께 일어서자고 말할 용기도 차마 없었지만, 설사 그렇게 말한다고 하더라도 미영이가 쉽게 자신을 따라 일어서줄 것 같지가 않아서 혼자 조용히 일어서기로 작정했다.

그렇게 마음을 작정하자 문득 선구가 보고 싶었다.

왜 여기서 갑자기 선구가 보고 싶어지는 것일까.

외로울 때, 보고 싶을 때, 무슨 의논할 일이 생겼을 때마다 소영은 늘 선구를 생각했다.

그러나 오늘은 달랐다.

동생의 귓가에 입술을 대고 입김과 함께 무슨 말인가를 귓속에 집어넣고 있는 브라이언의 모습을 보면서 문득 선구가 보고 싶다는 생각을 했으므로 비로소 그를 정식 이성으로 생각한 것일는지도 몰랐다.

'그래. 기왕 부대에 들어온 길에 오늘은 선구의 학교로 가서 그가 근무하는 모습이라도 보고 가자.'

그렇게 생각한 소영은 곁에 앉은 미영의 옆구리를 손가락으로 쿡쿡 찔러댔다.

브라이언의 얘기에 한참 정신이 팔려 있던 동생이 고개를 돌려 언니를 쳐다보았다.

"…."

"미영아!"

"왜?"

"나, 바쁜 일이 있는 걸 깜박 잊고 왔어. 파티 끝나는 대로 곧장 돌아와, 알겠지? 난 먼저 일어서야겠어."

"…."

장교클럽의 파티장을 걸어나온 소영은 전에도 몇 번 들어가 본 적이 있던 선구의 일터(센트럴 텍사스 컬리지와 유니버시티 오브 메릴랜드 컬리지의 분교)를 향해 걸었다.

대학교의 분교는 장교클럽에서 그리 멀지 않은 곳에 위치해 있었다. 중간에 하사관클럽과 사병클럽, 그리고 미국인 자녀들만 다니는 국민학교 볼링장과 병원을 지나서 대학의 분교는 있었다.

선구는 마침 자리에 있었다.

어쩐 일이냐고 깜짝 놀란 그는 점심식사를 하기 위해 지금 막 자리를 일어서려던 참이라고 말했다.

"참, 서로 인사가 없었지요?"

그는 곁에 있는 미스 송을 힐끗 한번 쳐다보며 소영에게 그렇게 물었다.

소영은 아무 대답 없이 그저 고개만 끄덕였다.

미스 송이 생각보다 훨씬 뛰어난 미모를 지니고 있었기 때문이었다. 등록계의 문을 열고 들어서면서 소영의 첫눈에 띈 여자가 바로 미스 송이었다. 그녀를 보자마자 소영은 속으로 저 여자가 바로 미스 송이로구나 하는 직감이 전류처럼 찌르르 하고 가슴에 와닿았다. 커뮤니티 코디네이터와 에이미는 마침 자리에 없었다. 아마 정시에 점심식사를 하기 위해 식당으로 간 모양이었다.

"인사들 하시지요. 이쪽이 김소영 씨고, 또 이쪽은 미스 송이라고…."

선구의 말이 채 끝나기도 전에 미스 송이 선구의 말을 가로챘다.

"말씀 많이 들었어요. 만나뵈서 반가워요."

미스 송은 양쪽 볼에 보조개를 만들며 생글거렸다.

소영은 그저 쓰게 웃었다.

선구가 말했다.

"점심 때니까 함께 식사나 하러 가시지요."

"아녜요. 그저… 뵌 지도 하도 오래됐고 해서 얼굴이나 한번 뵐까 하고 왔어요. 됐어요. 뵈었으니 그냥 갈께요."

소영은 그냥 간다고 말하면서도 자신의 말에 선구가 어떤 반응을 나타낼 것인가가 참으로 궁금했다.

그때 두 사람의 대화를 빤히 듣고 있던 미스 송이 문으로 걸어나가면서 소영에게 말했다.

"약속이 있어서 먼저 실례해요. 나중에 한번 가게로 들를께요. 오늘 반가웠어요."

미스 송이 문을 열고 나가자 선구는 엉거주춤한 자세로 자리에 앉지도 못하고 그렇다고 나가지도 못하고 그 자리에 그대로 못박혀 있었다.

잠시 무거운 침묵이 흘렀다.

선구가 어색한 침묵을 깨고 말했다.

"함께 식사를 하기가 뭐하시다면 차라도 한잔 나눴으면 좋겠는데요. 할 얘기도 좀 있고…."

"무슨 얘긴데요?"

바짝 긴장이 된 소영이 이렇게 되물었지만 그는 명확한 답변을 회피했다.

"뭐, 그냥…."

"좋아요. 그럼, 우리 밖에서 함께 식사를 해요. 실은 저도 선구씨에게 드릴 말씀이 좀 있었어요."

둘은 밖으로 나왔다.

부대 안에서 일하는 한국인 근로자들의 대부분은 점심 때마다 싸온 도시락을 까먹거나 부대 안의 식당에서 햄버거나 한두 개 사먹는 것이 고작이었지만, 오늘만은 왠지 부대 밖으로 나오고 싶었다고 선구도 말했다.

소영은 정문에서 권총을 찬 흑인 여군에게 다가섰다.

그리고 정문을 통과할 때, 브라이언이 자신의 주민등록증과 교환해주었던 출입증을 창구 안으로 들이밀었다.

흑인 여군은 들이민 출입증 번호로써 주민등록증을 찾아놓고 소영의 얼굴과 주민등록증을 두어 번 비교해보더니 아무 소리 없이 창구 밖으로 소영의 주민등록증을 내밀어주었다.

선구는 부대 정문에서 그리 멀지 않은 곳에 위치한 곰보할멈 식당으로 들어가서 김치찌개 2인분을 주문하고 곁들여 소주도 한 병 주문했다.

앞서 주문한 김치찌개보다는 술이 먼저 나왔다.

곰보할멈은 쟁반 위에 얹어온 콩조림, 멸치볶음, 깍두기, 김 따위의 밑반찬 여남은 가지와 소주와 소줏잔을 탁자 위에 내려놓고는 소영을 쳐다보면서 혀끝을 끌끌거렸다.

"젊은 처녀가 안 됐구만, 쯧쯧."

소영은 깜짝 놀라서 곰보할멈을 올려다보았다.

"얼굴에 다 나와 있어. 처녀의 운명이, 쯧쯧."

그렇게까지만 얘기하고 곰보할멈은 돌아섰지만, 그 말을 들은 소영은 영 기분이 좋지 않았다.

그런 기분을 눈치챘는지 선구가 소주를 따르면서 대수롭지 않다는 투로 뚜벅 말했다.

"저 곰보할멈의 말투가 워낙 그래요. 말했다 하면 아무에게나 막 반말이고, 무슨 예언가인 양 저런 투로 함부로 말합니다. 전혀 신경쓸 것 없습니다."

그러나 소영은 선구가 말하는 것과는 반대로 자꾸 곰보할멈의 말에 신경이 쓰여졌다.

"얼굴에 다 나와 있어. 젊은 처네의 운명이 쯧쯧…."

하고 혀끝을 차던 곰보할멈의 표정이 결코 헛소리나 지껄이는 그런 류의 사람은 아니라는 판단이 들었기 때문이었다.

2인분의 김치찌개를 담은 냄비가 프로판 가스 위에 얹혀지고 푸른 불꽃이 냄비 바닥에 혀끝을 날름거렸다. 프로판 가스의 파란 불꽃을 보는 순간 소영은 브라이언의 파란 눈동자가 생각났고 이어서 미영의 귓가에 대고 입김과 함께 무슨 말인가를 열심히 귓속말로 집어넣던 브라이언의 혀끝도 보이는 것 같았다.

"한 잔 하시겠습니까?"

그는 입안에 소주를 털어넣고 깍두기를 우적거렸다.

그리고 빈 소줏잔을 들어올리며 소영에게 그렇게 물었다. 소영은 반문했다.

"점심 때 늘 이렇게 술을 마셔요?"

"아닙니다. 오늘이 처음입니다. 점심 때 부대 밖으로 나와서 식사하는 것도 오늘이 첨이구요."

소영이 고개를 끄덕이자 그는 왼손에 들고 있던 빈 잔을 소영 앞에 내려놓고 오른손으로 소줏병을 들어올려 술을 따랐다. 왼

손은 오른손의 겨드랑이께에 갖다대고서.

"소영 씨!"

술을 다 따르고 나서 그는 평소 그답지 않은 심각한 어투로 소영의 이름을 불렀다.

"… 네."

"나, 미국으로 이민갑니다."

소영은 들었던 술잔을 그대로 떨어뜨리고 말았다.

그만큼 충격이 심하게 왔는지도 모를 일이었다.

선구는 행주를 찾았다. 행주를 갖고 온 곰보할멈에게 그는 술잔을 한 개 더 갖다달라고 부탁했다.

소영은 소주가 튀어서 젖은 자신의 옷에는 별 관심이 없었다.

손에 행주를 들고서도 옷을 닦을 엄두를 내지 못했다. 선구의 이민간다는 말에만 온통 신경이 쓰여졌기 때문이었다.

가까스로 정신을 수습한 소영이 무겁게 입을 열었다.

"이민을 간다구요?"

"네."

"언제 가는데요?"

"곧 갈 겁니다."

소영은 심한 배신감을 느꼈다.

프로판 가스 위에 얹혀 있던 김치찌개를 담은 냄비가 푸른 불꽃의 혀끝으로 온통 열을 받고 있었다.

냄비 안의 내용물까지도 모두 화상을 입고 널브러졌다.

뚜껑 위로는 보글보글 김치찌개가 끓는 국물과 함께, 하얀 김이 모락모락 넘쳐나고 있었다.

까닭모를 불안감이 엄습했다.

소영은 그가 새로 따라준 소줏잔을 들었다. 그리고 그냥 한입에 털어넣고 꿀꺽 삼켰다.

빈속이어서 그런지 소주가 목구멍을 타고 넘어가자 뱃속에서 불이 붙는 것같이 화끈거렸다.

"이모부가 하는 공장이 있는데, 그 공장 일을 좀 도와달라고 내게 초청장을 보내와서 이번에 가기로 결정을 한 겁니다. 그러나 나는 가서 공장 일을 해주는 조건으로 이모부의 광활한 땅을 빌리기로 했습니다."

"땅을 빌려요?"

"네. 그동안 배운 분재를 그곳에서 시작할 겁니다. 미국이라는 거대한 땅덩어리에 일본놈들의 분재가 들어와 판을 치고 있지만 그것은 웃기는 일입니다. 분재는 한국을 통해 일본으로 건너간 것이 분명합니다. 나는 그냥 미국에 초청 이민을 가는 것이 아니라 분재라는 기술 하나를 갖고 지금 미국이라는 나라로 쳐들어가는 겁니다."

소영은 두 잔째의 소줏잔을 들어올려 눈을 질끈 내리감고서 입안에 쏟아부었다. 그리고 숨도 쉬지 않은 채 꿀꺽 삼켰다.

처음에는 불이 붙은 듯 화끈거리던 뱃속도 차츰 가라앉아갔다. 혼자 '미국으로 쳐들어간다'는 선구의 말이 소영의 머리 속을 빙글빙글 돌면서 삶이라는 말이 영어로 어떻게 쓰는가가 생각났다.

영어로는 삶을 'life'라고 한다고 언젠가 선구가 알려준 적이 있었다.

"life(삶)라고 하는 단어 가운데는 if(만약)라는 글자가 반을 차지하고 있습니다. 이것은 우리들 삶의 절반이 매우 불확실한 것을 나타내는 것이기도 하겠지만, life(삶)에서 if(만약)를 뺀 나머지 le指小辭에 반복의 의미가 담겨져 있다고 하는 것은 삶이란 불확실한 만약, 또는 실수의 반복이라는 해석도 가능해지는 것이 아닐까 싶기도 합니다."

그렇다면 불확실한 것을 찾아서, 또는 실수의 반복을 위해서 단독으로 미국이라는 나라로 쳐들어가겠다고 말하는 선구에게 소영은 도저히 브라이언과 동생의 문제를 얘기할 수가 없었다.

점심식사가 끝날 때까지도 끝내 선구에게는 그 문제를 의논할 수가 없었던 것이다.

소영이 그에게 걸었던 기대감이 컸다면 컸던 것만큼 배신감 또한 커졌을 것이었다.

늘 만나서 그런저런 의논을 하는 것도 아니고 그저 혼자서 가슴 속에만 몰래 가두어두고 있으면서 선구를 막연히 생각해왔던 소영으로서는 그의 느닷없는 출국 선언이 정말 충격적인 것이 아닐 수 없었다.

"미국에 함께 가는 걸 허락해주신다면 오늘 이모부에게 전화로 얘기하겠습니다. 소영 씨에게도 초청장을 보내주도록….”

“….”

“허락해주시는 겁니까? 실은 이 문제로 오늘 저녁에 소영 씨를 만나러 갈 생각이었습니다.”

“초청장을 보내주신다고 그랬던가요?”

“네.”

“그러면 어떻게 되지요?”

“초청장이 오면 그때부터 출국 수속을 밟게 됩니다.”

“출국 수속을 밟게 되면 어떻게 되지요?”

“어떻게 되다니요. 함께 미국에 가서 살게 되는 거지요.”

그의 답변을 들으며 소영은 가슴이 답답했다. 답답한 가슴을 털어내기 위해 끝내 하고 싶지 않았던 말을 소영은 뱉어내고 말았다.

“신원조회는 어떻게 하지요? 제가 신원조회에서 걸리리라는 생각은 왜 못하셨지요?”

그는 몹시 당황하고 있었다.

미처 신원조회 생각만은 못했던 모양이었다.

미국이라는 거대한 나라로 처들어간다는 생각만으로도 그는 충분히 가슴이 들떠 있었을 것이므로,

“그게…. 그렇게 됩니까?”

그의 얘기를 듣고 난 후부터 소영의 기분은 줄곧 우울했다. 식사 도중에 일어서서 부대로 들어가는 선구를 배웅해주면서도

그랬고, 그와 헤어져 화실로 돌아와서도 그 기분은 마찬가지였다. 마치 무인도에 홀로 남겨져 있는 것 같은 처절한 절망감이 엄습해왔다.

벽에 걸리거나, 벽에 기대인 채 바닥에 놓여진 미군들의 초상화나 풍경화들이 모두 하나같이 낯설게 느껴지면서 까닭모를 눈물이 흘렀다.

이런 기분으로는 일을 할 수가 없어 소영은 일어섰다.

하루에 두 번씩이나 가게 문을 닫다니.

그러나 어쩔 수 없는 일이었다. 몸살 기운인지 온몸이 찌뿌드드 하고 열도 나는 것 같았다.

소영은 가게 문을 닫아걸고 일찍 집으로 향했다.

오늘 따라 늘 보는 거리와 양품점, 금은방, 유리가게 등 수없이 많은 가게집들과 양키홀의 간판과 골목과 육교와 철길과 아파트 앞 공중전화 부스까지 모든 것이 그저 하나같이 생판 낯설어보이기만 했다.

아파트의 층계를 오르며 소영은 언젠가의 기억이 문득 떠올랐다. 아파트의 자물쇠가 열쇠를 거부하던 그 끔찍한 사건이 다시 악몽처럼 소영의 의식에 되살아나기 시작했던 것이다.

그러나 정작 아파트의 철문에 열쇠를 꽂아 옆으로 살짝 돌렸을 때 들을 수 있었던 소리는,

"찰칵!"

하는 쇳소리가 교미하는 듯한 신선한 음향이었다.

소영에게는 갑자기 심한 혼란이 왔다. 우선 눕고 싶었다. 소영은 안방으로 들어가 장롱에서 꺼낸 요를 방바닥에 깔고 겉옷을 대충 벗은 채 누워서 이불을 머리 위까지 뒤집어썼다.

얼마나 시간이 지났을까.

잠에서 깨어난 소영은 자신의 몸뚱이가 갑자기 칠흑 같은 어둠 속에 갇혀 있는 것 같은 착각 속에 빠져 있었다. 이불을 걷어 제치고 벌떡 자리에서 일어나 전등을 켰다. 시계는 4시와 5시 사이를 가고 있었다. 내처 열대여섯 시간은 족히 잔 모양이었다.

소영은 먼저 옆자리를 살펴보았다. 사람이 들어온 흔적은 전혀 보이지 않았다. 간밤에 미영이가 들어오지 않은 것이 분명했다. 동생의 첫 외박을 소영 자신이 결국 묵인한 셈이 되고 말았다.

신혼

양색시 주희가 찾아왔다. 이번에는 참 오래간만에 소영의 가게에 얼굴을 나타내는 셈이다. 브라이언이 장교클럽에 정식 파트너로 미영이를 초청하고 싶다는 말을 갖고 가게로 찾아왔을 때 봤었으니까 꽤 오래 전의 일이었다. 그때 주희는 브라이언에게 자존심이 많이 상한 것 같은 표정으로 가게를 나갔었는데 오늘은 꽤 밝은 표정으로 가게를 들어섰다.

그렇지 않아도 소영은 요즘 가게와 집을 오가면서 스쳐 지나가는 많은 사람들의 표정을 하나씩 유심히 살펴보고 있는 중이었다.

미군부대에 출근하는 한국사람들의 얼굴 표정만 하더라도 일정하지가 않았다. 그들이 부대 안에서 맡고 있는 일의 종류에 따라 그들의 얼굴 표정도 각기 다른 것만 같았다.

막일을 하는 사람들의 표정과 사무원의 표정과 웨이트리스들의 표정이 같을 수는 없었다.

막일을 하는 사람들의 표정이야 사무원이나 웨이트리스들과는 달리 일정기간의 계약이 끝나면 곧 그만둘 사람들이니까 얼굴 표정에 어울리지 않는 근엄함이나 안정감이 자리할 턱이 없겠지만, 사무원이나 세탁부 또는 웨이트리스들은 그렇지가 못하다는 것을 소영은 최근에야 깨달았다. 그들의 표정에는 아무리 감추려 해도 감춰지지 않는 묘한 우월감 같은 것이 자리하고 있었다.

소영은 최근에 와서야 부대에 출퇴근하는 한국인 근로자들의 표정에서 그런 것들을 보아내게 되었다.

밝은 표정으로 가게에 들어선 주희가 자리에 앉으며 말했다.

"언니, 털보라고 알지요?"

"털보?"

반문하면서 소영은 주희의 표정을 살폈다. 그녀는 머리의 형까지 바뀌어져 있었다.

가게에 나오지 않는 그동안 주희에게도 무슨 좋은 일이 있었던 모양이었다.

"털보를 모르는 걸 보면 언닌 이 바닥 사람이 아닌가봐. 그 왜 있잖아요. 이 바닥 깡패 왕초 말유. 그 털보가 어제 출감했대요."

소영은 붓을 내려놓았다. 모처럼 왔으니 오늘은 주희의 수다를 잠깐만이라도 들어줘야지 하는 생각을 하면서.

"미장원 언니의 남편 있잖아요. 내가 얘기 안 했었나?"

"전에 얘기했어. 그 사람이 태권도 사범이라면서…."

마음놓고 실컷 수다를 떨어댈 수 있도록 소영은 주희에게 적당히 맞장구를 쳐주었다.

"맞아, 둘이 잘 아는 사이인 것만은 분명한 것 같애요. 어제 털보가 출감하사마자 미장원으로 들이닥쳤대요. 용케도 남편이

집에 있는 시간을 맞춰서 말예요. 재미있는 것은 늘 미장원 언니에 게는 주먹질을 해대던 그 태권도 사범이라는 남편도 자기보다. 두어 살 아래인 털보에게는 꼼짝 못하고 설설 기드래요 글쎄."

"그래서 어떻게 됐는데?"

소영은 어차피 주희가 수다를 다 끝내야만 일어설 것이라는 판단을 하고 그렇게 맞장구질을 쳐주었다.

"참, 언니도, 어떻게 되긴 뭐가 어떻게 돼요. 아무리 그래도 명색이 남편인데, 자기 남편이 나이도 두어 살 아래인 남자 앞에서 설설 기는 걸 보고 좋아할 여자가 어딨겠어요?"

하긴 그럴는지도 모르겠다고 생각하면서 소영은 고개를 끄덕여주었다.

"그 털보가 남편 방에서 나오며 미장원 언니한테 점잖게 그러더래요. 세모 형님이 그렇게 나쁜 사람은 아닙니다. 아마 앞으로는 형수님께도 그렇게 함부로 완력을 행사하지는 않을 것이니 그 점 안심하라고 그러더래요. 글쎄."

"어떻게 미장원 언니가 매 맞는 것까지 알았을까?"

"낸들 알우, 그러나 자기 부하의 부인에게도 형수님이라고 깍듯하게 호칭하는 걸루 봐서는 그 털보라는 친구, 소문과는 달리 꽤 괜찮은 매너를 가진 사람 같애요."

"털보한테 어떤 소문이 있었는데 그래?"

주희의 얘기를 듣다보니까 소영은 자신도 모르는 사이에 털보라는 인물에 대한 호기심이 일었다. 아니 어쩌면 그 털보라는 사내가 소영이가 고등학교 1학년 때 반장을 두들겨패고 퇴학을 당한 바로 그 재학이일는지도 몰랐다.

재학이가 깡패의 길로 빠져버렸다는 얘기는 가끔 풍문에 들었고, 고등학교 때의 기억으로도 재학이의 코밑은 늘 거무스름했었으므로 '털보'라고 하는 별명이 그렇게 낯설게 느껴지는 것만은 아니었다.

그렇다. 어쩌면 털보는 소영이와 고등학교를 1년 동안 함께 다니던 바로 그 재학이일 가능성이 높았다. 아니 그것은 나이로 봐서도 거의 틀림이 없을 것 같았다. 그래. 털보는 재학이가 분명할는지도 모른다.

"경찰은 털보가 사람을 죽였다고 구속했는데, 증거불충분으로 기소유예가 됐다나 뭐라나. 하여간에 6개월간 살다가 어제 나왔대요."

"사람을 죽이다니? 누구를?"

소영은 깜짝 놀랐다. 아무리 그래도 그가 사람을 죽였을 리는 없을 것 같았다. 털보와 재학이가 만약에 동일 인물이라면 소영의 생각은 정말 그랬다. 주희의 말을 안 들은 것으로 치고 싶었다. 마지막 남은 고등학교 때의 아름다운 추억조차도 그렇게 함부로 얼룩지게 하고 싶지는 않다는 생각 때문이었다. 이런 것을 소녀적인 감상이라고 말한다 할지라도 소영으로서는 어쩔 수 없는 일이었다.

"뭐, 조직을 배신했거나 아니면 구역다툼이었거나 그 둘 중의 하나겠지요. 뭐 범죄조직이라는 게 다 그런 거 아니겠어요. 특히 마약사범들에게는."

"마약이라니?"

"언니도, 참. 순진하긴. 지금 이곳에 있는 미군들이나 색시들에게 히로뽕과 대마초가 얼마나 유행하고 있는데 그래요. 언니도 한 대 맞아봐요. 천국이 먼 데 있는 게 아니라는 걸 결국 알게 될 테니까요."

주희는 기지촌에 온 지 얼마 되지 않은 세월에 비해선 예상외로 너무 많은 것을 알고 있는 것 같았다. 아니 주희에 비해 화실과 아파트만을 오가는 소영이 자신이 너무 단조로운 삶을 살고 있는 것도 같았다. 그러나 주희처럼 히로뽕이나 대마초를 가까이하고 싶지는 않았다. 비록 그런 것들이 소영을 모든 고통으로부터 구원해주는 열쇠가 된다고 할지라도 그렇게 하고 싶은 생각은 추호도 없었다.

주희가 말하는 천국과 자신이 생각하는 천국의 차이는 물과 기름처럼 끝내 함께할 수 없는 것들이라는 사실을 소영은 알고 있었다.

자신이 생각하는 천국의 실체가 어떤 것이며 또 어디에 있는지에 대해서는 명확하게 말할 수 없지만 주희가 말하는 것과 같은 히로뽕이나 대마초 한 대로 쉽게 찾을 수 있는 곳이라고는 생각지 않는다는 말이었다.

"언니, 나도 가끔 무대에 오를 때 대마초를 한 대씩 태우는데 그러면 꿈길을 걷듯 온몸이 나른하고 황홀해요. 몸에 유연성도 생기고… 다른 스트립걸들도 다 마찬가지예요. 홀마다 히로뽕을 맞는 양색시들도 더러 있어요. 그렇게 홀마다 히로뽕과 대마초를 공급해주던 짱구라는 건달이 지난 번 달렸잖아요. 그 짱구가 바로 털보의 직속 똘마니래요. 털보는 짱구의 구속과 자기의 체포에 세모가 어떤 형식으로건 관련됐으리라는 생각을 하고 있는 것 같아요. 맞아요. 그럴 거예요. 하긴 나도 태권도 사범이라는 그 세모에게 형사들이 가끔 들락거리는 걸 본 적이 있거든요."

주희는 수다를 떨어대면서 스스로의 얘기를 정리하는 것만 같았다. 얘기를 하는 도중에 차츰 세모라는 미장원 남편에 대한 의혹이 생기는 것 같았다.

요즘도 가끔 화실이나 집 부근을 기웃거리는 정보과 형사들을 의식할 때마다 소영은 그들에게 다가가 멱살잡이를 해대면서 악을 쓰고 싶었으나 그것은 어디까지나 생각일 뿐 그 같은 행동을 현실적으로 취할 수는 없는 노릇이었다. 그 같은 생각과 행동의 괴리감 속에서 오랜 세월 형성된 소영의 태도 때문이었을까. 주희의 그 같은 얘기를 들으면서도 소영은 그들을 변호하는 말밖에는 할 수가 없었다.

"그것은 태권도 사범이라는 사람이 미장원 여자를 두들겨패서 그런 걸 거야."

"언니, 그게 아냐. 지금 생각해보니까 그런 게 아니고 세모라는 그 태권도 사범이 형사들에게 찔렀을 수도 있어. 그래, 맞았어. 털보는 그래서 왔어. 참, 언니는 털보를 모른댔지! 내가 왜 털보도 모르는 언니한테 이러고 있지. 내가 지금 이럴 때가 아니지. 언니, 나 갈께."

주희는 급하게 말하고 밖으로 나갔다. 어딘가로 가서 지금까지 말한 내용에 살을 붙이고 추측도 곁들여가며 수다를 떨어댈 데가 생각났는지도 모를 일이었다. 주희의 표정에서 그런 것이 느껴졌다. 할 얘기가 무척 많은 것 같은, 그래서 더없이 행복해하는 것 같은, 그러나 그것을 참고 있을 때의 그 행복해하는 표정을 소영은 보아냈던 것이다.

주희의 얘기를 정리해보면 털보는 아마 이 구역의 조직에 패트롤(중간 보스)쯤 되는 모양이었다. 고등학교 1학년 때부터 코밑이 늘 거무스름했었던 재학이지만 얼마나 많은 수염이 났길래 '털보'라고 부르는지를 한번 보고 싶었다.

소영이가 고등학교 때의 재학이 얼굴에 상상만으로 수염도 그려넣고 커진 덩치도 그려넣으면 '털보'로 변한 지금의 모습과 크게 다르지는 않을 것 같았다.

털보의 몽타주라도 작성하듯 소영은 자신의 의식 속에서 털보에게 수염을 붙였다 떼었다 하면서 역시 재학이는 옛날의 그 모습 그 표정 그 덩치가 더 어울린다는 생각을 했다. 지금의 털보는 소영이가 알고 있었던 그 옛날의 재학이일 수는 결코 없을 것만 같았다.

세월은 소영에게서 너무 많은 것을 빼앗아가고 또 너무 끔찍하고도 엄청난 변화를 가져다주고 있기 때문일는지도 몰랐다.

아니, 그것이 아니다. 세월은 그 반대일 수도 있었다. 너무도 빠르고 너무도 쉽게 소영의 가슴에 화인처럼 새겨진 상처를 소영이 스스로가 잊어가도록 기지촌이라는 특수한 상황으로 압력을 가하고 있는지도 모를 일이었다.

양키들의 초상화나 그려주고 겨우 생계를 유지해왔던 소영의 안일한 일상적 삶의 궤도 속에 뛰어든 동생 미영과 브라이언의 동거는 하나의 사건이 아닐 수 없었다.

최근 동생 미영이와 브라이언에게 안방을 내주고 소영 자신은 건넌방으로 거처를 옮겨 생활하면서 참으로 많은 것을 느끼고 있는 중이었다.

그들이 꾸며놓은 신방은 참으로 고급스러웠다. 안방에 들어서면 어디가 아랫목이었고 어디가 웃목이었는지를 쉽게 구분해내지 못할 정도로 방 안은 값진 가구들로 가득 채워져 있었다.

아랫목에는 고급 더블 침대가 놓여져 있었고 머리맡에는 화장대가, 그리고 반대편 벽 쪽으로는 옷장과 양주병을 쭈욱 진열해놓은 진열장이 놓여 있었다. 그리고 방의 창가 쪽 아래로는 최신 외제 오디오시스템과 그 옆에는 미군부대에서 나온 소형 냉장고 하나를 며칠 전 새로 들여놓았다.

그것은 그들이 밤마다 거실로 나와서 사용하고 있는 소영의 냉장고를 사용하지 않기 위해서인 것 같았다.

그들은 밤에 거의 잠을 자는 것 같지 않았다.

미영이가 한밤중에 가끔 거실로 나와서 아직도 월부금이 끝나지 않은 냉장고의 얼음 얼리는 칸에서 얼음을 얼려갖고 들어가는 모습을 소영은 몇 번인가 보았다. 그리고 브라이언이 술을 무척 좋아하는구나라는 생각을 했었다. 어쨌거나 그들은 소형 냉장고를 안방에 들여놓음으로써 한밤중에 술을 마시기 위해 거실로 나와 소영이가 산 냉장고를 여닫는 소리만은 최소한 듣지 않을 수 있게 되었다.

브라이언과 안방에서 사는 미영은 행복해보였다.

그녀가 브라이언과 동거를 시작하면서부터는 언니의 화실로 나오는 일도 좀체로 없었고, 집 안에만 붙어 지냈다.

집에서 브라이언이 구해다준 요리책을 보며 이것저것 요리도 만들어 보고, 테이프를 들으며 외국어 공부도 하고 텔레비전도 보면서 그렇게 나름대로 바쁜 하루를 보내고 있었다.

그런 동생 미영의 모습과 표정은 참으로 행복해보였다.

그동안 함께 살아오면서 미영이가 그토록 행복해하는 모습 또는 표정을 소영은 한번도 본 적이 없었다.

소영은 행복이라는 것의 본질적 의미는 무엇일까를 한번 생각해보았다. '부모 형제가 다 함께 즐겁게 사는 것'이라고 행복을 정의한다면 그러한 행복을 소영은 한번도 누려본 기억이 없다. 그것은 미영이도 마찬가지였다. 코빼기도 본 적이 없는 아버지라는 사람과 삼촌, 그리고 자살한 어머니, 지금 미영이가 안방까지 끌어들인 브라이언이라고 하는 미국인 정보장교….

그러나 소영은 그렇게 해서 미영이만이라도 행복해질 수 있다면 더 이상 바랄 것이 없다고, 처음 두 사람의 동거문제를 형식적으로라도 허락하면서 생각했었다.

며칠 전의 일이었다.

그간 여러 차례 소영이가 밀린 일을 집으로 갖고 들어오는 것을 본 적이 있던 미영이가 밝은 표정으로 말했다.

"언니, 브라이언은 말야. 아무리 바빠도 일거리를 집으로까지는 가져오지 않아. 집에서는 오직 즐겁게 쉰다는 거야. 우리도 그들의 그런 사고방식을 배워야 할 거야."

그 말을 듣고 소영은 어이가 없었다. 브라이언을 만나기 전까지만 해도 밀린 일거리를 가지고 언니가 집으로 들어오면 그것이 안타까워서 밤새도록 잠 한숨 제대로 자지 못하고 뒤척거리던 계집애가 어떻게 저렇게 변할 수 있을까 싶어서였다.

하긴 브라이언은 미군부대 내의 업무와 가정의 일들을 철저하게 구분짓고 있는 사람 같았다. 안방에 책꽂이나 책상 하나 없다고 하는 것이 그 좋은 예가 될 것이다.

학생이 있는 대부분의 가정에서는 책상이 하나쯤은 있게 마련인데, 브라이언은 미영이가 쓰던 책상조차도 밖으로 내다버릴 정도였다. 물론 안방이 좁아서였겠지만 소영은 그 책상이 참으로 아까웠다. 가능하다면 건넌방으로 옮겨다놓았으면 싶었지만, 건넌방은 어머니가 쓰시던 옛날 장롱과 재봉틀, 그리고 몇 가지 유품들이 너무 많은 면적을 차지하고 있어서 오히려 소영이 자신이 쓰던 물건들은 베란다 쪽으로 박스를 꾸려 내다놓을 지경이었다.

문제는 미영이에게만 있었던 것이 아니라 소영이 자신에게도 있었다. 브라이언과 정식으로 결혼도 하기 전에 그를 이처럼 집 안으로 끌어들여 살림부터 차린다고 하는 것은 도저히 용서할 수도, 이해할 수도 없는 못마땅한 일이었지만, 동생이 하루빨리 국제결혼을 해서 미국으로건 어디로건 일단은 이 숨막힐 듯한 반쪽짜리 땅덩어리에서 벗어나고 싶다고 눈물로 고백해왔을 때에는 소영이로서도 달리 방법이 있을 것 같지가 않았다.

더욱이 언니가 동생의 첫 외박을 동조해준 것만 같은 인상을 자칫 브라이언이 받았을는지도 모른다는 생각이 들자 소영은 심히 불쾌했지만, 그 방법 외에는 달리 어쩔 수 없는 노릇이었다.

미영은 자신이 세운 계획을 설명했다.

우선 1단계 작업으로는 브라이언과 동거, 2단계 작업으로는 그와의 결혼, 3단계로는 그와의 출국, 그 다음으로는 미국 시민권 획득이라고 미영은 단계적으로 설명해나갔다.

그 3단계 작업 중 가장 중요한 제1단계 작업인 '동거'까지만 언니가 도와달라고 동생이 눈물을 흘리며 애원할 때에는 소영이도 오랫동안 참아왔던, 대상조차 불분명한 분노와 설움 때문에 오열을 터뜨리고 말았다.

그날 두 자매는 서로를 끌어안고 눈물을 흘리면서 서로가 서로의 얼굴을 적시는 눈물로써 무언의 약속을 한 셈이었다.

그로부터 불과 몇 달도 지나지 않아 미영의 생각은 변해가고 있는 것 같았다.

'바보 같은 계집애. 결국은 이렇게밖에 되지 못하는구나. 바보 같은 계집애. 결국은….'

1974년 9월.

늦더위가 일시에 물러간 기지촌의 하늘은 초가을 날씨답지 않게 아침부터 똥마려운 사람처럼 잔뜩 얼굴을 찡그리고 있었다.

아침식사는 미영과 브라이언, 그리고 소영이가 함께하기로 되어 있었으나 그렇게 셋이서 함께 아침식사를 하는 경우란 지극히 드물었다. 브라이언이 출근하지 않는 토요일이나 일요일 같은 때도 소영은 가능한 한 그런 자리를 기피하고 있었다.

그러니까 소영은 미영이와 브라이언이 함께 식탁에 마주앉아 다정하게 아침식사를 할 수 있도록 배려하고 있다는 말도 되었다.

원래 거실에 있던 낡은 소파를 치우고 그 자리에 고급 식탁을 들여놓았다. 그것도 물론 미영의 고집대로 된 것에 불과했지만, 소영으로서는 몹시 서운한 일이 아닐 수 없었다. 안방에서 건넌방으로 이삿짐을 옮길 때에도 그랬고, 미영이가 쓰던 책상을 내다버릴 때에도 그랬고, 낡은 소파를 치우고 그 자리에 고급스러운 식닥을 들여놓을 때에도 그랬다.

왠지 한두 개씩 원래 있던 가구와 물건들이 연속적으로 치워지고 있다는 것이 소영에게는 이만저만 서운하고 가슴 아픈 일이 아닐 수 없었다.

미영과 브라이언, 그리고 소영 자신이 더불어 즐거운 아침식사를 함께하지 못하는 데에는 아마도 그 같은 이유가 작용하고 있을는지도 모른다고 소영은 생각했던 적이 있었다.

미영은 식탁에 앉아 디저트로 커피를 마시며 신문을 뒤적이고 있었다. 참으로 평화스러운 모습이었다. 머리를 위로 쓸어올리고 밴드로 묶은 미영의 모습은 아무리 밉게 보려고 해도 신선한 느낌을 주는 것만은 사실이었다. 미영의 맞은편 자리에는 늘 브라이언이 앉았다. 아니 그 자리는 브라이언의 자리라고 말하는 것이 옳다.

소영은 미영의 옆자리에 앉았다.

그것은 누가 일부러 지정해서 알려준 것도 아닌데 자연스럽게 '그렇게 된' 세 사람의 '식탁 배치도'였다.

커피잔을 내려놓으며 미영이가 얇게 웃어보였다.

"언니, 뭘로 할래?"

"아무거나…. 니가 먹던 걸로 주렴."

"우린 토스트 한 쪽씩 먹었어. 언니도 토스트 구워줄까?"

새삼스러운 것은 아니지만 일상적인 미영의 말에 나타나는 단어의 쓰임새도 확연하게 달라져버렸다고 소영은 생각했다.

가령 브라이언을 만나기 전에는 동생 미영이도 지금같이 언니 말에서 '우리'라고 말했을 때의 의미가 '두 자매'를 나타내는 것임을 잘 알고 있었을 것이었다. 그러나 지금의 '우리'는 두 자매가 아니라 자기와 브라이언이라는 남편감을 뜻하는 말로 쓰이고 있다는 말이다.

이처럼 똑같은 말을 똑같은 사람 앞에서 사용했을 때에도 말은, 미군과 언니의 차이만큼 엄청난 변화를 가져오는 것일 수도 있다고 생각하면서 소영은 속으로 다시 한번 놀랐다.

물론 동생은 무의식적으로 그런 말을 쉽게 뱉었을 수도 있지만 그런 것 하나까지도 소영에게는 모두 신경이 쓰인다는 말이었다.

"그러지 뭐."

미영은 읽던 신문을 접어서 언니 앞으로 밀치며 일어섰다.

이것도 브라이언이 온 이후부터 바뀐 것 중의 하나였다.

그 전에는 집으로 신문이 배달되지 않았었다. 아니 배달되지 않았던 것이 아니라 배달되던 것을 끊어버린 것이었다.

소영은 한때 누구보다도 열심히 배달된 신문을 읽었었다. 활자 한 자 한 자를 아주 꼼꼼하게 읽어내려갔던 적이 있었다. '7·4 남북공동성명'이 발표되었을 때였다. 아버지가 계신 곳의 소식을 한 줄이라도 더 알기 위해 소영은 신문의 활자를 거의 외워버리다시피 할 정도였다.

그러나 그 후 신문은 일방적으로 어느 한쪽만을 맹렬히 비난하면서 그 문제를 잊어갔다. 소영은 지독한 배신감을 느꼈다.

그래서 신문 구독을 중단했던 것이었다.

신문은 두 가지 종류가 있었다. 한 가지는 브라이언이 미군부대에서 집으로 가끔 가지고 들어오는 '워싱턴포스트'였고, 다른 한 가지는 국내에서 발행되는 조간신문이었다.

소영은 딴 생각을 하면서 조간신문을 대충 훑어보다가 깜짝 놀랐다.

'기지촌 주변 대마초 단속'이라는 밤톨만 한 크기의 활자를 보았기 때문이었다.

주희가 화실로 찾아와 말하던 털보라는 사내가 떠올랐다.

"언니, 신문에 뭐가 났어?"

동생이 언니의 식탁 위로 토스트 두 쪽을 담은 접시를 내려놓고 그 옆에 따라온 우유 한 컵도 내려놓았다.

"응 기지촌 얘기가 나와서…."

동생이 언니의 옆자리에 앉으며 말했다.

"나도 읽어보았는데, 뭐 별 거 아냐. 여기 얘기가 아니고, 미8군 얘기야. 거기 출입하는 이름 있는 연예인들 몇이 대마초를 피우다가 걸린 모양이야. 뭐 새삼스러운 것도 아니잖아. 여기도 그런 사람들은 많은데 뭘 그래. 난 또."

소영은 동생이 갖다준 토스트 두 쪽 중 한 쪽만을 겨우 목구멍 속으로 넘기고 우유를 마셨다.

그리고 어제 갖고 들어왔던 일감을 챙기러 다시 건넌방으로 들어가야겠다고 생각하면서 의자에서 일어섰다.

"언니, 커피는 안 해?"

소영은 동생과 길게 이야기하고 싶은 마음이 없었다. 그래서,

"됐어."

라고만 짧게 얘기하고 그냥 건넌방을 향해 걸음을 옮겼다. 미영이 앉은 곳을 막 스치고 지나갈 때였다.

"언니, 나 좀 잠깐 봐!"

동생은 날카로운 음성으로 언니를 불러세웠다.

소영이 걸음을 멈추고 뒤를 돌아보자 의자에서 발딱 일어서 있던 미영이가 몇 초 동안 언니의 눈만을 똑바로 쳐다보고 있다가 아무 소리 없이 안방으로 들어갔다.

소영은 할 수 없이 동생을 따라 안방으로 들어가면서도 안방에 있는 세간살이들이 주는 까닭모를 역겨움 때문에 의식적으로 더블 침대나 값진 가구들, 또는 화장대나 오디오시스템, 그리고 소형 냉장고나 브라이언이 바꿔버린 조명등 따위를 보지 않으려고 애쓰고 있었다.

그러나 혹 눈을 아예 감아버리고 만다면 모를까, 눈을 뜬 상태 속에서는 방 안의 그런 물건들이 눈에 들어오지 않을 리가 없었다.

"언니, 바로 이거야."

동생은 화장대의 맨 아래 서랍에서 어떤 서류의 카피본을 한 묶음 꺼내서 언니에게 내밀었다.

일떨결에 서류뭉치를 받아쥔 소영이의 눈에 들어온 글씨는

'TOP SECRET'였다.

소영은 잠시 'TOP SECRET'라는 단어가 무슨 뜻인가를 생각하다가 그것이 우리나라 말로 번역하면 '극비사항' 또는 '대외비'라는 말이 된다는 것에 생각이 미치자 정신이 번쩍 들었다.

소영은 미영이의 얼굴을 쳐다보며 꾸짖었다.

"아니 미영아, 너 이게 도대체 무슨 짓이냐?"

그러나 동생은 침착했다.

"한번 읽어봐. 언니 나는 지금 언니가 생각하는 것처럼 결코 브라이언에게 빠져 있는 게 아니라, 그를 알아내기 위해 이러는 거야. 적을 알고 나를 알면 백번 싸워 백번 이긴다는 말이 있다지. 나는 브라이언을 속속들이 알고 싶어. 그를 안다는 것은 곧 미국의 정책을 안다는 것도 되지 않겠어. 나는 한번밖에는 싸울 기회가 없어. 그래서 이러는 거야."

소영은 겉장을 넘겨 보았다.

미상원군사위보고서美上院軍事委報告書였다. 영한사전을 찾지 않고서는 읽어내기가 힘들었지만 대강의 뜻은 짐작되었다.

주한미군이 앞으로 워싱턴 직할이 된다는 내용이었다.

그 이유는 주한유엔군 사령부와 미군 사령부, 그리고 8군 사령부 등 3군 사령부가 통일 사령부로 통합되고, 주한 사령부와 태평양 군사령부는 그날 부로 자동 해체된다는 내용이었다.

소영은 괜히 숨이 가빠지고 가슴이 뛰었다.

아마도 'TOP SECRET'라는 영문을 읽었기 때문일는지도 몰랐다.

소영은 복사된 영문서류를 대충 훑어본 후에 다시 동생에게 넘겨주고 안방을 나왔다.

그로부터 사흘 후인 토요일 아침, 선구가 화실로 소영을 찾아왔다. 선구의 얼굴을 대하자마자 소영은 가슴이 설레이면서도 묘하게 어머니의 품안처럼 따뜻하고 포근한 느낌이 동시에 들었다.

반가웠지만 반갑다는 내색은 할 수가 없었다. 습관이었다.

"오늘은 부대도 쉬는 날인데, 여긴 어쩐 일이세요?"

인사말을 해놓고 보니 가시 돋힌 말이 된 것 같아 소영은 그것이 또 안타까웠다.

"좀 앉겠습니다."

그는 접대용 의자를 조심스럽게 끌어당겨 앉으며 작업복 윗주머니에서 담배를 꺼내 물었다.

평상시의 그는 늘 허름한 작업복 차림이었다.

"그 동안 소영 씨의 출국 방법을 여기저기 알아보러 다녔습니다. 아직까지는 그 어떤 방법도 찾아내지 못했지만 나는 끝까지 포기하지 않을 겁니다. 그래서 이모님께 나의 초청도 연기시켰습니다. 나는 소영 씨와 함께 갈 겁니다. 기다려주십시오. 분명히 어떤 방법이 있기는 있을 겁니다. 오늘은 우선 그 말만 전하러 왔습니다."

"…."

소영은 아무 할 말이 없었다. 소영이 사신에게는 불가능한 출국을 어쩌면 가능하게 만드는 힘이 선구에게는 꼭 있을 것만 같았다.

그것이 비록 착각일지라도 소영은 그렇게 믿고 싶었다.

그러나 그렇게 착각하고 무한정 기다리는 것만이 선구를 사랑하는 길이라고는 물론 믿고 있지 않았다.

오히려 그를 그냥 떠나보내는 것이 그의 고통을 줄여주고, 야망과 낙원을 쉽게 찾아가게 하는 지름길이 될는지도 모른다고 소영은 생각하기도 했다.

그러니까 소영은 수많은 날들을 오직 선구라는 남자 한 사람만 생각하면서 살아왔다는 것이 맞는 말일 것이다. 그러면서도 지금은 사랑하는 그를 포기할 수밖에는 달리 방법이 없기 때문에 그만큼 괴로움은 더 크다고 할 것이었다.

그에게 제대로 사랑을 고백하지도 못한 내성적인 소영 자신의 내적 갈등을 그가 모두 이해하고 받아들이고 있다는 사실을 소영은 마침내 깨닫게 되었다. 이번 그의 내방으로.

아니 그가 분명히 어떤 방법이 있을 것이라는 확신을 소영에게 준 것만으로도 그랬다.

"그럼 그만 일어서겠습니다."

선구는 화실 문을 밀고 나갔다.

그가 나간 후 소영은 그가 남기고 간 말들 '앉겠습니다'와 '일어서겠습니다' 사이에서 잠들어 있었던 그 말들을 하나씩 깨워 보기 시작했다.

바람편에 편지를 쓴다.
우리 더 젊은 날 하늘을 보았을 때
그 눈부신 푸르름처럼 슬픈 마음으로
물 밀려오는 그리움을 쓴다.
이 편지 그대에게 가닿지 못할지라도
그대 항상 창 열고 기다리고 있으라.
우리 더 젊은 날 늘 무엇인가를
기다리는 마음으로 저 하늘을 보았듯이
바람을 맞이했듯이

바람편에
더 젊었던 시절
무엇인지 알지 못하는 사랑을 쓴다.
자유를 쓴다. 아픔을 쓴다.
억새풀밭 사이를 헤치고
바닷가를 서성이고
죽어 있는 노을도 건져올리면서
우리는 꼭 무엇인가 되자고 했지.
어둠을 깨치는 그 무엇인가가 되자고

가닿지 못할 편지를 쓴다.
사랑을 쓴다. 자유를 쓴다.
아픔을 쓴다.
오늘도 자꾸 나는 무엇인가 그리워
내 눈물을 적신다.
억새풀밭 사이 돌아
내가 그대에게로 간다.

— 김광렬의 시 「서신書信」

겨울 속 풍경

인생이란 정말 누구의 말처럼 향기와 같은 것일지도 몰랐다. 맡으려고 하면 없어지고, 뿌리치려고 하면 다시 풍겨오는 그런 향내일는지도 몰랐다.

소영은 방금 선구가 보여준 것처럼 인생이란 그냥 '앉았다'가 일어서는 것과 같이 지극히 짧은 어느 한순간을 가리키는 것일는지도 모른다고 생각했다. 그렇다면 햇빛 한번 제대로 받아보지 못하고 자란 자신의 인생이란 얼마나 허망한가. 코빼기도 본 적이 없는 아버지와 삼촌의 삶이 드리운 엄청난 그늘, 그 그늘로 인해 끝내는 스스로의 목숨을 끊어버리고 마신 어머니의 삶, 그 인생은 결코 왕복 차표를 발행하지는 않는다는 것이 최근 소영이 깨우친 삶의 철학이었다.

미영의 말처럼 인생은 오직 한번의 기회, 그 한 장의 차표밖에는 없는 것일는지도 몰랐다.

가게로 나와서 일을 도와주던 미영이조차 요즘은 집구석에만 처박혀 브라이언과의 신혼을 즐기고 있었고, 소영이가 가끔 그 전처럼 밀린 일거리를 갖고 집으로 들어갈라치면 미영이의 눈치를 봐야 되기 때문에 그나마도 어려운 지경이었다.

"언니, 안녕하셨어요?"

화실 문을 열고 들어서는 얼굴은 미스 송이었다.

그녀가 한번 가게로 들르겠다고 말한 지가 꽤 오래되었던 것 같은데 아마 오늘에야 겨우 시간이 난 모양이었다.

"어서 와요."

소영은 반가운 내색도 그렇다고 싫어하는 내색도 아닌 그저 덤덤한 목소리로 말했다.

접대용 의자에 앉으며 탁자 위에 놓인 까만 색의 전화기를 보고 미스 송이 깜짝 놀랐다.

"어머, 전화가 나왔네요. 언제 나왔어요? 진작 전화가 있는 줄 알았으면…."

미스 송이 뒷말을 그렇게 노골적으로 덧붙이지는 않았지만, 틀림없이 '괜히 왔다'는 한마디 말이 생략되어진 것만 같았다. 그래서 소영이도 그런 투로 대꾸했다.

"전화가 나온 지 며칠 됐어요. 전화번호는 수화기에 적혀 있어요."

번호를 적어가지고 그냥 돌아가서 용건을 전화로 얘기하든지 말든지 그건 마음대로 하라는 내용이 생략되어진 채였다.

왠지 소영은 미스 송에게 까닭모를 질투를 느끼고 있었다. 그러나 그것은 미스 송이 단지 선구와 함께 한 방에서 근무하고 있다는 단순한 이유에서만은 결코 아니었다. 말하자면 여자만이 느낄 수 있는 일종의 직감 같은 것이었다.

미스 송이 선구에게 갖고 있는 관심의 정도를 소영은 진작에 선구가 말한 '한국인들 것이라면 무조건 싫어하고, 미국인들 것이라면 무조건 좋아하는 정신나간 여자'라는 말로써 충분히 느끼고 있었던 것이다.

"용건이 뭐예요?"

소영이 의자를 바로하고 미스 송을 정면으로 쳐다보면서 그렇게 물었다.

대뜸 소영으로부터 용건이 뭐냐고 추궁을 당하자 미스 송은 허를 찔린 듯 처음엔 조금 당황하는 것 같더니 곧 평온을 되찾고 당돌하게 대꾸했다.

"선구 씨 문제로 왔어요."

미스 송은 조금 전에 선구가 바로 이 장소로 왔었다는 사실을 모르고 있는 것 같았다. 소영이 반문했다.

"선구 씨 문제?"

"네, 그래요."

미스 송은 핸드백을 열고 양담배 한 가치를 꺼내물고 불을 당겼다. 그리고 연기를 한 모금 길게 뱉어내고 다리를 포개 얹으며 다시 말을 이었다.

"지금 미국에서는 급히 들어오라고 선구 씨에게 거의 매일 전화가 걸려와요. 초청장을 보낸 지가 벌써 언제인데 그러느냐구요. 같은 방에 있으니까 본의는 아니지만 가끔 전화 내용을 듣게 되죠. 그런데 선구 씨는 계속 출국을 연기만 하고 있어요. 왜 그런지 아세요? 바로 소영 씨 때문이에요."

소영은 화가 났다.

"그래서요?"

미스 송은 포개 얹었던 다리를 풀고 담배를 재떨이에 비벼서 껐다. 양담배가 재떨이에 꽤 긴 장초로 남아 있었다. 그녀는 진지한 표정을 짓고 말했다.

"언니, 이 말은 안 하려 했지만 어쩔 수 없이 하게 되는군요."

"…."

"어차피 아버지의 월북으로 가족 전체가 출국이 정지된 상태라면 그이만이라도 출국을 시키는 게 진정 그이를 위한 것이 아닐까요? 내 얘기는 포기가 때로는 가장 깊은 사랑이 될 수도 있다는 뜻이죠."

미스 송은 어느덧 제멋대로 선구를 '그이'로 부르고 있었다.

"우리 가족에 대해 쓸데없는 것을 너무 많이 알아보셨군요."

다분히 비꼬는 투로 소영이 그렇게 말하자 미스 송은 별로 자신이 알아본 내용을 감추려하지 않았다.

"쓸데없는 것은 아니죠. 제겐 꼭 필요한 사항이어서 친척 중에 경찰 쪽에 관계하시는 분이 있어 한번 알아본 것뿐이에요."

소영은 참담한 기분이었다. 그녀와 더 이상 이야기를 나누고 싶지가 않았다.

"그래, 뭘 원하세요?"

"원하는 건 없어요. 선구 씨를 포기하라는 것밖에는."

생각 같아서는 정말 미스 송의 머리끄덩이라도 잡아 흔들고 싶은 충동이 가슴 밑바닥에서부터 강하게 일렁였지만 차마 그렇게까지는 하지 못했다. 고작 '그만 나가달라'고만 말했을 뿐이었다.

"그러지요. 실례했어요."

미스 송이 정신을 온통 휘젓고 나간 후 소영은 계속 우울한 기분이었다.

조금 이른 시간이긴 했지만 소영은 가게 문을 닫아걸었다.

그때 누군가가 곁으로 다가섰다.

"왜 이렇게 일찍 가게 문을 닫아."

소영은 소리나는 쪽으로 고개를 돌려 사내의 얼굴을 쳐다보았다. 거기 옛날의 모습이 아직 그대로 남아 있는 재학이의 웃는 얼굴이 꺼칠한 수염을 달고 버티고 서 있었다. 그러나 소영은 쉽게 아는 체를 할 수가 없었다.

"누구세요?"

그러자 그가 스스럼없이 대꾸했다.

"나, 털보 재학이야."

"…."

"재학인데 기억이 안 나?"

"오랜만이군요. 그런데 여긴 웬일이세요?"

"우리, 어디 가서 얘기나 좀 하지."

누구와라도 더 이상 얘기할 기분은 아니었지만, 그렇다고 집으로 곧장 들어갈 기분은 더더욱 아니었다.

어디 가서 '누군가'와 함께 술이라도 실컷 퍼마시고 정신없이 취해버리고만 싶었다. 아니 울고 싶었다.

소영은 스스로를 잘 알고 있었다. 자신은 어떠한 경우라도 절대 술에 취해 정신을 잃어버리는 일은 결코 없을 것이며 눈물도 끝내 흘리지 않으리라는 사실을.

모처럼 만난 털보가 그 '누군가'는 될 수 없다는 것도 소영은 잘 알고 있었다. 그러나 털보의 얘기를 듣다보니까 왠지 소영에게는 불공평하다는 생각이 들었다. 같은 동창인데 한쪽은 꼬박꼬박 경어를 사용하고 있고, 다른 한쪽은 반말을 하고 있다는 사실이 영 마음 내키지 않았다.

그러나 그것은 주리에게 들었던 털보의 선입견 때문에 그런 것만은 아닌 것 같았다. 그에게 경어를 쓰는 것은 어쩌면 소영이 자신이 그만큼 성숙한 여성이 되었기 때문일는지도 몰랐다.

아니 오히려 자신에게 내내 경어만을 쓰고 있는 선구에게서는 전혀 느낄 수 없었던 또다른 향수와 친근감이 털보에게 불현듯 느껴지기도 했다.

털보가 앞장을 섰고 소영은 그 뒤를 따라 걸었다.

지굴시장통으로 들어서서 털보는 '유신만이 살 길'이라고 쓰인 낡은 정미소 건물을 돌아 언젠가 선구와 점심 때 함께 가본 적이 있던 곰보할멈집으로 들어갔다. '유신만이 살 길'이라는 글씨는 못 보던 것 같았다. 아마 최근에 새로 쓴 모양이었다. 정미소 담벽에 양키의 대갈통만큼 큰 페인트 글씨로 썼기 때문에 시장통을 오가는 사람들은 장님이 아닌 다음에야 누구나가 다 볼 수 있을 것만 같았다.

소영은 곰보할멈의 얼굴이나 말투가 조금 찜찜했지만 그렇다고 안 들어갈 수도 없는 일이어서 그냥 털보를 따라 들어갔다.

식당 안은 식사손님과 술손님으로 몹시 붐볐다.

털보가 들어서자 카운터에 앉아 있던 곰보할멈은 그를 대뜸 알아보고 자리에서 벌떡 일어섰다.

"이놈의 자식."

뛰쳐나온 곰보할멈에게 한손을 잡힌 채 털보는 웃음을 물었다.

털보는 곰보할멈이 끌고 가는 대로 이끌려 가면서 뒤를 한번 힐끔 쳐다보았다. 소영이가 제대로 따라오고 있는가를 확인하기 위해서인 것 같았다.

곰보할멈은 남들에게는 내주지 않던 안방으로 털보를 끌고 들어갔다.

"들어와. 같이 왔으믄 자네도 어서 들어와."

곰보할멈은 안방으로 들어선 털보를 앉히며 문 밖에서 주춤거리고 서 있는 소영에게 그렇게 소리를 질렀다.

예상했던 바이긴 했지만 그 같은 곰보할멈의 태도는 영 기분이 좋지 않았다. 처음부터 이렇게까지 기분이 엉망진창이 될 줄 알았으면 털보를 따라오지 않는 것인데 싶기도 했다. 아니, 구두를 벗고 문지방을 넘어서며 소영은 저 곰보할멈이 어쩌면 자신의 얼굴을 알아볼는지도 모른다는 생각이 불현듯 들었기 때문에 생각을 했던 것인지도 몰랐다.

"언제 나왔누? 게서 또 고생은 얼마나 많았구."

다행히 곰보할멈은 계속 털보에게만 관심을 갖고 자신은 거들떠보지도 않았다.

"할머니, 우선 뭐 먹을 것 좀 줘요."

방바닥에 털보가 털석 주저앉으며 곰보할멈에게 말하자 곰보할멈이 알았다면서 일어섰다. 곰보할멈이 일어서면서 그때 처음 소영의 얼굴을 자세히 쳐다보았다.

"아니, 이 처녀는 내가 어데선가 본 적이 있는 얼굴인데…. 내가 어데서 봤더라."

"…."

소영은 가슴이 섬찟했다. 또 다시 곰보할멈이 혀끝을 끗끗거릴 것만 같아서였다.

"그래, 밥은 뭘로 할라는가. 고기 좀 줄까? 오늘 부대고기 괜찮은데."

"아무거나 갖다주세요."

곰보할멈이 방을 나간 후 털보는 소영을 향해 웃음을 보였다.

"소영이 참 오래간만이야."

그는 코밑과 턱밑에 무성하게 자란 털을 면도로써 말끔히 밀어냈으면서도, 옛날 소영을 귀찮게 굴던 같은 반의 반장 녀석의 코피를 그예 터뜨리고 그대로 퇴학을 당했을 때의 그 재학이와는 조금 다른 음성으로 말했다. 말하자면 음성의 톤이 조금 포근하게 들렸다는 것인데, 그것은 소영으로서는 전혀 생각지도 못했던 심경의 변화였다.

"정말 그렇군요."

소영은 자신이 재학이를 마지막 본 것이 언제쯤인지를 이미 주리의 수다를 들으면서 떠올려봤던 적이 있었으므로 그렇게만 대꾸했다.

"동생이 미군과 살림을 차렸다면서, 내가 나오니까 푼들이 그러더군. 살림을 낸 지는 오래됐나?"

소영은 그만 말문이 막혔다.

털보가 어떻게 자신의 동생과 브라이언이 살림을 차린 것까지 알았는지는 정말 모를 일이었다.

소영은 죄지은 사람처럼 그에게 고개만 끄덕였다.

하긴 이 손바닥만 한 기지촌에서 그만한 정보도 없이 어째 패트롤을 할까만은 그래도 털보가 자신의 주변에 늘 붙어 있었다는 것만은 놀라운 일이 아닐 수 없었다.

곰보할멈이 부대고기를 담은 프라이팬과 프로판 가스를 갖고 들어와서 상 위에 얹어놓고 다시 나갔다 들어오더니 소주병과 몇 가지 반찬을 상 위에 얹어놓았다.

프라이팬을 얹어놓은 프로판 가스대에 불을 당긴 곰보할멈이 일어서면서 소영을 쳐다보았다.

"이제 생각났어. 젊은 처네의 얼굴이 맞았어. 처네의 운명이 얼굴에 그대로 쓰여 있었어. 그래서 내가 쯧쯧 하고 혀를 찼던 적이 있었지. 그래 맞었어. 그때는 부대의 웬 젊은 사무원하고 오지 않았나?"

곰보할멈이 아직도 자신의 기억력이 얼마나 좋은가를 나타내 보이려는 듯 흡사 양색시 주리처럼 너스레를 떨어대자 맞은편에 앉아 묵묵히 듣고 있던 털보가 불쑥 한마디했다.

"할머니, 우리 둘이서 얘기 좀 하게 자리 좀 비켜줘요."

머쓱해진 곰보할멈이 눈살을 찡그린 채 자리를 비우고 나가자 털보가 입을 열었다.

"저 할멈은 저게 탈이야. 남들의 기분은 늘 아랑곳없이 당신이 하고 싶은 말을 다하거든. 그 점을 남들은 싫어하는 것도 같지만, 내겐 오히려 그런 점이 더 좋게 받아들여지더군."

그렇게 말하며 털보는 웃었다.

학창시절 이후 가끔 흘러드는 그에 대한 소문 외에는 그를 한 번도 만나본 적이 없지만, 이렇게 다시 스스럼없이 그를 만날 수 있다는 것이 소영에게는 아직도 믿기어지지 않았다.

모든 면에서 선구와는 대조적인 사람, 그가 바로 털보였다.

"그 동안 어떻게 지내셨어요?"

소영이 그렇게 묻자 털보는 소영이 앞으로 소줏잔을 내려놓고 투명한 액체를 가득 따른 후 왼손을 거둬들여 눕힌 채 엄지손가락으로 자신의 가슴을 쿡 하고 한번 찔렀다.

"나?"

이곳에 자기 말고 또 누가 있단 말인가? 소영은 그냥 고개를 끄덕여주었다.

"소문을 못 들었을 리는 없을 테고…. 그냥 그렇게 살아왔어."

그냥 그렇게 살아온 그가 왜 이제 새삼스럽게 자기를 찾아왔는지가 소영은 궁금했지만 그것을 묻지는 않기로 했다. 어차피 해줄 얘기라면 묻지 않아도 그가 얘기해줄 것이므로.

"우선 술부터 좀 들지."

그는 술을 한잔 들이켜고 안주로 부대찌개를 뒤적였다. 부대찌개는 아직 덜 익은 모양이었다. 그는 젓가락으로 찌개 그릇에서 이것저것 야채와 고기를 집었다 내려놓고는 자작으로 한 잔을 더 따랐다. 그리고는 소영을 쳐다보았다. '어서 들어'라는 말은 생략되어져 있었지만 그의 눈빛은 그렇게 말하고 있었다.

'어서 들어.'

소영은 마지못해 소줏잔을 입가에 댔다가 한 모금 마시고 잔을 다시 내려놓았다.

"미군부대에 취직한 놈들이 더러 있었지. 진열이 알아? 거 왜 고등학교 때 공 찬다고 껍죽거리던 자식하고, 또 이민웅李民雄이라고 나보다 몇 달 더 다녔나? 주차장 변소깐 앞에서 쭈그리고 앉아 자기 어머니 대신 가끔 돈 받고 있던 자식 말야. 그놈들이 모두 미군부대에 취직해서 한동안은 잘 지냈어. 그러니까 그게 언젯적 얘기냐 하면 내가 퇴학을 당하고 그 이듬해에 겨우 나이를 맞춰 개병대에 지원해서 얼렁뚱땅 제대를 하고 나서의 일이니까. 벌써 3~4년 전의 일이 되는군. 나도 제대하자마자 진열이

하고 민웅이 자식이 다니던 미군부대에 취직이라는 걸 했지. 나는 일용잡부였으니까 식당의 주방에서 일하던 민웅이나 피엑스에서 일하던 진열이하고는 달랐지. 그들은 그때 안정된 자리였지만 나는 일이 끝나면 언젠가는 그만두어야 할, 말 그대로 일용잡부 자리였으니까. 이 집은 그때부터의 단골이야. 우리들 일용잡부들은 힘든 노동을 하고 나오면 꼭 곰보할멈집의 부대고기를 먹어야 몸이 풀어졌으니까. 아니 개병대 때도 가끔 휴가 나오면 이 곰보할멈집에 들렀으니까 한 7~8년은 단골인 셈인가. 어쨌거나 그 무렵의 일이야."

소영은 자신이 다니던 학교의 학급이 두 반밖에는 없었기 때문에 털보의 이야기를 들으며 진열이와 이민웅의 얼굴을 기억해내는데 그리 오랜 시간이 걸리지는 않았다. 더구나 그들은 털보가 그런 것처럼 다들 졸업을 하지 못하고 중도에서 학교를 그만두고 말았기 때문에 그들이 지금은 어떻게 변해 있는지 얼굴조차도 가물가물했다.

동창생들의 모임에 별로 참석해보지 않아서 그들의 얘기를 들어볼 기회도 없었지만, 설사 동창생들의 근황에 대해 얘기를 나눈다고 하더라도 그것은 주로 졸업을 한 사람들에 관해서만 얘기했지 졸업도 하지 못한 사람들에 대해서는 거론조차도 하지 않았다. 털보처럼 이 바닥에서 깡패로 성공(?)한 경우가 아닌 다음에는 더욱 그러했다. 하긴 재학이와 털보가 동일인인지 아닌지에 대해서조차도 소영이 자신은 한동안 몰랐었으니까.

"그 무렵 식당에서 근무하는 진열이와 피엑스에서 근무하는 이민웅 등 28명이 하루아침에 해고되었지. 왠지 알아? 진열이는 주방에서 일했었는데, 커피나 또는 다른 음료수 병들에 그 내용물들이 조금씩 남아 있었던 것을 확인하지 않고 그대로 쓰레기통 속에 던져버렸었는데, 그게 문제가 됐던 거야. 양키들이 몰래 천정에 설치해둔 영사기에서 그것이 그대로 다 촬영이 됐던 거야. 참 무서운 놈들이지."

소영은 한때 그런 소문을 들은 적이 있었다. 그러나 그 속에 자기의 동창생들이 끼어 있었던 것은 몰랐다. 다만 그때 해고된 인원이 한 30명 된다고만 들었던 기억이 있다. 소영은 털보의 얘기에 자신도 모르는 사이에 차츰 빠져들어갔다. 어느새 털보의 잔은 또 비워져 있었다. 소영이 털보의 잔에 술을 따르고 물었다.

"그때 이민웅이도 해고됐어요?"

"이민웅이도 마찬가지야. 피엑스에서 물건을 날랐었는데 실수로 커피병을 떨어뜨리는 경우가 간혹 있었거든. 변소에 앉아서 동전을 받던지 어머니 생각을 하면 세상 모든 게 다 아까웠지. 그래서 녀석은 깨진 병에서 내용물들만 비닐봉지에 담아 내오다가 정문의 헌병 검색에서 걸린 거지. 다른 사람들도 다 오십보백보야. 미군들이 먹다 남긴 스파게티나 비스킷 등을 개나 돼지를 주겠다고 내오다가 정문 검색에서 걸린 거야. 헌병이 미군부대의 셔틀버스를 세워서 검문검색을 한 것은 그때가 처음이었어. 다들 괜찮은 줄 알고 쓰레기 같은 것을 갖고 나오다가 걸린 거지. 그 이튿날 장교식당의 미국인 지배인이 뭐라고 했는지 알아?"

소영은 그 얘기를 얼핏 들은 것도 같았지만 막상 털보가 정면으로 그렇게 물어보니까 뭐라고 대답을 할 수가 없었다. 그래서 고개를 가로저었다.

"너희들은 일제 36년간 일본인들의 지배를 받아도 싸다. 너희들의 가슴에 아직도 남아 있는 그 도심盜心이 완전히 없어지기 전에는."

그래, 맞았어. 소영은 이제 분명하게 기억이 났다.

그때 그 지배인 말에 흥분한 기지촌의 모든 사람들이 다 들고 일어났었다. 우리들의 가슴에 도심이 자리한 것인지 또는 그것이 부자나라의 음식찌꺼기를 가져다가 개 돼지 대신 사람이 먹으려고 했던 가난한 나라의 국민이 갖는 절약정신의 발로였는지는 알 수 없지만, 다분히 계획적인 행동으로밖에는 볼 수 없었던 그날 헌병들의 일치된 행동이 가져온 결과는 너무나 엄청났다. 한국인 근로 28명의 해고가 뒤따랐기 때문이었다.

사실 미군부대에 근무하는 한국인들이 모두 단결해서 총파업을 한다면 미군부대의 모든 행정은 당장에 마비를 가져올 것이었다. 그러나 그때 외기노조 간부들의 중재로 총파업으로까지는 밀고 가지 못하고 그 사태의 처리는 문제의 발언을 한 장교식당의 미국인 지배인 한 사람만 사표를 냄으로써 그냥저냥 해결되고 말았었다고 소영은 들었었다.

그때 그 사건과는 관계없이 그 미국인 지배인을 죽지 않을 만큼 두들겨팬 또 다른 한국인 근로자가 한 명 있었다고 들었는데, 그게 바로 털보였다는 깨달음이 비로소 소영에게는 온 것이었다.

"그럼 그때 그 미국인 지배인을 때린 사람이 바로…."

그는 멋쩍은 듯 씽끗 웃었다.

그래서 또 징역을 살고 나와 아예 '이 길'로 들어섰다고 그는 말했다. 소영은 털보의 '이 길'이라는 말을 들으면서 순간적으로 오늘 털보가 자신을 찾아온 목적이 아무래도 다른 데에 있는 것 같다는 막연한 느낌을 받았다.

팔이 안으로 굽는다고 고등학교를 같이 다닌 적이 있었음으로 해서 그냥 털보의 악명에 대한 자신의 이해가 자칫 재학이에서 털보로의 변신을 안팎으로 정당화시켜주고 있는 것인지도 모른다는 생각이 들기도 했다. 왜 진작에 그런 생각을 하지 못했던 것일까.

털보의 오늘의 내방이 아무래도 예사롭지 않게 받아들여졌다.

소영은 곰보할멈이 새로 갖다준 공기밥을 먹으면서도 자꾸 그런 생각이 들었다. 뿐만 아니라 얼추 식사를 끝내고 술병도 다 비우고 나서 그가 장소를 옮기자고 말했을 때, 소영은 일찍 집에 들어가봐야 동생 미영과 브라이언에게 자신은 방해만 될 뿐이라는 생각이 들었고, 그렇다고 일거리를 갖고 들어가지 않은 자기 방에서 혼자 어머니 아버지 생각이나 하면서 궁상이나 떨 생각을 하니까 더럭 겁이 났다. 특히 고물이 다 된 재봉틀을 볼 때마다 어머니가 삯바느질을 하시던 모습이 떠올라 소영은 몇 번이고 그 재봉틀을 내다버릴까도 생각했었다. 그러나 도저히 그럴 수는 없는 노릇이었다. 소영이 한참 망설이고 있을 때였다.

"어디 가서 간단히 입가심만 하고 들어가지."

라고 말하며 털보는 일어섰고, 소영은 또다시 그의 뒤를 따랐다.

그가 입가심으로 택한 곳은 기지촌에 하나밖에 없는 관광호텔의 나이트클럽이었다.

기도에서부터 웨이터 영업부장 등이 털보의 출현에 기가 팍 죽은 것 같은 태도를 보일 때 소영의 그런 생각은 더욱 굳어졌다.

나이트클럽에 들어선 털보가 플로어링 부근의 테이블에 자리하자마자 웨이터가 영업부장과 함께 나타나서 허리를 굽혔다.

"형님, 고생이 많으셨지요. 출감하셨다는 말은 우리 애들에게 들었습니다. 면회도 한번 못 가보고 정말 죄송합니다."

의자에 앉아 영업부장의 얼굴을 한번 힐끗 쳐다본 털보가 지나가는 말처럼 한마디 던졌다.

"지배인은 어디 갔나?"

영업부장이 다시 허리를 꺾으며 말했다.

"네, 지배인님은 아직 안 나오셨는데 곧 나오실 겁니다."

"…."

영업부장은 어떤 지시를 기다리는 사람처럼 정중하게 털보의 곁에 붙어서서 자리를 움직이지 않았다.

그러나 털보는 그를 거들떠보지도 않았다.

영업부장이 털보를 향해 조심스럽게 입을 열었다.

"저, 형님, 술은 뭘로 할까요?"

"응 됐어."

"우선…."

"그만 가봐."

털보는 대답을 짧게 끊었다.

영업부장이 엉거주춤한 자세로 두 손을 비벼대면서 말했다.

"형님, 술은 맥주로 가져오겠습니다. 그리고 안주는…."

"이 새끼 그만 가보라니까."

굿바이

정전이 된 것처럼 갑자기 홀 안의 휘황찬란한 모든 불빛들이 일시에 다 나가버리고 테이블 위에는 붉은 갓을 씌운 촛대만이 달랑 남게 되었다. 테이블마다 하나씩 놓여진 그 붉은 갓등이 문득 별 같다는 생각이 들었다. 깜깜한 어둠 속에서 깜박거리는 조그만 불빛, 그것은 하나의 별일는지도 몰랐다. 그 별들이 서로 미소짓고 있는 것 같았다.

그때 기둥 같은 조명 한 줄기가 음악과 함께 무대 위로 뛰쳐나왔다.

조명 속에서 흐느적거리는 스트립걸의 모습이 드러났다. 홀 안의 모든 시선이 조명을 따라가 스트립걸의 몸매로 가서 달라붙는다.

조명은 스트립걸의 동작 하나하나를 비춰주고 있었고, 푸르고 붉은 그 색깔의 변화는 스트립걸의 몸매를 더욱 농염하게 보이도록 하는 것 같았다.

풍만한 육체를 반쯤 가리운 옷가지들을 음악에 맞춰 하나씩 벗어 팽개치며 스트립걸은 좀 더 완벽한 전라의 춤을 보여주기 위해 몸을 비비꼬다가 가슴과 히프를 요란스레 흔들어대더니 종래에는 브래지어마저 벗어던졌다.

음악은 빠른 템포에서 다시 느린 템포로 바뀌고, 스트립걸은 무대 위에 길게 누워서 흡사 침실에서처럼 실오라기 하나 걸치지 않은 알몸으로 다양한 성행위의 동작을 표현해내고 있었다.

그것을 지켜보는 어두운 홀 안의 시선은 모두 탐욕스럽게 빛나고 있는 것 같았다. 아니 홀 안이 차츰 동물적인 신음으로 가득 차는 듯한 느낌이 들었다.

털보가 붉은 갓등을 씌운 촛대를 들어올리자 어디선가 나타난 웨이터 하나가 그림자처럼 조용히 다가와 허리를 꺾었다.

"부르셨습니까?"

"종호 형은 아직도 안 나왔나?"

"지배인님은 조금 전에 나오셨는데요."

"나 왔다는 얘기 했나?"

"글쎄 그건 잘 모르겠습니다. 아까 지배인님이 나오시자마자 영업부장님이 그런 말씀을 드리는 것 같았는데…."

"자네 가서 종호 형에게 내가 좀 보잔다고 전해."

웨이터가 급히 허리를 꺾고 물러가자 털보의 시선은 다시 무대 쪽을 향해서 돌려졌다.

붉은 조명이 스트립걸의 전신을 한참 핥고 있는 중이었다.

스트립걸은 누워서 기둥 같은 조명을 끌어안고 히프를 돌리며 신음을 토해내고 있었다.

그녀들은 대체로 아편을 맞고 무대 위에 서는 경우가 많다고 하는 말을 소영은 주리에게서 들은 적이 있었다. 그녀들에게 있어서 부끄러움이나 수치심 같은 것은 금물이었다. 그녀들은 무대 위에서 어떻게 하든 손님들에게 실제 이상의 황홀감을 보여주기 위해 그녀들 자신이 먼저 그 황홀감의 극치까지 가지 않고서는 불가능하다는 것을 그녀들은 잘 알고 있었다. 그래서 그녀들은 실제로 아편을 맞고 황홀감으로 무대에 오르는 경우가 많다고 했다.

털보의 곁으로 다가온 영업부장이 귓속말로 털보에게 무슨 말인가를 전하고 있었다. 영업부장의 말을 다 듣고 난 털보는 고개를 끄덕이며 소영에게 말했다.

"어떡할까? 시간이 좀 걸리겠는데, 기다려줄래. 아니면 먼저 갈래?"

털보는 소영의 의사를 물었다. 소영은 먼저 가겠다고 대답하며, 일어서고 싶었지만 왠지 일이 그렇게 되지는 않았다. 모처럼 만난 그와 이런 식으로 헤어지고 싶지는 않다는 생각 때문이었는데, 소영은 그런 생각을 감추고 그냥 형식적인 질문을 던졌다.

"얼마나 걸리는데요?"

"글쎄. 얼마나 걸릴지는 종호 형과 얘길 해 봐야 되겠지만 아무래도 오래 걸리지는 않을 것 같아."

그는 영업부장이 쥐어준 호텔 룸 키를 들고 나가면서 소영에게 말했다.

"맥주나 둬 병 마시고 있어. 그 안에 내려오도록 할께."

털보는 룸 열쇠를 뒤집어 소영이가 그 숫자를 확인할 수 있도록 보여주었다.

한 뼘 정도의 길쭉한 뿔로 된 열쇠고리엔 관광호텔의 로고가 새겨져 있었고 '609'라는 아라비아 숫자가 큼지막하게 쓰여 있었다.

그가 6층으로 올라가자 곧이어 웨이터가 맥주와 과일을 갖고 소영의 테이블로 다가왔다. 어둠 속에서 소영이가 물었다.

"이건 뭐예요?"

웨이터가 허리를 꺾으며 공손하게 대꾸했다.

"좀 드시면서 기다리랍니다."

웨이터가 테이블 위로 맥주 두 병과 커다란 과일접시를 내려놓자 소영은 무대(플로우링) 쪽으로 시선을 옮겼다.

아직도 무대 위에서는 스트립걸의 성행위 동작이 붉은 조명 아래서 계속되고 있었다.

소영은 이처럼 가까운 거리에서 스트립걸이 춤추는 모습을 한번도 본 적이 없었다. 그래서 더욱 난감했다.

저 여자는 정말 아편을 맞고 황홀경 속에서 저렇게 춤을 추고 있는 것일까. 아니면 억지로 꾸며서 황홀한 표정과 몸짓을 하고 있는 것일까. 소영은 그것을 한눈에 쉽게 구분해낼 수 있을 만큼 섹스에 대한 경험을 갖고 있지는 못했지만, 그렇다고 전혀 무지한 편도 아니었다.

기지촌으로 흘러들어오는 '플레이보이'나 '팬트하우스' 등에서부터 '트럼프'까지 모두 남녀의 성기를 노골적으로 노출시키고 있을 뿐만 아니라, 춘화도나 문고판 에로소설들이 판을 치고 있기 때문에 자연스럽게 그렇게 되고 만 것이었다.

물론 그 중에서도 섹스를 예술로까지 승화시킨 것이 있다면 '섹슈얼러브'라는 두꺼운 사진첩 정도라고 소영은 생각했다. 그것은 추하게 성기가 노출되지도 않았고 섹스의 절정, 그 순간만을 절묘하게 포착한 흑백사진과 사진보다 더 많이 수록된 글의 내용 때문이었다.

그 책을 처음 볼 때는 부끄럽더니 두 번째부터는 매우 신선하고 아름답다라는 느낌을 받았다. 사진과 글의 조화로운 매치가 그렇다는 말이다. 그러나 그것도 결국에는 기지촌이라는 특수 상황 속에서 길들여진 자신의 병든 미적 감각일 수밖에 없다고 소영은 생각했다. 왜냐하면 유명한 화가들이 그린 화집을 뒤적일 때마다, 아름다움이란 끝내 모든 인간의 마음을 순화시켜주거나 여과시켜주는 것이라는 확고한 믿음이 소영의 가슴 속에 자리잡아왔기 때문이었다.

음악이 바뀌고 조명도 그녀를 좇아 일어섰다.

스트립걸은 음악에 맞춰 신들린 사람처럼 온몸을 정신없이 흔들다가 조급한 음악이 가라앉자 다시 플로어링을 빠져나와 손님들의 테이블을 돌았다.

조명은 손님들의 테이블 사이를 나비처럼 사뿐사뿐 걷는 그녀를 비춰주고 있었다.

열에 들떠 있던 손님들이 그녀가 지나갈 때마다 환성을 질러댔다. 짓궂은 사람은 가슴을 만지거나 궁둥짝을 더듬거리면서 그곳에 지폐를 찔러넣어주기도 했다. 아마 스트립걸은 팁을 저렇게 받는 모양이었다.

스트립걸이 조명을 받으며 홀의 중앙을 빠져나와 왼쪽으로 들어섰을 때였다. 기둥에 가려 잘 안 보이기는 했지만 밝은 조명 속에 언뜻 드러난 모습은 분명 미스 송의 얼굴이었다.

미스 송을 발견하면서 소영은 괜히 가슴이 두근거렸다.

그 테이블에는 미스 송이 어떤 남자와 함께 앉아 있는 모습이 보였다. 그 남자가 누구인지 다시 한번 확인하려하자 스트립걸은 이내 그 옆 테이블을 대충 돌고 무대로 되돌아와 자신이 벗어던졌던 옷가지들을 주섬주섬 챙겨들고는 다시 무대를 빠져나갔다.

전혀 의외의 장소에서 미스 송을 본 소영은 자신의 감정이 몹시 흔들리고 있음을 어쩌지 못했다. 왠지 미스 송만 만나면 불쾌한 감정이 치솟았다.

소영은 맥주 한 잔을 따라 마시며 자신에게 침착해져야 한다고 수없이 타이르고 있었다.

홀 안에 불이 들어오면서 홀은 일시에 생기를 되찾은 것 같았다.

음악은 경쾌한 지르박으로 바뀌어 흐리고 있었다.

테이블마다 수많은 남녀 손님들이 플로어링으로 쏟아져나와 춤을 추고 있었다.

소영은 미스 송이 앉아 있는 홀의 왼쪽자리로 자신의 눈길이 옮겨가고 있음을 느꼈다. 어쩔 수 없는 일이었다.

소영은 초조한 마음을 달래려는 듯 자꾸 맥주잔으로만 손이 갔다.

그러나 아무리 멀리서 본 얼굴이라도 미스 송과 같이 온 남자는 안경을 썼으므로 선구 같지는 않았다. 남자의 나이는 어림잡아 미스 송과 같은 또래 같았지만, 매우 세련되고 말쑥한 차림으로 보아 돈이 많은 사람이거나 사회적 신분이 썩 괜찮은 사람일 가능성이 높았다.

테이블 차지라는 명목으로 돈을 별도로 지불해야 하는 '동반'으로 이런 곳에 출입할 정도의 남자라면 자신의 애인을 함부로 바꾸지 않고 이런 곳에서도 그냥 파트너로 삼을 수 있다는 점에서 그만큼 용기있고 진실되고 건실한 사람일 수도 있다는 말이었다. 왜냐하면 대부분의 남자들은 이곳의 멤버가 넣어주는 호스테스들과 그냥 어울렸기 때문이었다.

아직 다행스러운 것은 미스 송 쪽에서는 소영이를 미처 알아보지 못했다는 점이었다.

소영은 슬그머니 자리에서 일어섰다.

웨이터가 따라나오며 조금만 더 기다려보라는 것을 소영은 너무 늦었다면서 그냥 밖으로 나왔다.

물론 나오기 전에 '609'호실로 한번 전화를 넣어볼까도 생각했었지만, 다 부질없는 짓이라는 생각이 들었고, 자칫 잘못했다가는 오히려 미스 송에게 괜한 오해의 소지를 충분히 만들어줄 수도 있으리라는 생각이 들었기 때문이었다.

소영이 아파트에 도착하자 그때까지도 브라이언은 돌아오지 않은 모양이었다.

"이렇게 늦은 적이 없었는데…. 웬일이지? 벌써 열한 시가 가까워오는데…."

미영은 손목시계를 들여다보며 안타까운 표정을 짓고 있었다.

그녀는 관광호텔의 나이트클럽에서 춤추던 스트립걸과 같이 속살이 거의 다 내비치는 잠자리 날개 같은 잠옷을 걸치고 있었다. 저 옷도 브라이언이 선물한 미제옷인가 하고 소영이 생각할 때였다.

"언니는 선구 오빠 만났어?"

동생의 말에 소영은 가타부타 대꾸하지 않고 그냥 건넌방 문을 열었다. 등 뒤에서 미영의 짜증 섞인 음성이 들려왔다.

"언니, 가게로 전화를 해보니까 오늘은 일찍 문을 닫은 모양이던데 도대체 어딜 갔던 거야?"

"전화했었니?"

"언니, 선구 오빠 만났냐니까?"

"아냐."

미스 송과 털보의 얘기를 한다는 것이 소영은 번거롭고 귀찮아서 머리만 한번 가로젓고 방 안으로 들어갔다. 그러자 미영이가 곧 뒤따라 들어오면서 물었다.

"언니, 무슨 일 있었어?"

"아무 일도 없었어. 그만 건너가 자거라. 그런데 오늘은 브라이언이 왜 이렇게 늦지?"

"글쎄 말야. 아직 한번도 이런 적은 없었는데…."

소영 자신에 대한 관심을 브라이언에게 옮겨놓자 미영은 걱정스러운 듯 그렇게 혼잣소리처럼 대꾸했다.

"이렇게 늦은 적은 없었는데…. 혹시 그것 때문이 아닐까? 언니."

"너야말로 무슨 일이 있었는가보구나."

"그게 아니고, 오늘 아침에 바가지를 좀 긁었걸랑."

"바가지라니?"

소영이 그렇게 반문하자 미영이 한참을 쭈뼛거리다가 쑥스러운 듯이 털어놓았다.

"빨리 결혼식을 올리자고 했어. 결혼식 말야."

"그건 당연히 할 얘길 한 건데 뭐가 바가지니?"

"아냐. 지금 생각해보니까 내가 그 말을 할 때 브라이언의 표정이 몹시 당황해하는 것 같았어."

"당황이라니?"

소영은 얼굴 가득 놀라움을 표시했다.

"아무래도 뭔가 있는 것 같아."

미영이가 고개를 갸웃거렸다. 이야기를 하면서 아침에 미처 깨닫지 못했던 것들이 하나씩 되싶어오는 모양이었다.

소영은 브라이언을 생각해보았다. 주한미군으로서는 드물게 보는 신사적인 남자였다. 국제결혼에 대한 일반적인 인식 때문에 소영이도 처음에는 두 사람의 결혼을 반대했었지만 요즘은 생각이 바뀌어 브라이언이 썩 괜찮은 미군이라고 생각하고 있던 중이었다.

그런데 막상 결혼을 하자는 동생의 당연한 제의에 브라이언이 당황을 하다니, 그건 도대체 무슨 이유일까. 소영으로서는 도무지 납득이 가지 않는 일이었다.

“언니, 결혼서류를 강 오피스에 부탁하자고 했더니 브라이언은 좀 더 기다리라는 거야. 그래서 그동안 많이 기다려왔으니 얼른 결혼식을 올리자고 했어. 그랬더니 팍 신경질을 부리면서 나가버린 거야. 아무래도 뭔가 있는 것 같아.”

소영은 하늘색 원피스를 벗어 재봉틀 위에 얹어놓았다. 조금 생각을 해봐야 할 것만 같았다. 방바닥에 주저앉아 재봉틀을 쳐다보자 어머니가 생전에 쓰시던 그 재봉틀이 무섭게 화를 내고 있는 것 같았다.

“혹시, 서류 때문에 그런 게 아닐까?”

소영은 퍼뜩 서류 생각이 나서 그렇게 물었지만 미영은 완강히 부인하는 것이었다.

“아냐 그럴 리는 없어.”

미영은 자신이 복사해둔 브라이언의 기밀서류는 일체 외부로 유출된 것이 아니며 자기 혼자만 보관하고 있다는 것이었다.

그런데 어떻게 그것이 문제가 될 턱이 있겠는가라는 것이었다.

미영은 그렇지 않아도 자신이 그 문제를 한번 진지하게 생각해본 것 같았다.

"그렇다면 아무 이유 없이 브라이언이 화를 냈다는 얘긴데, 어떻게 그럴 수가 있겠니?"

"그러니까 나도 답답하다는 거지."

미영이도 지친 듯 방바닥에 주저앉고 말았다.

그날 브라이언은 끝내 집으로 들어오지 않았다. 그러니까 외박을 한 셈이었다.

소영은 브라이언의 외박이 어떤 불길한 징조처럼 생각되었다. 처음 브라이언과 미영이가 한 첫 외박이 두 사람을 함께 묶어주는 계기가 되었다면 오늘 브라이언의 외박은 그 두 사람의 신혼의 단꿈을 깨뜨려버리는 하나의 사건이 될는지도 모른다는 막연한 예감이 들었다.

그러한 소영의 예감이 무섭게 적중된 것은 그 이튿날 저녁 무렵이었다.

털보에게서 전화 연락이 왔다. 그가 어떻게 소영의 전화번호를 알아냈는지에 대해서는 별로 궁금하지가 않았다. 그는 출감하자마자 곧바로 미영의 동거까지도 알고 있었던 사람이었으므로, 다만 그가 한 심상치 않은 말들이 소영의 귀에 거슬릴 뿐이었다.

"… 선구가 미스 송과 함께 미국으로 들어가기로 한 사실을 알고 있어?"

털보의 그 같은 말들이 귀띔인지 또는 충고인지를 소영으로서는 전혀 헤아릴 길이 없었다. 소영은 수화기를 가만히 내려놓고 일어섰다.

아파트에 도착해보니 낯익은 짚차가 한 대 서 있었다. 브라이언이 타고 다니는 짚차였다.

아파트 문을 열고 들어서자 브라이언과 미영은 흡사 부부싸움이라도 한 사람들처럼 잔뜩 얼굴을 찡그리고 응접소파에 앉아 있었다.

브라이언은 소영을 보자 매우 미안해하는 표정을 지었다.

"어떻게 된 일이에요?"

소영은 아파트 거실의 무거운 침묵을 어떻게 해서라도 깨뜨려주고 싶었다. 그래서 가장 무난한 질문을 던진 것이었다. '왜 외박을 했느냐?' 또는 '지금 뭐하고 있느냐?'라는 두 가지 의미 외에도 '앞으로 어떻게 할 것이냐?'라는 의미까지도 포함된 말이었다.

그러자 브라이언은 어깨를 한번 으쓱해 보이고는 미영을 쳐다보았다. 마치 미영이 때문에 그 모든 일이 제대로 되고 있지 않다는 투였다.

"저 새끼가 짐을 옮기겠대. 글쎄."

미영이가 독기를 가득 담은 눈으로 브라이언을 노려보고 있었다.

브라이언이 더듬거리며 말했다. 부대 안에 새로 지은 독신자 아파트가 이제 완공됐으므로 자신의 짐을 그곳으로 옮기겠다는 것이었다.

소영은 어이가 없어서 한동안 멍하니 브라이언과 미영의 표정만 살피고 있었다. 그러다가 무겁게 입을 열었다.

"독신자 아파트라니. 그게 무슨 말이에요? 두 사람은 결혼한 게 아니었던가요?"

"함께 살았던 것은 분명한 사실이지만 그것은 어디까지나 동거였지 결혼은 아니었습니다."

소영은 심한 배신감에 구역질이 치솟아올라왔다. 개새끼.

"동거는 결혼을 전제로 한 것이 아니던가요?"

"나도 처음에는 그렇게 생각했습니다. 그러나 최근 그렇지 못한 사태를 만났습니다."

미군들에게 있어서 군인으로서 성공하려는 야망을 가진 젊은 장교들은, 결혼 상대자로서 아무리 예쁘고 아름다워도 한국 여자는 기피하고 있다는 새로운 사실을 그는 최근 알았다고 말했다.

소영은 가슴이 답답했다.

"그 이유가 뭐죠?"

"남북으로 분단된 나라이기 때문입니다. 통일된 나라가 아니기 때문에 한국 여자와 결혼한 군인은 절대 기밀문서를 다룰 수 없고, 따라서 진급에서도 늘 누락된다고 사령관 각하께서 최근 말씀하셨습니다. 하나의 불문율에 속하는 사항이라고."

"미영을 사랑하지 않으세요?"

"사랑합니다."

"그렇다면 문제가 될 것은 없지 않아요."

"나는 직업군인입니다. 기밀문서를 다루지 못하는 정보장교를 한번 상상해보신 적이 있습니까?"

그렇게 되물으면서 브라이언은 담배를 한 대 꺼내물었다.

독기를 뿜어내던 미영의 눈도 시간의 흐름에 따라 차츰 절망적으로 바뀌어가는 듯했다. 동공이 엷은 빛깔을 띠면서 변색되어가고 있었다.

브라이언이 입에 문 담배에 성냥불을 그어댔다.

담배연기를 길게 한 모금 들이마셨다가 한숨과 함께 내뿜었다. 몹시 괴로운 듯한 표정이었다.

"미영 씨와 함께 처음 동거를 시작할 무렵 미국방성 극동지역 담당자로부터 나는 어떤 보고서를 요구받고 매우 성실하게 그 보고서를 작성한 적이 있었습니다."

그는 잠시 말을 중단하고 다시 담배연기를 길게 뿜어냈다. 소영은 브라이언의 눈만 똑바로 쳐다보았다. 거짓말을 하는 자는 눈에 모든 것이 나타난다는 말을 소영은 굳게 믿고 있었다. 파란 눈, 저 눈이 말하는 거짓과 진실을 나는 마침내 알아내고야 말리라.

"당시 우리팀이 입수한 정보에 의하면 북한과 남한의 전력은 비교가 안 되었습니다. 나는 상급자와 의논해 신형 제트전투기 60여 대가 지금 이곳에 필요하다고 워싱턴에 보고서를 올렸지요. 그런데 그 회신이 작성자인 나도 모르는 사이에 내가 아닌 다른 사람에게 온 것입니다. 나는 상급자로부터 차츰 그렇게 군사정보에서 소외당하기 시작했습니다. 미영 씨와 동거하고 있다는 한 가지 사실만으로 말입니다."

브라이언이 지금 거짓을 말하고 있는 것 같지는 않았다.

오히려 그는 지나칠 정도로 합리적인 군인이었다. 진급에 방해가 되거나 장해요소로 등장한다면 '사랑'조차도 쉽게 포기해버리고 말 인간이었다. 그에게는 오직 직업군인으로서의 진급만이 남아 있을 뿐이었다. 어떻게 그럴 수가 있는가.

"… 나도 어떻게 해서라도 미영 씨와 결혼을 하고 싶었지만 결국 이렇게 되고 말았습니다. 용서해주십시오."

말을 마치자 브라이언은 손에 들고 있던 담배를 재떨이에 비벼 껐다. 그리고 일어서서 밖에 세워둔 짚차에 자신의 트렁크들을 내다 싣기 시작했다.

그때까지 가만히 앉아 있던 미영이가 발작적으로 일어서면서 세간살이들을 닥치는 대로 집어던지기 시작했다.

화장대에 붙어 있던 거울이 와장창 소리를 내며 보석처럼 아름답게 부서진 것은 브라이언이 재떨이에 담배를 비벼 끈 직후에 그 재떨이를 미영이가 집어던진 조금 후였다.

브라이언이 짚차에 자기 트렁크를 다 내다 싣고는 '굿바이' 하며 부대 안에 완공됐다는 독신자 아파트로 입주하기 위해 미영과 신혼의 단꿈을 꾸던 아파트를 떠난 후, 미영은 거의 제정신이 아니었다.

손에 잡히는 대로 세간살이들을 마구 집어던지며 날뛰었다.

아무래도 그녀에겐 이번 사건이 청천벽력 같은 일이었을 것임에 분명했다. 소영이도 동생과 함께 미쳐 날뛰고 싶은 심정이었으니 말이다.

미영의 머리칼은 흐르는 땀과 눈물에 젖어 이마와 얼굴에 함부로 엉겨붙어 있었다.

느닷없는 브라이언의 배신에 미영은 심한 쇼크를 받은 모양이었다. 그러나 쇼크를 받은 것은 브라이언과 함께 살아왔던 미영뿐만 아니라 그 두 사람의 동거를 묵인해왔던 소영이 자신도 마찬가지였다.

어쩜 이럴 수가 있을까. 소영은 그들 미군장교들의 의식구조를 참으로 이해할 수가 없었다. 일본이나 태국이나 필리핀 같은 나라의 여자와는 결혼이 가능하다면서 왜 유독 한국 여자와만 결혼이 불가능한 것인지를 소영은 이해할 수 없었다.

그 이유가 단지 '한국은 통일이 안 된 나라여서 그렇다'는 데는 더욱 납득이 가지 않았다.

세간살이가 어지럽게 흩어져 있는 거실 한구석에서 쿵하는 둔중한 소리가 들려왔다.

소파에 머리를 떨구고 앉아 있던 소영은 그 소리가 세간살이를 때려부수던 지금까지의 소리와는 뭔가 다르다는 느낌이 들어 고개를 홱 돌려 바라보았다.

거기 동생 미영이가 실신해서 쓰러져 있는 모습이 보였다.

급히 뛰어가서 무릎을 굽히고 동생의 머리를 들어 자신의 무릎 위에 올려놓았다.

방금 전까지만 해도 그토록 예쁘고 귀엽고 밝던 미영의 모습이 이토록 못 쓰게 망가질 수도 있을까라는 생각이 들 정도로 미영의 얼굴은 땀과 눈물로 화장이 다 지워져 있었고, 머리칼이 함부로 달라붙어 있었으며, 유리에 긁힌 이마에는 한 일 자로 핏방울이 맺혀 있었다. 머리칼과 엉켜서 맺힌 그 핏방울을 보는 순간 누군가에게 어서 도움을 요청하고 싶었다.

이럴 때 맨 처음 떠오르는 얼굴은 늘 선구 씨였다. 그런데 오늘은 왠지 선구의 얼굴에 이어 떠오르는 얼굴이 또 하나 있었다. 그가 바로 털보 재학이의 얼굴이었다.

그러나 소영은 선구에게도 연락하지 않았고, 털보 재학이에게도 도움을 요청하지 않았다. 그것은 오히려 자신의 치부를 드러낼 뿐이라는 생각이 들었기 때문이었다.

소영은 혼자 미영을 안고 발 디딜 틈조차 없이 너저분하게 깨진 물건들이 들어차 있는 거실을 거쳐 안방으로 들어가 그녀를 침대 위에다 눕혀놓고 깨진 물건들을 치워내면서 이를 악물었다.

'복수하리라. 브라이언.

네게 반드시 복수하리라.

반드시 복수하고 말리라.'

검거

집 안이 갑자기 허전하고 썰렁해졌다. 세 사람이 살다가 한 사람이 나가서 그런 것일까. 브라이언이 트렁크 몇 개를 들고 나가서 그런 것 같지는 않았다. 오히려 짐은 두 자매가 살 때보다도 훨씬 많이 늘어났고, 집 안의 구조도 많이 바뀌어졌는데도 그런 느낌이 드는 것은 참으로 이상스러운 일이 아닐 수 없었다.

아마 그동안 브라이언이 두 자매의 가슴에서 차지했던 비중이 그만큼 컸던 것이었는지도 모를 일이었다.

소영은 물수건을 적셔다 침대 위에 눕혀놓은 동생의 얼굴을 정성껏 닦아주면서 속으로 조용하게 뇌까렸다.

'못난 계집애.'

소영은 자신에게인지 동생에게인지 모를 '못난 계집애'라는 말만 되풀이하면서 울었다. 자꾸 억제하려 해도 흘러내리는 눈물을 어쩔 수가 없었던 것이다. 동생도 그렇고 자신도 정말 '못난 계집애' 같다는 생각이 들었다.

털보에게서 화실로 걸려왔던 전화 내용이 문득 떠올랐다.

"… 선구가 미스 송과 함께 미국으로 들어가기로 한 사실을 알고 있어?"

막연하게 예상은 하고 있었던 일이지만, 소영은 끝까지 믿고 싶지 않았다. 그 두 사람이 함께 미국으로 떠나는 것이 명백한 사실로 드러난다 할지라도 소영은 끝까지 그 같은 사실을 모르는 체 있고 싶었다. 다만 한 가지 걱정스러운 것은 어제 관광호텔 나이트클럽에서 본 미스 송과 안경 쓴 남자와의 관계였다. 그러나 그들의 관계에 관심을 가진다는 것이 얼마나 부질없는 짓인지를 소영은 잘 알고 있었다. 설사 그들의 관계가 연인 사이라 하더라도 그것이 미스 송 대신 자신을 선구의 옆자리에 세울 수는 결코 없다는 것을 잘 알고 있었기 때문이었다. 그것이 지금 소영이가 처한 '연좌제'는 이미 폐지되었지만, 폐지되기 전과 조금도 다를 바 없는 한국적 현실이었다. 어제 609호로 털보에게 전화를 넣을까 말까 하다가 그냥 나온 것이 조금은 후회스러웠다. 609호실에서 나눈 지배인과 털보의 밀담 내용이 궁금했기 때문이었다.

물론 전화를 했다 하더라도 소영이가 털보와 지배인의 밀담 내용을 알아낼 수 있었던 것은 아니겠지만, 최소한 모든 기지촌의 정보가 어떤 루트를 통해 털보에게 전달되어지는가는 알아낼 수 있었을는지도 모르겠다는 생각이 들었기 때문이었다.

좀 더 솔직하게 얘기하자면 털보가 어떻게 선구와 미스 송이 함께 미국으로 들어가기로 한 사실을 알아낼 수 있었는가였다.

소영은 침대 위에 누워 깊은 혼수상태 속에 빠진 것인지 또는 깊은 잠속에 떨어진 것인지 모를 미영의 얼굴을 다시 한번 쳐다보고 거실로 나와 수화기를 집어들었다.

털보에게 전화를 걸기 위해서였다. 지금의 나를 좀 도와달라고 털보에게 SOS를 보내고 싶었다. 아니 그런 이야기는 못한다 하더다도 전화로 털보에게 물을 수는 있을 것 같았다. 어디서 누구에게 선구에 대한 그 같은 말을 들었는지를 말이다.

그러나 수화기를 들자 어디로 연락을 취해야 할는지를 도통 알 수가 없었다. 그러고 보니 자신은 털보에 대해 전혀 아는 바가 없었다. 그가 현재 묵고 있는 숙소는 물론이고 연락처 하나도 소영은 알지 못했다.

혹시 관광호텔 나이트클럽 지배인이라면 털보의 연락처 정도는 알 수 있을는지도 모른다는 생각이 불현듯 뇌리를 스쳤다.

교환을 불러 관광호텔 나이트클럽의 전화번호를 물어보았다.

언젠가 열쇠가 고장나서 아파트 입구 공중전화 부스까지 뛰어가 소영이가 안내양을 찾았을 때, 그때 '미친년'이라고 내뱉던 안내양이 오늘은 매우 친절하게 나이트클럽의 전화번호를 알려주었다.

물론 지금의 이 친절한 안내양이 그때 소영에게 '미친년'이라고 내뱉던 그 안내양과 동일한 인물이 아닐 수도 있었다.

그러나 그 공중전화 사건 이후부터 전화를 놓은 지금까지 소영은 누구에게 단 한번도 전화를 걸어본 적이 없었다. 그동안 내내 걸려오는 전화만 받다가 모처럼 전화를 거는 것이었다. 그러니까 소영은 늘 능동적으로가 아니라 수동적으로만 살아온 셈이었다.

신호가 떨어지자 시끄러운 음악이 깔린 수화기 저쪽에서 예쁜 여자의 음성이 들려 왔다. 아마 카운터 아가씨인 듯싶었다.

"네, 나이트클럽입니다."

소영은 잠시 망설이다 지배인을 바꿔달라고 말했다. 수화기 저쪽에서,

"잠시 기다리세요."

라고 아가씨가 친절하게 반응했다.

정말 잠시 후 수화기 속에 굵직한 남자의 음성이 나타났다.

"지배인입니다."

"저, 털보 씨의… 연락처를 좀 알고 싶은데요."

"댁은 누구십니까?"

"…."

소영은 갑작스런 지배인의 질문에 어떻게 답변해야 좋을는지를 몰라 한동안 당황할 수밖에 별 도리가 없었다.

"네, 저는… 털보 씨의 동창인데… 오늘 그를 꼭… 만나야 할… 일이…."

"어젯밤 이곳에 오셨던 분입니까?"

소영은 모르는 사람에게 자신을 소개한다는 것이 얼마나 힘든가를 생각하며 한참을 더듬거리다가 지배인의 그 같은 물음에 그만 자신도 모르게 기쁜 듯 소리쳤다.

"네. 그래요."

수화기 저쪽에서는 스트립걸이 춤출 때처럼 모든 불빛이 정

전이 된 것 같았다. 그 같은 소영의 느낌은 배경음악이 시끄러운 것에서 부드러운 것으로 바뀌고 있었기 때문이었다. 아마 스트립걸이 손님들의 테이블을 돌고 있을 때이거나 아니면 성행위의 춤을 보여주고 있을는지도 모를 일이었다. 지배인의 무뚝뚝한 음성이 부드러운 음악을 배경으로 한 수화기 저쪽에서 흘러나왔다.

"털보의 연락처는 나도 잘 모릅니다."

소영은 반문하고 싶었다. 어제 그곳 호텔 609호실에서 당신과 오랜 시간 밀담을 나눈 사이인데도 그의 연락처를 모를 수가 있느냐고. 그러나 소영은 그렇게 반문하지는 않았다. 그럴 만한 충분한 이유와 사정이 있으리라고 믿고 있었다. 그래서,

"잘 알겠습니다. 그럼."

하고 수화기를 내려놓으려고 하자 지배인의 다급한 목소리가 수화기 속에서 흘러나왔다.

"잠깐 기다리십시오."

소영은 수화기를 내려놓을 수도, 그렇다고 무슨 말을 할 수도 없는 입장이었다. 그냥 멍하니 수화기를 들고 귀에다만 대고 있을 뿐이었다.

"…."

"왜 털보를 찾는지 이야기해주십시오. 혹시…."

"역시 그렇군요. 그러나 여기서는 연락을 취할 수가 없습니다."

전화는 그냥 끊기고 말았다.

소영은 자신도 모르는 사이에 뭔지 모를 큰일에 자기 자신이 개입되고 있는 것만 같은 기분이 들었다.

지배인의 '혹시'라거나 '역시 그렇군요'라는 어투가 소영에게 그런 느낌을 강하게 갖게 해주었다.

소영이 수화기를 내려놓고 안방 침대로 돌아오자 죽은 듯 누워 있던 동생 미영이가 차츰 깨어나고 있었다. 그녀는 힘겹게 눈을 뜨고 겁먹은 사람처럼 한동안 방 안을 두리번거렸다.

방 안의 세간살이들이 모조리 박살난 것을 보고는 금방 사태를 깨달았는지 다시 스르르 눈을 내리깔았다.

아니 그 같은 동작은 소영이가 전화를 걸 때부터 반복되어졌던 것인지도 모를 일이었다.

"언니!"

미영이가 다시 눈을 뜨면서 언니를 찾았다.

그 곁으로 다가선 소영이 아무 말 없이 누워 있는 동생의 손을 꼬옥 잡아주었다. 동생의 눈에 다시금 해맑은 이슬이 맺혀갔다.

"언니, 용서해줘."

"용서는 무슨 용서야."

동생은 입술이 타는지 혀를 움직여 윗입술과 아랫입술에 침을 묻히고 말을 다시 이었다.

"아직 불확실한 것 같아서 언니에게 비밀로 했었지만 나 아무래도 브라이언의 애를…."

"임신을 했단 말이냐?"

"응."

미영은 고개를 끄덕거렸다. 동생의 임신 사실을 듣고 소영은 너무 어이가 없었다.

남자와 여자가 한방에서 부부처럼 지내다보면 임신하는 거야. 지극히 당연한 일이겠지만 지금의 상황은 전혀 그렇지가 못했기 때문이었다.

"얼마나 됐니?"

"한 3개월 된 것 같아."

"그래. 이제 어떻게 할 셈이니?"

"떼겠어."

아이 아버지가 결혼을 못하겠다고 떠나갔는데 애비 없는 아기를 그냥 낳으랄 수도 없는 일이었고, 그렇다고 자기의 태도를 확실하게 밝힌 브라이언에게 찾아가 임신했다고 매달릴 수는 더욱 더 없는 노릇이었다.

소영은 길게 한숨만 내쉴 뿐 동생에게 위로의 말 한마디 제대로 해줄 수 있는 형편이 못되었다.

이튿날.

어떻게 브라이언이 없는 줄 알았는지 영자신문은 들어오지 않았지만 우리나라 말로 된 신문은 계속 들어왔다.

모처럼 화실을 쉰 소영은 계속 침대에 누워만 있는 동생의 뒷바라지를 해주고 있었다.

아침은 늘 토스트 몇 조각으로 때우던 그녀에게 힘 좀 내라고 된장찌개를 끓여다주었고, 점심은 한여름철 어머님이 살아 계실 때 잘 먹던 늙은 오이채에 보리밥을 고추장과 함께 비벼주었다.

물론 그 옆에서 소영 자신도 함께 먹었는데 모처럼만에 잃었던 입맛을 다시 찾은 것 같았다. 땀을 뻘뻘 흘리면서 보리밥 한 그릇을 고추장과 오이채에 비벼먹고 난 후 미영은 일어났다.

세수를 하고 수건으로 얼굴의 물기를 닦으며 건넌방으로 들어가는 것이었다. 아마 안방의 화장대 거울을 자기가 깨뜨려버렸기 때문에 건넌방의 낡은 거울을 들여다보기 위해서일 것이었다.

따라 들어가보니 동생은 정말 소영의 낡은 화장대 앞에 앉아서 화장을 고치고 있는 중이었다.

계집애.

그래도 이렇게 금방 활기를 되찾은 것이 소영으로서는 반갑고도 다행스러운 일이 아닐 수 없었다.

“언니, 나 잠깐 밖에 다녀올 데가 좀 있어.”

“어딜 가는데? 웬만하면 며칠 쉬다가 가면 안 되니?”

“아냐. 오늘 가야 돼. 그리고 언니도 오늘 나 때문에 출근을 못한 모양인데 오후라도 가게에 나가봐. 괜히 가게세 밀려서 내쫓기지 말고.”

계집애. 그렇게 농담을 할 정도라면 정말 혼자 내버려두고 나가도 괜찮을 것 같았다.

그러나 미영의 말은 결코 농담만은 아니었다.

요즘 가게에 드나드는 손님의 숫자로 봐서나, 또는 밤 늦게 일거리를 갖고 퇴근하지 못했던 지난 몇 개월 간을 생각한다면 머지않은 장래에 정말 가게 문을 닫게 될는지도 모를 일이었다.

그만큼 요즘은 가게세 물기도 힘에 겨울 정도였다. 아니 실제로 지난 달은 가게세를 제 날짜에 물지 못했던 적이 있었다.

"그래. 알았어. 가게 내쫓기면 정말 큰일이니까. 지금이라도 가게에 나갈게."

소영은 동생에게 농담조로 적당하게 대꾸해주고 거실로 나와 소파에 앉아 신문을 집어들고 이리저리 뒤적이면서 이제 신문 배달도 내일부터는 중지시켜야 할 것 같다고 생각했다.

무의식적으로 신문을 넘기던 소영의 눈길은 사회면 톱기사에 머물고 말았다.

'기지촌 마약과 대마초 성행. 일제단속 실시'

어제밤 털보의 연락처를 알기 위해 관광호텔 나이트클럽의 지배인에게 전화를 걸면서 느꼈던 까닭모를 불안의 실체를 확인하는 것만 같았다.

'혹시'와 '역시'로 지배인이 느꼈던 그 예감은 무섭게 적중한 셈이었다.

그때 전화벨이 울렸다.

소영은 읽던 신문을 접어놓고 조심스럽게 수화기를 들었다.

"여보세요."

"나야."

"여보세요."

"나라니까. 나, 털보 재학이야."

소영은 그만 숨이 칵 막혀왔다.

"어제 무슨 일로 종호 형에게 전화했었어?"

"좀 만날 일이 있었어요."

"무슨 일?"

"그보다 오늘 신문 봤어요?"

소영의 초조해하는 기색과는 딴판으로 털보의 음성은 매우 여유가 있어 보였다.

"응, 봤어."

소영은 잠시 할 말을 잃고 말았다.

"그런데 오늘 가게에는 왜 안 나왔어. 난 오전 내내 그쪽으로만 전화를 했지 뭐야. 집에 무슨 일이 생겼어. 왜 그래?"

"아뇨, 집에는 별일 없었어요."

"그럼 어제 뭣 때문에 전화를 걸었어?"

"그냥… 걱정돼서요."

"우습군."

"뭐가요?"

"아냐, 됐어."

"정말 아무 일 없어요?"

소영은 신문에 대문짝만하게 나온 사회면 톱기사가 자꾸 마음에 걸려 그렇게 물었다.

그것을 재빠르게 눈치챘는지 털보는 소영의 걱정을 풀어주기 위해 제법 긴 말을 해주었다.

"난 괜찮아. 단속 때만 잠시 피해 있으면 돼. 며칠 전 곧 단속이 있을 거란 정보를 입수하고 종호 형에게 갔던 거야. 그럼 이만 전화 끊을께."

"저, 잠깐만요."

"뭔데?"

"…."

"할 얘기 있음 빨리 해. 난 어딜 급히 좀 다녀와야 해."

"연락처를 알려줄 수 없어요?"

"뭐라고?"

"아무에게도 얘기하지 않고 저만 혼자 알고 있을께요."

"쓸데없는 소리. 연락할 일이 생기면 내가 전화를 할께."

"그래도…."

찰칵.

전화는 끊겼다.

"언니, 선구 오빠에게서 온 전화야?"

건넌방에서 화장을 마친 미영이가 거실로 나오며 물었다.

"아니."

"그럼 어디서 걸려온 전화길래 언니가 그렇게 애원조로 매달리고 있는 거지?"

소영은 동생에게 사실을 털어놓고 싶었다. 그러나 어디서부터 이야기를 시작해야 좋을는지 몰라서 그냥 '비밀'이라고 말해버렸다.

그러자 미영이가 의외라는 듯 깜짝 놀랐다.

"아니, 언니에게도 비밀이라는 것이 있어?"

소영은 동생에게 곱게 눈을 흘겨주면서 말했다.

"얘는? 왜 나라고 비밀을 갖고 있으면 안 된다는 법이라도 있니?"

"아니, 그게 아니고 세상이 너무 재미있어서 그래."

"얘가 점점…."

미영은 안방으로 들어가더니 잠시 후에 간편한 흰 색 블라우스에 물빛 주름치마를 받쳐 입고 조그만 핸드백을 들고 나왔다.

"언니, 나, 잠깐 좀 다녀올께. 어쩌면 시간이 오래 걸릴는지도 몰라."

"시간이 얼마나 걸리길래 그렇게 말하니?"

"그건 가봐야 알겠어. 그리고 언니는 정말 오늘 가게에 안 나갈 모양이지?"

"글쎄…."

소영은 이처럼 어정쩡하게 화실을 쉬어보기는 또 처음이었다.

몸과 마음이 함께 아프고 괴로운 동생의 뒷바라지를 해주기 위해서 쉰 것인데, 동생이 먼저 그 모든 아픔과 괴로움을 훌훌 털어버리고 외출을 하면서 소영에게 이제 그만 가게로 나가보라니 어이가 없었다.

이럴 때는 정말 어떻게 해야 하는지 소영으로서는 참으로 힘든 일이었다.

"다녀올께, 언니."

미영이가 철문을 열고 나갔다.

철문이 다시 굳게 닫히는 소리를 들으며 소영은 혹시 미영이가 지금 소파수술을 받으러 가는 것이 아닐까 하는 생각이 불현듯 들었다.

양색시들이야 가끔 소파수술을 받는 모양이지만, 다른 사람 아닌 동생이 막상 소파수술을 받을는지도 모른다는 생각이 들자 소영은 더럭 겁이 났다. 소파수술을 받다가 잘못되면 병신이 되거나 죽는 수도 있다는데….

화실로 나가서 오후에라도 가게 문을 열고 일을 볼까 어쩔까 망설이다가 문득 그 같은 생각이 떠오르자 소영은 꼼짝도 할 수 없었다.

정말 날이 저물도록까지 미영은 돌아오지 않았다.

소파수술을 받으러 간 것이 거의 틀림없다는 생각이 들었다.

소영은 차츰 시간이 늦을수록 초조해졌다.

수술을 받다가 잘못된 것이나 아닐까 하는 생각이 들던 중에 아파트의 벨 소리가 들렸다.

벨 소리가 그렇게 반가울 수가 없었다.

'계집애. 이제 왔구나.'

하면서 아파트 문을 열자 낯선 사내들이 소영을 밀치며 집 안으로 우르르 들어서는 것이었다. 그들은 모두 세 명이었는데 직감적으로 형사들이라는 생각이 들었다.

만약 미영이라도 곁에 있었다면 그들을 향해 '수색영장을 보여달라'고 당차게 말했을는지도 모르지만 소영으로서는 도저히 자신의 기본권을 주장할 만한 자신이 없었다.

세 명이 한꺼번에 들이닥쳤다는 것은 현장을 덮치거나 누군가를 체포할 경우 이외에는 없는 것 같았다.

그렇다면, 하고 생각하자 소영의 생각은 이렇게 이어지는 것이었다. 어쩌면 누군가가 자신과 털보가 만나고 있다는 사실을 밀고했을는지도 모른다라는 생각이 들었기 때문이었다.

범죄자들의 대부분은 여자의 집에서 붙잡히는 것이 하나의 정석처럼 되어 있었다. 그렇다면 경찰에서도 털보가 소영의 아파트에 숨어 있을 것이라고 추측했을 가능성도 꽤 많았다.

그러나 그들은 안방과 건넌방으로 들어가 경대 밑과 장롱 서랍까지 열어가며 무엇인가를 샅샅이 찾고 있을 뿐, 털보에 대해서는 아무런 말도 묻지 않았다. 털보가 흡사 장롱 서랍이나 경대 밑으로 숨어들어가기라도 한 것처럼.

그들 세 명은 각기 개성이 있는 얼굴들이었다. 한 사람은 덩치가 레슬링 선수처럼 우람해보였고 또 한 사람은 피부가 검게 그을려 있어서 얼굴까지도 온통 흑인처럼 검은 색이었다. 그리고 나머시 한 사람은 하관이 빠르고 눈매가 서늘해 보였는데, 바로 그 사내가 장롱 서랍 밑에서 찾고 있었던 물건을 마침내 찾아낸 모양이었다.

"찾았다!"

그 사내는 서류뭉치를 꺼내들고 큰소리로 외쳐댔다.

다른 두 명의 사내들처럼 소영이도 그를 쳐다보았다.

그의 손에는 'TOP SECRET'라는 스탬프가 찍힌 서류들이 쥐어져 있었다. TOP SECRET를 우리나라 말로 번역하면 극비사항이나 대외비쯤 되는 것이라고 생각하면서 한번 그 서류들을 대충 훑어본 적이 있던 소영으로서는 깜짝 놀랄 수밖에 없었다.

그때 자신이 본 것은 주한미군이 앞으로는 워싱턴 직할이 된다는 내용의 미상원군사위의 보고서였는데, 장롱 서랍 밑 제법 많은 양의 그런 극비사항 서류들이 쌓여 있었던 것이다.

그들은 방 안을 온통 어질러놓은 후 치워줄 생각도 하지 않은 채 그대로 일어섰다.

눈매가 서늘해보이는 사내가 소영에게 냉소적으로 말을 걸었다.

"미영이는 어디 갔습니까?"

그의 말은 미영이 간 곳을 자신들은 익히 알고 있다는 태도였다.

소영은 모른다고 대답하자 그는 말했다.

"자, 그럼 함께 좀 가실까요."

그들을 따라 아파트 밖으로 나왔을 때는 어둠이 제법 많이 내려와 있었다. 어둠이 짙을수록 하늘의 별이나 지상의 불빛들은 더욱 빛나는 법이었다.

아파트 앞에는 검은 승용차가 한 대 세워져 있었다.

피부가 흑인처럼 검은 사내가 운전석에 타고 하관이 빠르고 눈매가 서늘해보이는 사내는 운전석 옆자리에 앉고 덩치가 레슬링 선수처럼 좋아보이는 사내는 소영과 함께 뒷자리에 앉았는데 그들은 모두 약속이라도 한 듯 입을 굳게 다물고 있었다.

앞좌석에 앉은 눈매가 서늘해보이는 사내는 차가 출발하자마자 스몰등을 켜고 차 안에서 계속 서류뭉치를 뒤적이고 있었다.

소영이가 끌려간 곳은 파출소가 아니라 경찰서였다.

경찰서의 대공분실이라고 써붙인 별실에 들어서면서 소영은 갑자기 가슴이 답답해졌다.

소영을 그대로 내버려둔 채 눈매가 서늘해보이는 사내는 어딘가로 전화를 걸었다.

"사찰계 김 형사입니다. 역시 물건이 있었습니다. 네, 네. 그렇다면 그 말도 모두 사실일 가능성이 높을 것 같습니다. 네. 네. 편지는 찾지 못했습니다. 네. 네. 그렇게 처리하도록 하겠습니다. 네. 네."

수화기를 내려놓은 김 형사는 검지손가락을 펴서 까딱거렸다.

소영을 자기 책상 앞으로 오라는 뜻이었다.

"거기 있는 의자 하나 갖고 오시오."

소영은 김 형사가 시키는 대로 의자 하나를 들고서 그의 책상 앞으로 다가가 의자를 내려놓고 그 위에 조심스럽게 앉았다.

소영은 나머지 두 사람이 함께 따라 들어오지 않은 것으로 보아 차출된 다른 부서의 형사들이었는지도 모른다는 생각을 잠시 해보았다. 그들은 다시 밖으로 나갔는데, 그것이 미영이를 데리러간 것인지도 모른다는 생각이 들었다.

김 형사가 종이를 꺼내들고 맨 위에 진술서라고 썼다.

아마도 말로만 듣던 진술서를 작성하려는 것 같았다.

소영은 김 형사가 묻게 될 몇 가지의 질문을 예상하고 모든 걸 사실대로만 얘기하리라고 속으로 다짐했다.

김 형사도 진실대로만 이야기한다면 같은 한국사람으로서 브라이언의 태도에 공분은 못 느낀다고 할지라도 동정은 할 수 있으리라는 것이 소영의 생각이었다.

그러나 김 형사의 첫 질문은 전혀 엉뚱했다.

"김재겸이라는 사람을 언제 만났지요?"

소영은 잠시 생각해보았다.

김재겸이라는 이름이 언뜻 떠오르지 않았기 때문이었다. 화실로 찾아오는 손님 중의 누구인가 싶어서 그들의 얼굴 하나하나를 떠올리며 이름들을 기억해내려고 애를 썼다.

그러나 김재겸은 전혀 기억해낼 수 없는 이름이었다. 그래서 소영은 고개를 가로저으며 죄송스럽다는 듯이 말했다.

"김재겸 씨가 누구인지 잘 모르겠는데요. 그가 누구인지를 말씀해주시면 혹시 기억이 날는지도 모르겠어요."

소영은 가능한 한 김재겸 씨를 안다고 김 형사에게 말하고 싶었다.

왜냐하면 김 형사는 소영이가 김재겸 씨를 잘 알고 있으리라는 확신을 갖고, 언제 만났느냐고까지 묻고 있는데 그를 모른다고 대답하면, 더구나 그 질문이 첫 번째 질문인데 김 형사가 얼마나 실망하겠는가 말이다.

소영은 입 속으로 김재겸, 김재겸 하고 두서너 번 되뇌이다가 그 이름이 어디선가 많이 들었던, 또는 의식 깊숙한 곳에 숨겨놓고 잊고 지냈던, 아니면 잊으려고 애쓰면서 실제로 잊고 지냈던 낯익은 이름이라는 생각이 퍼뜩 든 것과 김 형사의 냉소적인 음성이 들려온 것은 거의 동시의 일이었다.

"저쪽으로 넘어간 당신의 삼촌 말야, 삼촌. 삼촌 이름도 몰라요?"

소영은 바짝 긴장했다.

그렇다. 삼촌의 이름이 바로 김재겸이었다.

그러나 솔직하게 고백한다면 코빼기도 본 적이 없는 아버지 김무겸과 삼촌 김재겸을 소영은 얼마나 원망해왔던가.

생사조차 알 수 없는 그들의 이름은 이곳에 남아 있는 가족들에게는 하나의 암적 존재였다. 현대의학으로도 고칠 수 없다는 암처럼 그들의 이름들이 이곳에 남아 있는 가족 전체를 끝내는 반드시 죽이고야 말 것 같다는 막연한 예감을 소영은 늘 갖고 있었다.

소영은 늘 자신이 시한부 생명을 살고 있는지도 모른다는 생각을 하곤 했었다.

정말 그들의 이름은 잊으려고 애쓰면 애쓸수록 잊혀지지 않는 이름이면서도 끝내 잊혀진 이름이 바로 아버지 김무겸이었다.

소영은 김무겸이라는 이름조차 억지로 잊으려고 노력했고, 또 차츰 잊혀진 채 살아가고 있는 중이었다. 그런데 하물며 어떻게 까맣게 잊혀진 삼촌이란 사람의 이름을 대뜸 기억해낼 수 있었겠는가.

소영은 자신도 모르게 차갑게 대꾸했다.

아버지와 삼촌의 이름이 들먹여지면 그녀는 늘 자기도 모르는 사이에 목소리가 앙칼지게 변해갔다.

"삼촌이라도 얼굴을 봤어야 기억을 하던가 이름을 외우던가 했을 거 아녜요."

김 형사는 피식 웃었다.

"그렇게 대꾸할 줄 알았지. 그럼 한번도 만나지 않았다는 겁니까?"

"그래요."

"그렇다면 지금이라도 만약 김재겸에게서 연락이 오면 그를 만날 수는 있겠군요."

"글쎄요."

"분명히 말하란 말요. 분명히."

김 형사가 책상을 내리치며 언성을 높였다. 소영이도 신경질적으로 변해갔다.

"연락을 받아보지 않아서 잘 모르겠어요."

"그래서 내가 만약이라고 했잖아. 만약 그에게 연락이 오면 어떻게 하겠느냐구."

소영은 차츰 짜증스러워졌다. 김 형사가 반말을 해대서라기보다는 진술을 이상한 쪽으로 몰아가고 있다는 생각 때문이었다.

"모른다고 했잖아요."

김 형사는 다시 한번 차갑게 웃음을 베어물었다.

노골적인 반말투로 김 형사가 말했다.

"모른다는 것은 그를 만날 수도 있다는 얘기 아냐?"

"마음대로 생각하세요."

"그래?"

김 형사의 음성이 갑자기 부드러워졌다.

"삼촌이 보고 싶지 않아?"

"…."

그 질문에 소영은 대답하지 않았다. 아무래도 김 형사가 자꾸 유도심문을 하고 있는 것 같다는 느낌이 강하게 들었기 때문이었다.

아버지 얘기는 꺼내지도 않고 삼촌의 얘기만 자주 하는 것으로 보아 모르긴 해도 삼촌이 저쪽에서 꽤 높은 직위에 올라 있을는지도 모른다는 추측을 소영은 갖게 되었다.

김 형사는 조서를 꾸미던 볼펜으로 서류뭉치를 가리키면서 소영에게 물었다.

“그렇다면 저것들을 삼촌이 보낸 사람한테 넘겨주려고 했지?”

소영은 어이가 없었다. 그래서 반문했다.

“삼촌이 보낸 사람이요? 그 사람이 대체 누군데요?”

김 형사는 한결 느긋한 표정을 짓고 있었다. 손가락의 매듭진 부분을 똑똑 꺾으면서 말했다.

“유재학, 일명 털보라고도 하지. 녀석은 지금 지명수배 중이니까 곧 붙잡히게 될 거야. 마약밀매 조직의 중간보스지.”

철창 안과 철창 밖

소영은 그 말을 듣는 순간 아찔한 현기증을 느꼈다.

털보가 처음 소영의 가게로 나타나던 때의 일이나, 동생 미영과 브라이언의 동거생활을 진작에 알고 있었던 점 등이 다소 마음에 걸리고 이상스럽다는 생각이 들긴 했었지만, 그가 범죄조직의 패트롤을 돌려면 그만한 정보망쯤은 갖고 있는 것이 오히려 당연한 일일는지도 모른다고 쉽게 생각하며 넘겼던 일들이 하나씩 기억에 되살아났다.

그가 어떻게 해서 삼촌이 보낸 사람이 되었는지 소영으로서는 전혀 납득이 가지 않았다. 그는 당시 감옥에서 출감한 지가 얼마 되지 않았었기 때문이었다. 털보가 삼촌이라는 사람과 연결이 되려면 무엇보다도 먼저 충분한 시간적인 여유가 있어야만 했다. 그런데 그는 감옥에서 나온 지가 얼마 되지 않았던 때였다.

그러나 한편 생각해보면 아편밀매조직의 누군가가 소영이나 털보가 고등학교 동창이라는 걸 알고 은밀하게 그런 지시를 내렸을는지도 모른다는 하나의 가능성만은 배제하지 못했다.

그러니까 삼촌이 보낸 사람은 따로 있고, 털보는 그 제3의 인물이 보낸 단순한 심부름꾼일 수도 있다는 말이었다.

소영은 김 형사의 말에 반신반의하다가 차츰 자신의 생각이 그런 쪽으로 기울자 그 생각을 털어버리기라도 하려는 듯 다시 고개를 가로젓고 단호하게 말했다.

"그럴 리 없어요."

소영의 목소리가 갑자기 높아져서인지 김 형사가 눈을 들어 소영의 얼굴을 잠시 쳐다보다가 다시 시선을 진술서 위로 내리고 뭔가를 열심히 적어나가고 있었다.

"털보 씨를 만난 건 사실이에요. 그러나 그는 내게 한번도 삼촌의 얘길 비친 적도 없고 그런 부탁을 해본 적도 없었어요. 이건 누가 뭐래도 분명한 진실이에요."

김 형사가 머리를 쳐들고 소영에게 날카롭게 물었다.

"지금, 그런 부탁을 해본 적이 없다고 했는데, 그런 부탁이란 구체적으로 무엇인지 한번 말해줄 수 없을까."

"TOP SECRET가 적힌 서류를 달라는 것이 아마 구체적인 그런 부탁이 되겠지요."

"그러니까 유재학이 TOP SECRET가 찍힌 서류를 달라고 부탁한 것이 구체적으로 언제지?"

소영은 그냥 머리가 팽 돌아버릴 것만 같았다.

아무래도 김 형사는 미리 어떤 모형을 만들어놓고, 그 모형 속에 자꾸 자신을 쑤셔넣으려는 것만 같다는 느낌이 들었기 때문이었다.

"…."

소영이 숫제 입을 다물고 대답을 하지 않자 김 형사는 유재학, 그러니까 털보를 언제 처음 만났으며 몇 번 만났는지 그리고 만난 시간과 장소는 어떻게 되는지. 그리고 구체적으로 어떤 내용의 얘기들이 오고갔는지 생각나는 대로 얘기해보라고 했고, 소영은 생각나는 대로 솔직하게 대답해주었다.

그를 처음 만났을 때의 얘기에서부터 관광호텔 나이트클럽에 갔던 일까지를 모두 얘기해주었다.

그런데도 김 형사는 물었던 질문을 다시 묻고 또 묻고 하면서 소영의 진을 완전히 빼놓고 있었다.

밤 10시가 넘어서야 조서 작성은 일단락 지어졌다.

여러 장의 조서를 추스리며 김 형사는 소영에게 물었다.

"혹시 미스 송이라는 사람 알아?"

"네. 몇 번 만났어요. 왜요? 미스 송도 이번 사건과 관계가 있나요?"

"아니…."

대답을 얼버무리며 김 형사는 인주를 내밀고 진술서에 지장을 찍으라고 말했다.

진술서의 분량은 꽤 많았다. 한 십여 장 되는 것 같았다.

소영은 그 진술서를 읽어보기도 귀찮아서 그냥 엄지손가락에 붉은 인주를 묻혀갖고 김 형사가 진술서를 넘기며 찍으라는 곳마다 지장을 찍었다. 수십 장의 조서에 페이지 숫자를 기입하고 한 장씩 넘기면서 그 다음 장과 이어진다는 표시로 앞장을 접고 그 접힌 부분과 뒷장을 겹쳐서 지장을 찍어댔다.

소영의 엄지손가락을 쥐고 김 형사가 찍으라는 곳마다 지장을 찍어주면서 소영은 진술서 내용을 한두 마디씩 훑어보았다.

그런데 이건 아무래도 뭔가 이상하다 싶었다.

도대체가 소영이 자신이 한 말이 자기 말이 아닌 형태로 일그러져 있었다. 말이 이렇게 왜곡될 수도 있는가 싶었다.

가령 첫 번째 질문부터가 그랬다.

김 형사가 '김재겸을 아느냐?'고 물었을 때 소영이 모른다고 하자 그가 저쪽으로 넘어간 당신의 삼촌이라고 알려주었다. 그래서 삼촌이라도 얼굴을 봤어야 기억을 하던가 이름을 외우던가 했을 게 아니냐고 소영이 신경질적으로 반문했었는데, 그 중간 과정이나 뒷말이 모두 생략되어지거나 잘려버린 채 그냥 '삼촌이라도 얼굴을 잘 모른다'고만 나와 있었다.

뿐만 아니라 털보가 내게 TOP SECRET를 넘겨달라고 부탁해서 두 번이나 만난 것으로 진술서는 작성되어 있었다.

무섭고 끔찍한 일이었다.

소영은 김 형사가 쥐고 자기가 찍고 싶은 곳에 찍어대던 손가락을 뽑아내었다. 그 바람에 김 형사의 손에도 인주가 묻게 되었다.

"아니. 이건 사실과 다르잖아요?"

김 형사는 침착하게 손가락에 묻은 인주를 걸레로 닦아냈다.

"다르긴. 모두 다 당신이 진술한 내용 그대로야. 그 많은 이야

길 그대로 다 적을 수는 없으니까 요점만 간추려서 간단명료하게 적은 거라구."

"…."

소영은 할 말이 없었다.

"자, 어서 마저 찍어. 찍으라니까."

소영이 꼼짝않고 있자 김 형사가 버럭 고함을 질러댔다.

"정말 못 찍겠어?"

그가 갑자기 음성을 높였다.

"뜨거운 맛을 보고 찍을래? 신사적으로 대해주면 그걸 알아야지."

은근한 협박이었다.

소영은 김 형사의 협박에 못이겨 결국 할 수 없이 나머지 진술서에 모두 지장을 찍고 말았다.

소영이에게 지장을 다 받아내자 김 형사는 흡족한 표정을 지으며 소영을 경찰서 유치장 안으로 집어넣었다.

집으로 돌아가 지저분하게 어질러진 방 안을 어서 치워야겠다고 생각하던 소영은 눈앞이 캄캄해졌다.

유치장에 갇힌 소영은 잠이 오지 않았다.

아무래도 큰일이 벌어지고 있는데, 그 큰일이라는 것이 도대체 어느 정도의 일인지가 유치장 안에 갇혀서까지도 소영에게는 현실감으로 체득되어지지가 않았다.

일이 앞으로 어떻게 전개될 것인지 도저히 가늠할 수가 없었다.

소파수술을 하러 나간 미영이는 지금 어디에 있는 것일까. 소영은 가슴이 답답했다. 지명수배 중이라는 털보의 소식도 궁금했다.

소영은 세 명의 사내가 집으로 들어서던 일부터 곰곰 다시 생각을 해보기 시작했다. 한두 가지가 이상스러운 게 아니었다.

군사기밀 서류를 빼내어 삼촌에게 넘기려 했다면 그것은 대체 무슨 죄목에 해당하는가를 소영은 알지 못했다.

다만 소영이가 알고 있는 것은 브라이언과 함께 살아왔던 미영이를 그들은 별로 중요하게 취급하고 있지 않다는 막연한 느낌만이 들 뿐이었다. 그것도 이상한 일이 아닐 수 없었다.

실제로 브라이언과 동거를 하면서 기밀서류들을 빼낸 것은 미영이인데 왜 그들은 미영이를 찾지 않는 것일까. 아니면, 그들은 이미 미영이를 찾아내 어딘가 다른 곳으로 끌고 갔는지도 혹 모를 일이라는 생각이 불현듯 소영의 뇌리를 스쳤다.

김 형사가 조서를 다 끝내놓고 나서 지나가는 말처럼 물었던 미스 송도 자꾸 신경에 거슬렸다.

그녀의 이름은 왜 나왔던 것일까.

언젠가 가게로 찾아와서 선구를 포기하라고 미스 송이 말했을 때, 그리고 소영이의 가족 중에 월북한 사람이 있다는 것을 미스 송이 알게 된 것도 그녀의 친척 중에 경찰에서 일하고 있는 사람이 있기 때문이라고 말했던 기억이 되살아났다.

그러자 소영과 털보가 관광호텔 나이트클럽에서 함께 만나던 날, 먼발치로 잠깐 미스 송을 보았던 것도 결코 우연이 아닐 것이라는 생각이 들었다.

그렇다면 미스 송이 노리는 최종 목표는 무엇일까. 그녀가 노리는 것이 선구와 결혼해서 미국으로 함께 들어가는 것이라면 그것은 이제 쉽게 이루어질 터였다.

자신이 어떤 협의로건 유치장에 갇혀 있다는 사실은 소영에게 그러한 생각들을 자연스럽게 갖도록 해주기에 충분했다.

그러나 정말 미스 송이 선구와의 결혼을 위해, 아니 선구와 결혼해서 함께 미국으로 들어가기 위해 그 같은 일들을 저질렀으리라고는 믿어지지 않았지만 시간이 흐를수록 소영의 그러한 생각들은 점차 굳어져가고만 있었다.

'틀림없이 미스 송 짓일 거야.'

소영이 이러한 단정을 내리기까지에는 먼저 선구가 한 말 '미군이 하는 것은 무조건 옳고 한국인이 하는 것은 무조건 틀리다는 사고방식을 가진 여자'라는 점과, 두 번째는 미스 송이 소영의 가게로 찾아와서 '선구 씨를 포기하라'고 말했던 점, 그리고 세 번째가 소영의 가족 중에 월북한 사람이 있다는 것과 미스 송의 가족 중에 경찰에 관계하는 사람이 그러한 사실을 알고 있다는 점 등이 소영의 그러한 단정에 크게 작용했던 것 같다.

소영은 눈을 감았다.

'그래. 틀림없이 미스 송의 짓일 거야.'

그렇게 단정을 지어버리자 새로운 의문들이 저마다 바늘 끝처럼 소영의 뇌를 아프게 쑤셔댔다.

가장 예리한 바늘은 흰 색 블라우스에 물빛 주름치마를 받쳐 입고 집을 나섰던 미영의 소식이었다.

그 애는 소파수술을 받으러 나간 것이 분명한데도 아직까지 소식이 없는 것이라면 어떤 사고가 생긴 것이 틀림없었다.

만약 사고가 아니라면 도대체 지금 동생 미영은 어디에 있다는 말인가.

소영은 그러한 생각들이 바늘 끝이 되어 머릿속을 콕, 콕 쑤셔대는 바람에 도통 잠을 이룰 수가 없었다.

아니 잠을 이룰 수 없는 것은 잠자리를 바꾸었기 때문이었는지도 모른다. 소영은 잠자리를 바꿀 때마다 늘 그랬다. 목천에서 아파트로 이사를 하던 날도 그랬고, 어머니가 돌아가셨을 때도 그랬고, 얼마 전 브라이언이 아파트로 들어와 동생 미영이와 신혼살림을 차리느라고 어머니의 유품인 낡은 재봉틀과 함께 소영 자신이 건넌방으로 밀려나던 때도 그랬다.

그때도 소영은 잠을 이루지 못했었다.

그러나 오늘은 달랐다.

물론 잠을 이루지 못한다는 것에 대해서는 마찬가지였지만 자신이 범법자가 되어 유치장 안에 갇혀 있다고 하는 사실은 까닭모를 불안과 초조를 느끼기에 충분했다.

소영은 지금 자신의 머릿속에서 수없이 얽히고설키고 옭매듭진 실들을 끌고 가는, 또는 방향을 결정하는 바늘만은 알 수 있을 것도 같았다.

그 예리한 바늘들이 바로 소영의 머릿속을 앞다투어 쑤셔대는 것이었다.

한 개는 소파수술을 받으러 나가서 소식이 없는 동생 미영이의 소식이고, 또 한 개는 털보에 대한 의문이었다.

그가 단순한 깡패나 아편밀매 조직원이 아닌 것으로 보는 것이 경찰의 시각이었다. 그러나 소영은 그러한 경찰의 시각이 전혀 믿기어지지도 않을 뿐더러 또 믿을 수도 없었다. 그만큼 소영이가 최근 털보를 신뢰하고 있다는 말도 되었다.

소영의 이러한 심경의 변화는 선구에 대한 기대가 무너지면서 생긴 것일는지도 몰랐다. 그러나 한가지 분명한 사실은 소영 자신이 스스로의 머릿속에서 얽히고 옭매듭진 모든 실들이 제가끔 풀어지길 기대하는 바보 멍청이가 아니라는 점이었다.

소영은 선구를 누구보다도 믿고, 의지했고, 사랑했다. 그러나 그의 사랑은 그때그때의 상황에 따라 유보할 수도 있다는 점이 소영으로서는 매우 불쾌했다.

최근 그의 사랑이 변해가고 있다고 소영은 느꼈다.

그 가장 좋은 예가 미스 송에 대한 선구 스스로의 평가였다.

처음에는 에이미와 송을 비교하면서 한 말이긴 했지만 그때 그는 '한국에서 미국을 사는 여자'와 '미국에서 한국을 사는 여자'라 말했었다.

에이미와 미스 송에 대한 이러한 선구의 최초 평가가 더 이상 계속되지 않고 있다는 사실이 선구에 대한 사랑을 의심할 수밖에 없게 만들었고, 그러한 의심은, 소영을 가게로 찾아와서 뱉어낸 미스 송의 말과 행동에 대한 선구의 묵인으로, 소영은 마침내 그 두 사람을 동질의 불쾌감으로 받아들이게 된 것인지도 모른다.

그래서 선구에게 향하던 거의 맹목적이던 사랑이 방향을 잃자 소영은 마음의 갈피를 잡지 못하고 방황을 했고, 그때 시기를 맞춰 나타난 고등학교 동창생 털보에게 친구 이상의 감정이 싹텄는지도 혹 모를 일이었다.

소영은 지금 자기 자신을 이 차가운 철창 안에 가둔 것이 무엇인지를 잘 모른다. 그것이 체제인지 이데올로기인지 또는 미군인지 한국 경찰인지 그녀는 알지 못했다.

다만 어렴풋이 이것이 보통 예삿일이 아니라는 것만 그냥 느낌으로 알 수 있을 뿐이었다.

그러나 소영은 자신을 이곳에서 구원해줄 사람으로 선구를 꼽지는 않았다. 그가 미스 송과 함께 이제 곧 미국으로 떠날 사람이라는 사실보다도, 매사가 회의적인 그의 태도가 소영으로서는 못마땅하게 느껴졌기 때문이었다. 선구보다는 오히려 털보가 혹기사처럼 나타나 자신을 구원해줄는지도 모른다는 생각이 들었다.

세 번째의 바늘 끝은 화실에 두고 온 많은 일거리와 아직 며칠 남기는 했지만 이제 곧 가게세를 받으러올 가게주인 강 씨의 얼굴이었다.

여기서 하루이틀 만에 쉽게 나갈 것 같지도 않고, 그렇다면 그림값을 받아야 할 손님들도 손님들이지만, 가게세도 문제는 문제였다. 그간 푼푼이 모아놓긴 했지만 부족한 금액을 채워 내지 못한다면 영락없이 거리로 나앉게 될 것도 걱정거리가 아닐 수 없었다.

만약 동생 미영이라도 있어서 가게를 대신 열 수만 있다면 이런 너절한 걱정은 하지 않을 수도 있으련만 동생 미영은 소파수술을 받으러 가서 죽었는지 살았는지 소식이 없으니 마음만 안타까울 뿐이었다.

소영은 마룻바닥에 무릎을 세우고 앉았다.

머릿속에서 예리한 바늘 끝들이 제멋대로 돌아다니며 닥치는 대로 사방을 콕콕 쑤셔대는 통에 소영은 두 손으로 머리를 붙들고 있다가 마침내는 두 무릎 사이에 머리를 들이밀었다.

"이봐!"

"…."

창살 밖에서 당직 순경들 중의 누군가가 자신을 부르는 음성이 들려왔지만 소영은 두 무릎 사이로 쑤셔박은 머리를 꺼낼 수가 없었다. 아니 꺼낼 힘이 없었다. 온몸에서 모든 힘이 한꺼번에 빠져나간 듯했다.

"이보라구!"

"…."

소영은 당직 순경이 부르는 소리를 가물가물한 의식 속에서 듣고 있었다.

소영을 불렀던 당직 순경은 뭔가 이상한 낌새를 챈 듯했다.

"이봐, 이보라구!"

"…."

두 번에 나눠 부를 말을 한번에 다 불러제쳐도 소영이 꼼짝도 하지 않자 그 당직 순경은 철창문을 열고 황급히 유치장 안으로 들어섰다.

유치장 안으로 들어선 그 당직 순경은 우악스런 손으로 소영의 긴 머리채를 잡아당겨 뒤로 젖혔다.

소영은 어서 눈을 떠야 한다고 생각하면서도 두 눈이 생각처럼 쉽게 떠지지 않는 것이 참으로 이상스러웠다.

"이봐, 정신차려!"

"…."

그의 우악스러운 손이 이번에는 두어 번 양쪽 볼에 와닿았지만, 두 눈은 전혀 떠지지 않았다.

"이봐, 정신차리라구! 정신!."

"…."

당직 순경이 틀어쥐었던 소영의 머리채를 놓자 소영의 몸뚱어리는 마룻바닥 위로 그냥 새우처럼 쓰러져버렸다.

당직 순경은 무릎을 굽히고 모로 쓰러진 소영의 두 눈을 까뒤집어본 후에야 철창문을 열고 밖으로 나갔는데, 소영에겐 그 모든 것이 다 느껴졌다. 아직 의식을 완전히 잃어버린 것은 아니었다.

다만 수많은 바늘들이 뇌벽을 사정없이 쑤셔댔고, 그래서 온몸에서 힘이 갑자기 썰물처럼 일시에 빠져나가버려 먼지 한 점 들어올릴 힘이 소영에게는 남아 있지 않다는 것뿐이었다.

철창 밖에는 서너 명의 당직 순경이 근무를 서고 있었다. 그들의 근무란 술값 시비로 싸움질하다 끌려온 사람, 또는 방범대원들이 연행해온 통행금지 위반자들을 즉결에 넘기기 위해 조서를 꾸미거나, 평택경찰서 관내의 각 파출소에서 조서와 함께 넘어오는 인원을 파악하는 것이 고작이었다.

그 중에서 소영에게 다가와 철창문을 열었던 당직 순경이 누구였는지는 알 수가 없었다.

모르긴 해도 소영을, 이제 막 들어서기 시작하는 그러한 잡범들과 함께 섞여 있지 않게 하기 위해서 좀 비좁긴 해도 옆에 붙어 있는 작은 유치장으로 옮기기 위해서 철창문을 열었을 것이다.

날이 밝으면 수원검찰청으로 실려갈 잡범들과는 소영을 구분하고 싶어서였는지, 또는 처음부터 남녀를 구분해서 가둬두는 것이 인권을 보호해주는 것인지, 그도 저도 아니라면 소영을 그냥 밖으로 내보내주려고 그랬는지도 혹 모를 일이었다.

그러나 밖으로 그냥 내보내주리라는 기대감은 갖지 않는 것이 좋을 것이라고 소영은 고쳐 생각했다. 왜냐하면 김 형사가 꾸민 조서는 얼핏 보기에도 그런 기대감을 갖는다는 것이 얼마나 무모한 짓인가를 즉각적으로 깨닫게 해주었기 때문이었다.

"약을 먹은 건 아니구?"

김 형사의 목소리에 당직 순경이 대꾸했다.

"그건 잘 모르겠습니다."

"잘 좀 살피지 않고 뭘 했어?"

"그렇잖아도 잡범들과 함께 수용한다는 것이 뭣해서 이쪽으로 옮기려고 들어가봤더니 그냥…."

"좀 조용히 해!"

웅성웅성거리며 시끌벅적하던 경찰서 유치장 안에 김 형사의 쉿소리 섞인 한마디가 떨어지자 거짓말처럼 조용해졌다.

"철컹."

유치장 문이 열리며 김 형사가 그 당직 순경과 함께 들어서는 것 같았다.

소영은 어서 일어서고 싶었다. 일어서서 김 형사에게 새롭게 조사를 받고 싶었다. 먼저 받은 조서의 부당성을 지적하고 싶었다.

나는 빨래예요.
집게로 양어깨 꼭 집히운 채
납작한 표정으로
두 팔 번쩍 들고 널린
속옷 같은 빨래예요.

나는 깃발처럼 펄럭일 수는 있어요.
뿌리도 없이 흔들리며
너펄너펄 춤을 출 수는 있어요.
그을린 하늘
하얗게 눈흘길 수도 있어요.

바작이는 가슴, 가면 쓴 얼굴로
최후의 눈물까지 버려야 해요.
허공을 안고 병신춤이나 추는
펄럭여도 펄럭여도
깃발이 되지 못하는 와이샤쓰예요.

나는 빨래예요.
두 팔 번쩍 들고
별 수 없이 그을리면서 마르는
도시의 얼굴이에요.

—김추인의 시 「나는 빨래예요」 전문

그러나 김 형사는 앞서의 당직 순경처럼 소영의 눈꺼풀을 한 번 까뒤집었다가 이어서 맥박도 한번 짚어보고는 다시 철창 밖으로 나가서 어딘가로 급히 전화를 걸어댔다.

잠시 후 당직 순경의 등에 업혀 소영은 경찰서 밖에 세워진

승용차의 뒷좌석에 실려졌고, 김 형사는 운전석 옆자리에 앉아서 운전을 하는 사내에게 말했다.

"빨리 성모병원으로 좀 가주게."

"알았습니다."

달리는 차 속에서 소영은 눈을 뜨고 싶었다. 눈을 뜨고 나서 김 형사에게 말하고 싶었다.

그러나 그것은 어디까지나 생각일 뿐 그녀는 아무것도 자신의 뜻대로 해낼 수가 없었다.

참 이상한 일이었다.

의식은 살아 있는데 몸은 꼼짝도 할 수 없다니 세상에 별 희한한 일도 다 있다고 소영은 생각했다.

병원에 도착하자마자 김 형사는 담당의사부터 찾았다.

그리고 의사에게 말했다.

"이 여자 약을 먹었는가 안 먹었는가부터 좀 살펴봐주시오."

소영은 의사가 자신의 몸을 더듬는 것을 알면서도 어떻게도 저항할 수가 없었다.

자신은 크레졸 냄새가 배어 있는 병실의 침대 위에 눕혀진 채 의사가 주무르는 대로 주물러질 수밖에 달리 방법이 없었기 때문이었다.

"의사 선생, 어떻습니까?"

"…."

의사에게 바싹 붙어 서 있던 김 형사가 그렇게 물었지만 의사는 쉽게 대답을 하지 않았다.

"약을 먹은 것 같진 않습니까?"

"…."

김 형사의 두 번의 질문을 모두 묵살한 채 의사는 소영을 서둘러 엑스레이실로 옮기고 있었다.

화가 난 듯 세 번째 묻는 김 형사의 질문에는 쇳소리가 섞여 있었다.

"의사 선생, 이 여자가 약을 먹었는지 안 먹었는지부터 좀 말하시오!"

그러자 의사가 마지못해 대꾸했다.

"진찰 중이어서 아직 확실하게 말할 수 있는 입장은 못되지만 약을 먹은 것 같지는 않습니다."

"그럼 왜 이렇습니까?"

김 형사는 범인을 취조하듯 의사에게 다그쳤다.

의사도 화가 난 듯 대꾸했다.

"그러니까 지금 그것을 알기 위해 진찰을 하고 있는 중 아닙니까?"

김 형사는 아무 소리 못하고 밖으로 나갔다.

또 어딘가로 전화를 걸어 지금의 상황을 그대로 보고하는 듯 했다.

잠시 후 병실로 들어선 김 형사는 의사에게 다급하게 물었다.

"아직도 병명이 안 나왔습니까?"

김 형사가 다시 병실로 들어오면서부터 소영은 점점 의식이 혼미해져갔다. 혼미해져가는 의식의 끈을 놓치지 않고 소영은 의사가 진단한 자신의 병명을 들었다.

의사는 엑스레이 필름을 긴 줄에 빨래처럼 양쪽 끝을 집게로 집어 걸어놓은 채 손가락으로 뇌의 한부분을 가리켰다.

"Cerebral hemorrhage라고 합니다."

김 형사가 다시 반문했다.

"아니, 그게 도대체 무슨 병입니까? 좀 더 구체적으로 알기 쉽게 설명해보시오!"

의사가 차분한 음성으로 말했다. 손가락으로 필름의 한 부분을 가리키면서.

"뇌혈관 중 하나가 파열되어 이곳 뇌에 소량의 점상출혈點狀出血이 있습니다. 혈액이 뇌실질내腦實質內로 유입되어지는 것이지요."

"그럼 이제 어떻게 된다는 얘기입니까?"

김 형사는 몹시 낭패한 듯한 음성으로 의사에게 그렇게 물었다.

그러자 의사가 말했다.

"일찍 오셔서 다행입니다. 뇌출혈이라 우선 응급조치를 시켰지만 입원을 시켜놓고 치료를 하면서 경과를 두고 봐야지요."

"뇌출혈이요?"

"그렇습니다. 뇌혈관 중 하나가 파열되었습니다."

의사의 말에 김 형사는 어이가 없는 모양이었다.

이때 김 형사의 연락을 받고 급히 병실로 들어선 중년사내가 김 형사에게 다급하게 물었다.

"병명이 뭐래?"

"뇌출혈이랍니다."

"뇌출혈?"

그 중년사내도 김 형사처럼 어이가 없는지 입 속으로 다시 한 번 병명을 반복해보았다.

의사와 간호원이 바쁘게 산소통을 운반하고 소영의 얼굴에 산소 마스크가 씌워지고 있었다.

중년사내가 김 형사에게 차갑게 물었다.

"고문은 안 했나?"

중년사내의 느닷없는 질문에 김 형사는 당황하고 있었다.

"절대, 아닙니다."

"그럼 왜 멀쩡한 사람이 저 꼴이 됐나?"

"그건… 저도 모릅니다."

잠시 망설이다가 중년사내는 중대한 결심이라도 한 듯 한마디 던졌다.

"할 수 없네."

"네에?"

"발표를 연기하고 처음부터 다시 수사를 시작하게."

중년사내의 그 말에 김 형사는 펄쩍 뛰었다. 지금까지 수사해온 자신의 공로가 다 수포로 돌아가는 것 같아서였을 것이다.

"그럼 지금까지의 수사는 다 무효가 되는 겁니까?"

중년사내는 한심하다는 듯 끌끌 혀끝을 차면서 말했다.

"그걸 말이라고 하나? 이런, 사람하곤, 쯧쯧…."

"처음부터라면, 어디서부터?"

"처음부터 새로 만들란 말야. 지난 번 건은 좋지 않았어. 그렇게 되면 브라이언이라고 하는 미국 공군장교가 다치잖나. 미군이 다쳐서는 안 돼. 어쨌거나 그들은 우리들의 우방이며 혈맹이아 닌가 말야."

김 형사가 잽싸게 말꼬리를 물고 들어왔다.

"브라이언은 다치지 않도록 조치를 취해놓았습니다."

"어쨌거나 위에서 내려온 지시가 그래. 다시 한번 김재겸부터 시작해보라는 거야."

중년사내는 그렇게만 말하고 병실을 나갔고, 김 형사는 산소마스크가 씌워진 소영의 얼굴을 한동안 뚫어질 듯 노려보다가 침대 옆에 놓인 의자로 걸어가서 딱딱한 나무의자 위로 털썩, 하는 소리가 나도록 육중한 체구를 내던지며 주저앉았다. 두 손으로 머리를 감싸쥔 채.

크레졸 냄새가 나는 햇살

이튿날 아침이 되자 소영의 얼굴에 씌워져 있던 산소 마스크가 벗겨졌고, 소영은 눈동자뿐 아니라 팔다리도 마음대로 움직일 수 있게 되었다. 그리고 자유스럽게 말도 할 수 있었다.

담당의사가 퇴근하려다 말고 그러한 소영의 모습과 병상일지를 살피며 연신 고개를 갸우뚱거렸다.

아마 믿기어지지 않는다는 뜻일 터였다.

"내일 아침까지 아무 일 없으면 그대로 퇴원을 하셔도 됩니다."

소영은 그렇게 말하는 의사가 정말 고마웠다.

"선생님, 정말 고마워요."

"그러나 퇴원을 하더라도 앞으로는 조심을 하셔야 될 겁니다. 한번 터진 뇌혈관은 또다시 터질 수도 있기 때문입니다. 절대 안정이 무엇보다 필요합니다. 절대적으로 충격을 받지 않도록 하고, 무리를 해서도 안 됩니다. 아시겠습니까?"

"네."

의사의 말에 소영은 조용한 미소로써 답했다.

야근을 해서인지 의사의 얼굴은 수염이 꺼칠해져 있는 것이 흡사 털보를 닮은 것만 같았다. 아니 털보를 연상시켜주었다.

상상조차 할 수 없었던 유치장에서의 하루가 소름끼치도록 두렵게 느껴지면서 정말 털보가 흑기사처럼 나타나 자신을 구해준 것만 같았다.

털보는 어디로 피해 있는 것일까. 문득 털보가 보고 싶었다.

정말 털보는 어떤 정보망을 가지고 있길래 기지촌에서 발생하는 모든 일들을 자기의 손바닥을 들여다보듯이 그처럼 한눈에 훤히 꿰뚫어보고 있는 것일까.

그가 처음 소영의 화실로 나타났던 때의 일에서부터 동생 미영이와 브라이언의 동거생활을 진작에 알고 있었던 점, 그리고 소영 자신은 까맣게 모르고 있었던 선구와 미스 송이 함께 미국으로 들어가기로 결정한 사실 등등을 그는 정말 어떻게 알아냈을까.

뿐만 아니라 그는 최근 기지촌에 마약사범 일제단속이 곧 있을 거라는 정보도 사전에 미리 알고 있었던 것이 분명했다.

그렇다면 그러한 사실, 또는 정보를 털보는 누군가로부터 끊임없이 제공받고 있다는 말이 된다.

그는 누구인가? 누가 털보에게 그러한 사실 또는 정보를 계속적으로 귀띔해주는 것일까.

그 '누군가'는 한 사람일 수도 있고, 여러 사람일 수도 있고, 꽤나 높은 직위에 있는 고급 공무원일 가능성도 전혀 배제할 수는 없었다. 그러나 그 모든 것이 조직을 통해서만 전달되어지고 있다는 사실을 소영은 어렴풋이 느낌으로만 짐작할 뿐이었다. 가령 털보가 소영의 가게로 처음 나타날 때라거나, 또는 동생 미영이 브라이언과 동거를 시작할 때, 그 같은 사실들을 털보에게 귀띔해준 것은 그가 소속되어 있는 조직일 터였다. 그러나 마약밀매 일제단속령은 검찰의 관할이므로 상황이 전혀 다르다는 것이 소영의 생각이었다.

더군다나 신문에 그러한 사실들이 보도되기도 전에 털보가 그 모든 정보를 미리 알고 있었다고 하는 것은 검찰 측에도 어떤 줄이 닿아 있을 수도 있다는 추측을 소영에게 갖게 해주는 것이었다.

그 '누군가'는 아편밀매조직과 연결되어 있을 터이고, 아편밀매조직은 다시 김재겸과 연결되어 있을지도 몰랐다.

그렇다면 김 형사의 말은 어느 정도의 설득력을 지닐 수도 있을 것이었다. 왜냐하면 털보는 출감한 지가 얼마 되지 않았으므로 김재겸과 연결된 아편밀매조직의 누군가로부터 그런 지령을 받았을는지도 혹 모를 일이었다. 털보가 고등학교 동창이라는 명분으로 자연스럽게 자신에게 접근할 수도 있었을 테니까.

그렇게 생각하자 털보가 미워지는 것이 아니라 더욱 보고 싶어졌다.

소영은 침대에 누워 커튼 사이로 비쳐든 몇 점 투명한 햇살을 바라보았다. 햇살 속에서는 투명한 크레졸 냄새가 나는 것 같았다.

그가 보고 싶었다.

머리맡에 세워져 있는 병걸이에 거꾸로 매달린 링겔 병에 연결시킨 가는 호스를 타고 한 방울씩 똑, 똑, 똑 떨어져 내려 주사기를 타고 자신의 정맥 속으로 흘러드는 링겔 액을 바라보면서 소영은 무슨 생각인가를 하다가 슬그머니 얼굴을 붉혔다. 왠지 자신의 정맥을 통해 한 방울씩 들어오고 있는 링겔 액이 자신의 질膣 속으로 들어오는 털보의 정액처럼 생각되었기 때문이었다.

의식과 온몸이 함께 나른해왔다.

이런 나른함이 황홀감의 또 다른 이름인지도 모른다고 소영은 생각했다. 이 순간만은 동생 미영에 대한 궁금증도 선구에 대한 원망도 모두 잊을 수 있었다.

병실 문이 열리며 청진기를 목에 건 의사와 계급장처럼 까만 줄이 두 줄 그려져 있는 하얀 캡을 쓴 간호원들이 우르르 한꺼번에 병실로 쏟아져 들어왔다.

아마 회진시간인 모양이었다. 의사와 레지던트와 간호원이 모두 하나같이 하얀 가운을 걸쳤지만, 그들의 모습은 흡사 가택수색을 하기 위해 아파트로 우르르 쏟아져 들어오던 그 세 명의 형사들을 연상시켰다. 소영은 머리를 한번 흔들어 그런 연상을 지워냈다.

"기분이 어때요?"

청진기를 목에 건 안경쓴 의사가 소영의 침대에 다가와 그렇게 물었다.

어제의 당직 의사는 오늘 아침에 퇴근하고 아마 이 의사가 이

병원에서는 제일 높은 사람인 모양이었다. 곁에 서 있는 다른 의사(그 둘은 레지던트들임에 틀림없을 것만 같은)들이 그 의사를 대하는 태도에서 그런 것은 쉽게 느낄 수 있었다.

청진기를 목에 건 의사의 눈짓이나 표정 하나하나에 그 양쪽 옆에 서 있는 두 사람의 태도는 금방이라도 바뀌어질 것만 같았다.

간호원이 갑자기 소영의 입 속으로 재갈을 물리듯 체온계를 들이밀었다. 그러나 체온계가 입으로 들어오기 전에 소영은 청진기를 목에 건 의사의 질문에 정직하게 대답했다.

"좀, 나른해요."

소영의 대답을 듣자 청진기를 목에 건 의사는 맥박을 짚어보고 눈꺼풀을 열어젖혔다. 그리고 만년필같이 생긴 조그마한 물건을 눈가로 들이댔다. 소영은 깜짝 놀랐다.

"이게, 뭐에요?"

그러나 소영의 질문과 거의 동시에 손전등에서 쏟아져나온 날카로운 불빛이 소영의 눈알을 찔렀다.

한동안 소영의 눈앞을 유린하던 손전등이 꺼지자 갑자기 시야가 뿌옇게 흐려왔다.

소영이 겨우 시력을 회복하자 의사는 형식적으로 어제의 병상일지를 뒤적여보더니 한 방울씩 뚝, 뚝, 뚝 떨어져 내리는 링겔 병을 일별하고는 이렇게 말하는 것이었다.

"한 일주일 정도 치료하면 퇴원할 수 있으니까, 아무 걱정하지 말고 마음을 편하게 가지십시오."

소영은 어제의 당직의사가 한 말이 떠올랐다.

'내일 아침까지 아무 일 없으면 그대로 퇴원하셔도 됩니다.'

그러나 입에 재갈처럼 물린 체온계 때문에 소영은 아무 말도 하지 못하고 눈만 멀뚱거릴 수밖에 별도리가 없었다.

의사가 다시 물었다.

"약은 잘 먹지요?"

소영은 답답했다.

늘 일방적으로 당하면서 살아왔지만 이처럼 입에 체온계를 물린 채 질문을 받아보는 경우란 어디에도 있을 것 같지가 않았다.

이때 간호원이 소영의 입 속에 물렸던 체온계를 빼냈다. 소영은 살 것만 같았다. 재갈을 물린 것처럼 아무소리 못하고 있던 터에 체온계가 뽑혀져나가자 그렇게 시원할 수가 없었던 것이다.

간호원은 형광등을 향해 한 손을 높이 치켜올리면서 눈금을 확인하더니 다시 체온계의 눈금을 털어내고서 갖고 온 쟁반 같은 곳에 체온계를 조심스럽게 올려놓았다.

소영이 말했다.

"일주일씩이나 입원해야 되나요?"

환자의 당돌한 반문에 의사는 어이없어하는 표정을 지었다. 그러자 오른쪽 곁에 서 있던 의사가 이때다 싶어서 그랬는지 얼른 대답을 가로채고 나섰다.

"이봐요. 죽지 않고 살아난 것만도 다행으로 아시오. 동공

pupil은 대광반사對光反射가 소실되고, 사지는 무력해진 것이 아직 뇌혈관 벽에 외상이 있다는 증거요."

그 말을 듣는 순간 소영은 김 형사의 냉혹했던 눈빛이 떠오르며 자신의 온몸에 다시 소름이 쭉 끼치는 것만 같았다.

소영은 서둘러 두 눈을 꼬옥 감아버렸다.

청진기를 목에 건 의사가 아는 체하는 의사와 간호원들을 거느리고 병실을 나가는 모습을 소영은 보지 못했다. 다만 두 눈을 꼬옥 감은 채 귀로써만 어지럽게 몰려나가는 발자국 소리를 들었을 뿐이었다. 그리고 그만이었다. 기력이 빠진 소영은 서서히 잠 속으로 빠져들어갔다.

얼마나 지났을까.

간호원이 약 먹을 시간이 다 됐다고 그녀를 흔들어 깨울 때까지 소영은 내처 잠만 잔 모양이었다.

소영이 눈을 떴을 때, 눈에 들어온 것은 하얀 사면 벽과 하얀 천정과 하얀 시트 그리고 크레졸 냄새였다.

한 방울씩 링겔 액을 자신의 정맥 속으로 들여보내주던 주사 바늘도, 링겔 병도 어느새 다 뽑혀져 나간 후였다.

"잠이 깊이 들었던 모양이지요?"

"네, 그런가봐요."

"약 드시고 다시 링겔을 맞아야 하는데 이번에 맞을 링겔은 시간이 제법 걸릴 거예요."

간호원은 들고 온 물주전자와 물컵을 탁자에 내려놓고 새로운 링겔 병을 걸기 위해 병걸이를 옮기고 있었다.

소영은 가까스로 일어나 앉았다.

간호원이 환자에게 링겔을 놓을 준비를 다 마친 듯 물컵에 물을 한 잔 따르고 약봉투를 들고서 소영의 침대 곁으로 다가왔다. 소영은 갖가지 모양과 형태를 갖추고 있는 콩알, 팥알만 한 빨갛고 파랗고 노란 약들을 목구멍 속으로 넘기느라고 보리차를 두 잔이나 마셨다.

간호원이 다시 말했다.

"시간이 제법 걸릴 텐데 괜찮겠어요?"

간호원이 환자에게 그런 말을 해주는 것은 링겔을 맞기 전에 미리 화장실에라도 다녀옴으로 해서 간호원이 링겔 병을 들고 환자의 뒤를 따라 화장실까지 쫓아들어가는 번거로움을 피하기 위해서일 터였다.

소영은 알았다는 표시로 고개를 한번 끄덕여 보이고 간호원을 향해 나직이 물었다.

"전화를 쓰고 싶은데요."

간호원은 소영의 음성이 너무 낮아서였는지 처음 한 말이 무슨 말을 한 것인지를 잘 알아듣지 못한 모양이었다. 간호원이 반문했다.

"뭐라고요?"

소영은 음성을 조금 높였다.

"전화를 하고 싶다고요!"

"아, 전화요?"

"네."

간호원의 안색이 조금 변하는 것 같았다.

"그건 좀 곤란하군요."

"왜요?"

간호원은 입을 다물고 잠시 망설였다. 하지 않아야 할 얘기를 자칫 잘못하는 것이나 아닌가 싶어서 그런 모양이었다.

"실은 경찰서에서 어떤 조치가 있기 전까지는 소영 씨에게 일체의 면회나 외출을 삼가도록 했으니까 우리는 그 지시를 따라야만 하거든요. 그리고 여기 있는 전화는 수신만 가능하지 발신이 안 돼요."

소영은 다시 한번 놀라지 않을 수 없었다.

"그럼 어쩌지요?"

"전화를 거시려면 병실 복도에 있는 공중전화를 이용하셔야 할 텐데, 어디로 하실 건지 제가 대신해드리면 안 될까요?"

"그건 좀 곤란해요. 제가 꼭 전화를 해야만 될 급한 사정이 있어요."

그러자 또 한번 잠시 망설이던 간호원이 허락하면서 한가지 단서를 덧붙였다.

"단, 의사 선생님 눈에는 띄지 않도록 조심하세요. 괜히 잘못 의사 선생님 눈에 띄었다가 제가 야단을 맞게 되니까요."

"알았어요."

소영은 간호원의 부축을 받으며 가까스로 일어나 침대를 내려서서 실내화를 찾아 신었다. 실내화를 다 신고 걸음을 옮기려는 순간 다리가 휘청거렸다.

"조심하세요."

간호원이 소영의 곁으로 바싹 따라붙어섰다.

"아니, 됐어요. 혼자 걸을 수 있어요."

소영은 간호원의 부축을 정중하게 뿌리쳤다. 혼자 전화를 걸고 싶었기 때문이었다.

소영의 몸에 댔던 두 손을 내려놓고 간호원은 멍청히 서서 물었다.

"정말 괜찮으시겠어요?"

소영을 바라보는 간호원의 눈길은 영 불안스러워 보였다. 휘청거리며 걷는 소영의 걸음걸이가 아무래도 복도 한 구석에 설치해놓은 공중전화 박스가 있는 곳까지 걸어가기도 전에 폭싹 주저앉아버리고 말 것만 같아서였는지도 모르겠다.

그러나 소영은 공중전화가 놓여 있는 곳까지 무사히 걸어와서 다이얼을 돌렸다.

신호가 가자 누군가가 수화기를 들었다.

"여보세요!"

나이트클럽의 시끄러운 음악이 배음으로 물러가고 웨이터인 듯싶은 사내의 굵은 바리톤이 수화기를 가득 채웠다.

"저…."

"누구를 찾는지 말씀하십시오."

"김종호 지배인님을 좀 찾는데요."

"아직 안 나오셨습니다."

소영은 상대방이 그냥 수화기를 내려놓을까봐 급하게 말했다.

"나오면 말씀 좀 전해주시겠습니까?"

"누구시죠?"

"저는 털보의 여자친구인데, 그렇게만 얘기하면 아마 아실 거예요. 지금 성모병원 107호실에 입원해 있는데 꼭 좀 통화를 하고 싶어한다고요."

수화기 저쪽에서 바리톤이 물어왔다.

"털보와 얘기하고 싶다는 겁니까? 아니면 지배인님과 얘기하고 싶다는 겁니까?"

소영은 털보라고 얘기하려다가 그가 지금 피신 중이라는 사실에 생각이 미치자 그만 수화기를 틀어막고 주위를 둘러보았다. 복도 저쪽에서 교통사고를 당했는지 다리에 깁스를 한 사람이 휠체어에 앉아 간호원이 밀어주는 대로 화장실로 가고 있었다. 링겔 병이 달랑거리고 있는 것으로 봐서 아마도 저 사람은 간호원의 말을 듣지 않고 있다가 저런 꼴을 당하지 싶었다. 휠체어에 앉은 환자와 간호원 외에는 병실 복도에는 아무도 보이지 않았다.

소영이 다시 말했다.

"두 사람 중 아무나요."

그러자 수화기 속에서 잠시 침묵이 흘렀다. 그러더니 바리톤의 그 사내가 말했다.

"알겠습니다. 지배인님이 들어오면 그렇게 전하겠습니다."

찰칵.

전화는 끊겼다.

수화기를 내려놓으면서 소영은 생각했다.

이제 어떤 형태로건 털보에게는 연락이 가닿을 수 있을 것이다. 그러면 털보는 소영에게 틀림없이 전화를 걸어줄 것이었다. 그것은 거의 믿어도 될 것이었다. 그는 언제 어디에 어떻게 있더라도 소영에게는 늘 연락을 취했었으니까. 아니 이쪽에서 그를 필요로 한다면 그는 언제 어디서라도 늘 연락이 닿을 수 있는 그런 사람이었다.

소영은 병실로 돌아오기 전에 화장실에 들렀고, 화장실의 넓은 거울 속에다 자신의 모습을 비춰보았다. 그리고 병실에 돌아와서는 침대에 누워 시간이 제법 걸린다는 그 링겔을 맞을 준비를 했다.

준비라고 해봤자 뭐 별다른 것이 있겠는가. 그저 한 서너 시간 동안은 동생 미영이의 소식이 아무리 궁금하더라도 참아야 되고, 털보에게서 전화가 걸려온다 하더라도 반가움을 드러내지 말고 참아야 한다는 정도였다.

그러나 간호원이 소영의 팔목에서 파란 심줄을 찾아내 주사바늘을 꽂고 반창고를 붙이고 링겔 액이 한 방울씩 제대로 들어가는가를 시계를 보며 확인한 후 병실 밖으로 나가자마자 소영은 은연중 털보의 전화를 기다리고 있는 자기 자신의 모습을 발견했다. 아마도 지금 당장 자신이 의지할 데라고는 털보 한 사람밖에 없다는 생각이 불현듯 들었기 때문일 터였다. 그러나 털보의 전화는 걸려오지 않았다. 링겔 병이 반 병으로 줄어들 때까지 기다려도 마찬가지였다.

아니 털보는 고사하고 김종호라고 하는 지배인으로부터의 전화도 끝내 걸려오지 않았다.

소영은 차츰 불안하고 초조해졌다. 그런데 그 초조함 속으로 걸어들어온 사람이 있었다.

병실 밖에서 노크 소리와 함께 문이 슬그머니 열리더니 조용히 들어서는 남자, 그는 바로 김 형사였다.

"좀 어떠시오."

말은 병문안을 온 사람들이 항용 사용하는 부드러운 뜻이었지만, 그의 음성은 역시 차가웠다. 그러나 왠지 풀은 많이 죽어 있는 듯했다. 김 형사의 전매특허 같았던 냉혹함이 오늘은 음성이나 서늘한 눈빛이나 표정에서 별로 느껴지지가 않아서 그런 모양이었다.

"…."

소영은 말하고 싶지가 않아서 가만히 누워만 있었다.

"오늘은…."

김 형사가 잠시 말을 끊고 소영을 쳐다보았다. 소영은 김 형사의 서늘한 눈빛을 마주 대하자 온몸에 다시 소름이 쭉 돋는 것 같았다.

"검찰의 결정을 직접 통보해주려고 왔습니다."

"무슨 말씀인지…."

그 말에는 아무 대꾸도 하지 않고 김 형사는 병실 안을 휘둘러보더니 출입구와 대각선을 긋는 곳에 놓여 있는 의자 하나를 발견하고 그쪽으로 걸어갔다.

그는 의자를 들어다가 소영의 침대 머리 부분에 내려놓고 주저앉았다.

"참, 알고 계십니까?"

소영은 김 형사라고 하는 인간을 이해하는 데 앞서 조류학부터 공부해봐야 되겠다는 생각이 들었다. 칠면조라는 새와 김 형사가 너무 흡사하다는 느낌이 들었기 때문이었다.

"아, 그렇겠군. 병원에 계셨기 때문에 연락을 못 받으셨겠군요."

"도대체 무슨 말씀인지…."

소영은 의아스러웠다. 도대체 김 형사가 지금 왜 나타났는지. 그리고 무슨 이야기를 하려고 하는 것인지. 그에게 단 한번의 조사를 받아본 경험밖에 가지고 있지 못한 소영이지만, 그가 쓸데없는 소식이나 전하러 다니는 할 일 없는 건달이 아니라는 사실은 익히 알고 있는 터였다.

김 형사는 침착하게 말했다.

"미영이가 살인미수혐의로 한미합동수사반에 의해 검거되었습니다."

소영은 자신의 귀를 의심했다.

"지금 뭐라고 하셨지요?"

"미영이가 살인미수혐의로 한미합동수사반에 검거…."

김 형사의 말이 채 끝나기도 전에 소영은 반사적으로 상체를 벌떡 일으켜 세우려다가 김 형사가 제지하는 바람에 침대에 다시 눕게 되었다.

소파수술을 하러 나갔는 줄로만 알고 있었던 미영이가 살인미수혐의로 붙잡혔다니 이게 무슨 날벼락인가 싶었다.

소영은 팔목이 아팠지만 그 아픔을 느끼지 못할 정도로 심한 충격을 받았다.

"조심하십시오. 주사바늘이 부러지면 큰일납니다."

미영이가 살인미수혐의라니 도대체 누구를 죽이려 했다는 말인가. 한미합동수사반? 순간적으로 소영의 뇌리를 스치는 것은 브라이언이었다. 그렇다. 동생 미영은 브라이언을 죽이러 나간 것일는지도 모른다는 생각이 퍼뜩 들었다.

동생 미영은 자기 뱃속의 아기를 유산시키기 전에 아마도 브라이언을 죽이고 싶었을는지도 모른다.

그렇게 생각하자 모든 궁금증들이 하나씩 풀리기 시작했다.

서늘한 눈매의 김 형사가 다른 두 명의 형사와 함께 아파트로 들이닥쳐 가택수색을 할 때도 그랬다. 그들은 도통 미영에 대해서는 궁금증도 갖지 않았고 별로 묻지도 않았다. 실제로 그 서류를 빼낸 사람(미 정보장교 브라이언과 동거를 하던)이 바로 동생인 미영이임에도 불구하고 그들은 전혀 미영이에 대해서는 관심을 표명하지 않았었다. 그때 그 점에 대해서 한번쯤은 의심을 하고 넘어갔어야만 했었다. 그들은 이미 그때 어떤 정보를 갖고 아파트에 들이닥쳐 'TOP SECRET'를 찾고 있었던 것이 분명했다.

장롱 서랍 밑에서 'TOP SECRET'를 찾아내고 나서 김 형사가 '미영이는 어디 갔습니까?' 하고 소영이에게 한마디 슬쩍 던졌었지만 그때 김 형사가 던진 그 말은, 이미 미영이가 간 곳이 어디인지를 자신들은 잘 알고 있다는 태도가 분명했었다.

다만 그 같은 질문을 던질 때 소영이가 어떻게 반응하는가까지를 김 형사는 모두 체크하고 있었던 것이다. 김 형사, 그는 참으로 무서운 사람이 아닐 수 없었다.

그리고 신분이 정확하지 않은, 그러나 김 형사가 그를 대하는 태도로 보아서는 꽤나 높은 직위에 있음이 분명한 중년사내가 김 형사에게 한 말도 이제 확실하게 짚어왔다. 그때 그는 병실에서 김 형사에게 '브라이언이라고 하는 미군 정보장교가 다치지 않도록 하라'고 지시했었다. 생각해보라. 미영이가 붙잡히지 않았다면 거기서 브라이언이 왜 튀어나왔겠는가 말이다. 왜 진작에 그러한 사실들을 생각해보지 못했었는지 소영은 그저 가슴을 치고 싶도록 자기 자신이 원망스러울 뿐이었다.

소영은 타는 입술을 혀끝으로 적시며 침을 한번 꼴깍 삼켰다.

그리고 김 형사를 향해 말했다.

"지금 그 애는 어디 있어요?"

김 형사는 차가운 미소를 입가에 흘리면서 짧게 대꾸했다.

"한미합동수사본부."

소영이 다급하게 되물었다.

"그 애를 지금 좀 만날 수 없을까요?"

김 형사는 입을 다물고 날카로운 눈으로 계속 소영의 표정과 모습을 관찰하고 있었다.

"김 형사님 제발 부탁이에요."

소영은 조급함으로 가슴이 터질 듯 답답했지만 김 형사는 오히려 느긋한 표정으로 입을 열었다.

"당신들 두 자매는 참 이상하단 말이오."

"그게 무슨 말씀이세요?"

소영은 그렇게 반문하지 않을 수 없었다. 이상하다니, 무엇이 이상하다는 말인가.

"아직 털보를 검거하지 못해서 명확한 증거를 갖고 있지는 못하지만, 수사관들에게는 저마다 심증이라는 것을 갖고 있게 마련이오. 나는 아직도 당신들 두 자매가 김재겸과 연결되어 있다고 굳게 믿고 있지. 두 사람 다 그럴 만한 충분한 이유도 있고, 그런데…."

그는 여기서 또 말을 끊었다.

김 형사는 아마 소영이와 심리전을 벌이려는 것 같기도 했다. 중년사내의 말대로라면 김 형사에게는 이미 김재겸에서부터 수사를 다시 시작해야 한다는 명령이 하달되었는지도 모를 일이었다.

"검찰의 결정은 앞으로 두 자매를 계속해서 관할서의 보호 아래 둔다는 것입니다."

말을 마치자 그는 의자에서 일어났다.

"미영이의 모습은 아마 내일쯤은 보게 될 것이오."

그리고 그는 병실 밖으로 나갔다. 그가 나가자 소영은 혼란스러웠던 머리와 가슴이 비로소 정리되는 듯했다.

머리맡의 링겔 병을 올려다보자 어느덧 링겔 병은 거의 다 비어가고 있었다. 그때 용케 알고 간호원이 들어섰다.

하긴 1초에 우리의 정맥 속으로 링겔이 몇 방울씩 흘러들어가는가를 계산한다면 까짓 500cc짜리의 용량을 우리의 몸 속에 모두 집어넣는 데 소요되는 시간쯤은 쉽게 산출할 수도 있을 것 같았다.

주사바늘을 뽑은 후 간호원이 씽긋 웃으며 말했다.

"기분이 어때요?"

소영은 김 형사와 팽팽한 신경전을 벌인 끝이라 매우 피로했고, 간호원의 그 같은 말에는 왠지 청진기를 목에 건 의사의 생각이 자꾸 묻어나서 결코 유쾌할 수가 없었다. 그래서 그냥 고개만 끄덕여주었다.

"시간 맞춰 약 먹는 것 잊지 말도록 해요."

간호원은 그런 당부를 남기고 병실을 나갔다. 혼자다. 소영은 철저히 혼자라는 의식이 들었고, 그 의식은 문득 하나의 두려움으로 성큼 다가섰다.

그때 수신용 전화가 요란스럽게 울어댔다.

수화기를 들자 그렇게 기다리던 털보로부터의 전화였다.

"도대체 어디가 아파서 병원에 입원을 한 거야? 어떻게 된 일이냐구? 어때? 괜찮아?"

수화기를 들자 수화기 속에서는 흡사 샤워기에서 물이 일시에 쏟아져나오듯, 털보의 걱정스러운 질문들이 한꺼번에 쏟아져나왔다.

소영은 반가움에 왈칵 눈물이 솟았다.

"괜찮아요. 다, 나았어요."

"뭐야? 지금 울고 있는 것 아냐? 바보같이 울긴…."

"아니, 아니에요."

소영은 한 손으로 눈가를 타고 흘러내리는 눈물을 문지르고는 도리질을 해댔다.

"내가 올라가지 않아도 되겠어?"

"지금 계신 곳이 어딘데요?"

"여기?"

"네."

"여긴 대전이야. 그것보다도 정말 괜찮겠어?"

“네. 정말 다 나았어요. 이젠 괜찮아요.”

“그런데, 갑자기 어디가 아파서 병원까지 간 거야?”

소영은 전화로는 더 이상 자세한 이야기를 할 수가 없었다. 하루 아침에 두 자매에게 느닷없이 밀어닥친 이 사태를 어디서부터 어떻게 설명해야 될는지를 소영은 모르고 있었다. 세 명의 형사가 구두를 신은 채 아파트로 들이닥쳐서 실시했던 가택수색이라는 것과, 자신의 구속과, 김 형사의 심문에서 드러난 어머어마한 음모와, 자신의 뇌출혈과, 미영이와 동거하던 정보장교 브라이언의 배신과, 미영이의 살인미수 등을 어떻게 전화로 다 이야기할 수 있단 말인가.

냉정을 되찾은 소영은 털보에게 한마디만을 물었다. 그 질문은 대공분실에서 김 형사에게 심문을 받을 때부터 줄곧 소영의 뇌리를 떠나지 않던 질문이었다.

“김재겸 씨를 아세요?”

“…”

“김재겸 씨를 아시느냐구요?”

“누구? 잘 안 들려. 지금 누구라고 했어?”

소영은 입을 수화기에 가까이 대고 한 자씩 끊어서 발음했다.

“김·재·겸 씨요.”

그러면서 털보가 제발 김재겸 씨와는 아무런 연관성이 없기를 속으로 간절히 빌었다.

“김재겸?”

털보가 되묻는 소리가 수화기 속에서 흘러나왔다.

"네."

"지금 김재겸 씨라고 했어?"

"왜요? 아세요?"

소영은 가능한 한 자신의 조급함을 드러내지 않으려고 노력했지만, 털보에게는 자신의 그런 마음까지도 송두리째 눈치채이고 만 모양이었다.

"…."

털보는 침묵했고 소영은 털보의 그 침묵이 문득 불안하게 느껴졌다.

"아시는 분이에요? 모르시는 분이에요?"

"…."

수화기 속에서는 더 이상 아무 소리도 들리지 않았다.

소영은 직감적으로 털보가 김재겸 씨를 알고 있을 것이라는 판단을 내렸다. 그렇지 않다면 전화선을 타고 흐르는 서로의 음성과 느낌만으로도 자신의 '울고 있음'을 알아냈던 털보가 왜 김재겸이라는 말은 한번에 알아듣지 못하고 몇 번씩 반문해댄 것일까.

털보는 소영의 입에서 김재겸이라는 이름이 튀어나오는 것을 듣고 몹시 당황했던 것 같다. 그래서 다시금 그 '이름'을 확인하면서 이 중대사태가 어떻게 돌아갈 것인가를 생각할 시간적인 여유를 잠시 갖고 있었을는지도 혹 모를 일이다.

한마디로 만약 털보가 김재겸 씨를 전혀 모르는 사람이라면 이토록 오랜 침묵을 지킬 만한 하등의 이유가 없었기 때문이다. 그때 침묵을 지키고 있던 수화기 속에서 털보의 급한 음성이 들려왔다.

"그만 전화 끊을께."

"여보세요. 왜 그러는 거예요?"

소영이도 함께 다급해졌다.

털보가 말했다.

"지금, 이 전화 도청당하고 있어."

소영은 깜짝 놀랐다.

"아니, 뭐라고요? 도청을 당하다니 그게 무슨…."

소영이 채 말을 끝마치기도 전에 털보는 수화기를 내려놓은 모양이었다.

찰칵.

전화는 끊겼다.

소영은 이미 끊어진 수화기를 내려놓지 못한 채 그저 멍하니 서 있었다. 그러면 다시 그와 통화할 수 있으리라는 생각이 들어서가 아니라, 왠지 통화 중 빠져나간 정신을 수습하기가 매우 어려웠기 때문이었다.

병실의 하얀 사면 벽이 눈에 들어왔지만, 방금 전까지 말을 나누던 털보의 모습은 병실 어느 구석에서도 보이지 않았다.

수화기를 내려놓고 침대로 돌아온 소영은 생각해보았다. 털보와의 전화가 도청을 당하고 있었다는 사실은 정말 충격적인 일이 아닐 수 없었다.

털보를 닮은 의사가 내일까지 아무 일 없으면 그냥 퇴원해도 좋다고 한 말을, 1주일 동안은 꼼짝말고 입원해 있으라고 번복한 청진기를 목에 건 안경쓴 의사의 얼굴이 떠올랐고, 뒤이어 서늘한 눈매를 가진 김 형사의 얼굴도 떠올랐다. 모두가 한 패거리가 아닌가 하는 생각이 들었다. 그들은 털보로부터 소영에게 전화가 걸려올 것을 미리 예상하고 아마도 1주일 동안 입원해 있으라는 조치를 취했을는지도 모른다. 물론 그 모든 것이 다 김 형사의 간교한 술책이라는 것만은 이제 어렴풋하게나마 소영에게도 짐작이 가는 일이었다.

"똑, 똑."

누군가가 병실의 문을 두드렸다.

소영은 생각을 들킨 사람처럼, 무의식적으로 얼른 침대 위로 올라가 길게 누우며 시트를 머리 위까지 뒤집어썼다. 그리고 노크 소리의 임자가 김 형사일 것이라고 생각했다.

소영은 왠지 자신의 예감이 적중할 것만 같았다. 만약 그렇다면? 하고 생각해보았다. 정말 노크 소리의 임자가 김 형사라면 아무리 시침을 떼어봐도 소용이 없는 일이라는 생각도 들었다. 왜냐하면 그는 이미 모든 것을 다 알고 병실로 들어설 것이기 때문이었다.

"…."

분명 어떤 사람이 문을 열고 병실로 들어섰다.

그러한 느낌은 침대에 눈을 감고 누워 있는 소영이에게도 분명하게 느껴졌다. 한 사람이었다. 그는 침대 곁으로 다가선 다음 조용히 시트를 걷으며 소영이를 확인하자 오열에 가까운 울음부터 터트렸다.

"언니!"

눈을 뜨자 거기 서 있는 사람은 김 형사가 아니라 미영이었다.

미영은 몹시 초췌해진 모습이었다. 머리칼은 제대로 빗질이 되어 있지 않았으며, 흰 색 블라우스는 거의 누런 색을 띨 정도로 색이 바래 있었고, 물빛 주름치마 역시 함부로 짓구겨져 있었다. 그녀가 한미합동수사본부에서 어떤 이야기를 듣고 자신을 찾아왔는지는 모르지만 한가지 분명한 사실은 아파트를 들르지 않고 곧장 이곳 평택의 병원으로 달려왔다는 것만은 알 수 있었다.

"아니? 네가…."

소영은 침대에서 일어나 동생을 끌어안았다.

서글펐다. 그것은 소영 자신이 신원조회에 걸려 결국 선구와의 결혼에 실패했거나, 또는 동생 미영이가 브라이언과 동거만 하다가 끝내는 결혼에 실패했기 때문만은 결코 아니었다. 당하기만 하면서 살아온 두 자매에게 간첩혐의까지 씌우려드는 반쪽짜리 조국이 말할 수 없이 서글펐던 것이다.

"언니, 도대체 이게 어찌된 일이야?"

한참을 운 다음 미영은 눈물을 찍어내며 소영에게 그렇게 물었다.

소영은 털보가 전화로 걱정스럽게 묻던 질문들이 생각났고, 그 전화가 도청당하고 있었다는 털보의 말도 생각났고, 낯짝 한 번 본 적이 없는 김재겸 씨, 아니 삼촌이라는 사람을 보고 싶다는 충동도 갑자기 강하게 일었다.

그것은 김 형사 등에 대한 반작용에서 비롯된 다분히 충동적인 감정일는지도 모르지만, 삼촌을 꼭 한번쯤은 만나보고 싶었다.

"언니, 어찌된 일이냐니까?"

동생 미영이 다시 옛날의 못된 성격이 되살아난 듯 그렇게 다그쳤다.

"글쎄…."

"답답해 죽겠어. 말해봐. 언니! 도대체 무슨 병이래?"

"글쎄, 나도 잘 모르겠어. 무슨 뇌출혈이라고 하던가. 뭐 그래."

소영의 말을 듣고 미영이 말했다.

"언니, 잠깐만 기다려."

미영은 등을 돌려 다시 병실 밖으로 나갔다.

아마 의사 선생을 만나서 언니의 정확한 병명을 듣고 싶었는지도 모를 일이었다.

"계집애…. 제 몸 하나도 제대로 추스리지 못한 상태에서…. 계집애."

소영은 자꾸 눈물이 나왔다. 어머니의 살아 생전 모습들이 하나씩 떠올랐기 때문이었다. 낡은 재봉틀 한 대로 힘겹게 두 자매를 키우시던 어머님, 참고 또 참아오다가 마지막 자살하실 무렵 담당형사와 악에 받쳐 싸우던 빨갱이 과수댁 어머님의 그 무덤과 무덤 위의 잔디 등이 한꺼번에 떠올랐다.

무릎을 꿇어라
이 못난 후레자식
핏대를 세우며 삿대질을 하며
아버지는 거친 억새풀로 일어나
억새풀 아래 무릎 꿇은 잡풀보다
허름한 자식놈의 멱살을 움켜쥐었다.
아들아 니 애비 못난 설운 마음
지천으로 패랭이꽃으로 빈 들판에 널렸는데
너 이제 한 주먹의 허름한 눈물로
불쌍한 애비 앞에 무릎 꿇었느냐
생각해라 잘 살기 위해서라면
사군자에 곁들인 채색화도 잘 팔리고
미국땅 삼류 음대 옆문으로 빠져나와
떡잎 그른 조선 호박잎들 바이올린 레슨 벌 만하고
잘 살 일 하나로 죽어가는 그 길이 가깝다면
너를 보는 애비 두 눈에 피눈물이 맺히리라
아들아, 별이 뜨는 가을밤을 너는
걸었느냐 여름의 진창 섞인 어둠 속을
헤매었느냐 눈을 감아라
겨울은 오고 홀로라도 네가 걸어야 할 길은 멀다.
겨울은 오고 네가 맞을 눈송이는 아직 포근하다
돌아가거라 네 가슴에 남은 그리움이
내 가슴의 그리움과 함께 지천으로 피는 날
이 허름한 내 무덤 쓰러진 억새풀 위에도
뜨거운 이 세상의 송이눈이 흩날리리라.

— 곽재구의 시 「성묘」 전문

새로운 세상

"언니 어서 퇴원 준비해."

어느 틈에 병실로 돌아온 동생 미영이가 서둘러댔다.

"…."

소영이가 잠시 멍청해 있자 동생 미영이가 재차 독촉을 했다.

"빨리 퇴원 준비를 하라니까 뭘 그렇게 꾸물거리는 거야?"

소영은 어이가 없었다.

그래서 할 수 없이 침대를 비스듬히 내려서며 물었다.

"의사 선생님께는 퇴원한다는 걸 말씀드렸니?"

"응. 얘기했어."

"뭐래?"

"퇴원해도 좋대. 이 병원에서는 언니가 골치 아픈 환잔가봐. 보호자가 경찰서로 되어 있으니까 말야."

"경찰서?"

"그런데 그쪽에서도 언닐 그만 퇴원시켜도 된다는 연락을 받았대. 조금 전에."

순간 소영은 털보와의 통화가 생각났다. '지금, 이 전화 도청당하고 있어.' 그리고 그는 황급히 전화를 끊었었다. 그렇다면 전화가 도청당하는 줄 알고 있는 털보가 소영에게 다시 전화를 걸어올 만큼 미련스럽지는 않으리라는 것이 김 형사의 생각인지도 모르겠다. 전화를 건 곳이 대전의 어디였는지 그 장소가 밝혀져서 이미 그곳으로 형사대를 급파시켰는지도 혹 모를 일이었다. 그렇지 않다면 그 약아빠진 김 형사가 나타나서 소영 자신에게 '어떻게 털보와 통화할 수 있었는지'를 집중적으로 추궁할 것이 틀림없었을 텐데 말이다. 아니 어쩌면 소영이 자신이 공중전화를 사용했을 때 이미 그때부터 전화는 도청을 당하고 있었는지도 모를 일이었다.

소영은 눈을 감았다. 털보가 재발 검거되지 말고 무사히 피해 있어 주기만을 빌었다.

"언니 퇴원 안 하고 아예 여기서 살 거야?"

미영의 그 같은 말에 소영은 퍼뜩 정신이 들었다.

"나가자, 그런데…."

소영이 무슨 말인가를 하려고 하자 동생은 언니가 무슨 말을 하려는지 이미 다 알고 있다는 듯 언니의 말을 가로막았다.

"걱정하지 마. 퇴원 수속은 다 끝냈으니까."

미영은 작은 핸드백을 들어 두어 번 흔들어보이며 말을 이었다.

"마침 산부인과로 갈 뻔한 돈이 여기 있었길래 망정이지 그렇지 않았으면 큰일날 뻔했어."

소영은 그렇게 말하는 동생의 얼굴을 한동안 훑었다. 수면 부족으로 꺼칠해진 모습이었지만 방금 전까지 살인을 꿈꿨던 얼굴이라고는 전혀 믿어지지가 않았다.

김 형사의 말대로라면 미영은 미공군 정보장교 브라이언을 살해하기 위해 부대 안에 새로 지은 독신자 아파트로 브라이언을 찾아갔음이 분명한 터였다.

'언니, 나, 잠깐 좀 다녀올께. 어쩌면 시간이 오래 걸릴는지도 몰라.'

라고 말하며 처음 아파트에서 미영이가 외출할 때 언니로서 느꼈던, 브라이언의 애를 지우러 병원에 가는구나라는 느낌은 역시 정확했었던 것 같았다.

다만 브라이언의 애를 지우기 위해 병원을 찾아나섰던 그녀의 생각이 왜 갑자기 바뀌었는지에 대해서는 언니의 입장으로서는 충분히 납득하기 힘든 일이 아닐 수 없었다. 어쨌거나 그녀의 원래 외출의 의도는 소파수술을 받으러 나갔던 것임이 분명해졌고, 지금 그 돈을 몽땅 털어 내놓은 것은 아직 그녀 자신의 뱃속에 있는 브라이언의 아이를 지우지 않았다는 말에 다름이 아니었다.

평택에서 쑥고개로 돌아오는 택시 안에서는 다소 지친 모습만을 보이던 미영은 완전히 탈진상태로 변해버렸다. 아마 모든 긴장이 일시에 풀어진 모양이었다.

아파트 문을 열자 소영의 눈에 가장 먼저 들어온 것은 거실 마룻바닥에 판화처럼 선명하게 찍혀 있는 구두 발자국의 모습이었다.

그것을 한참 동안 쳐다보고 있던 미영이가 맥빠진 목소리로 말했다.

"언니, 미안해. 다, 나 때문에 이런 일이 생긴 거야."

소영은 대답하지 않았다.

자신은 이미 충분한 수면을 취했지만 동생 미영은 아직 그럴 만한 기회를 갖지 못한 것 같았다.

어서 동생에게도 충분한 수면부터 취하게 해주는 것이 급선무라고 소영은 생각했다. 브라이언을 어떻게 죽이려고 했는지, 또는 한미합동수사본부에서는 어떤 심문을 받았는지는 그것은 그 다음의 문제였다.

식물이나 동물이나 사람에게는 모두 일정량의 수면이 절대적으로 필요한 것이다. 만약 수면을 취할 시간에 수면을 취하지 못한다면 식물은 자라도 꽃이나 열매를 맺지 못할 것이고, 인간도 정신이상을 일으켜 미쳐버릴 것이 분명했기 때문이다.

"우선 좀 씻거라."

"아냐, 됐어. 나, 우선 잠부터 좀 자고 싶어."

"그래. 그럼 아무 생각 말고 우선 잠부터 좀 자두려무나. 얘기는 그 후에 하자."

"알았어. 언니…."

미영은 자신이 브라이언과 함께 쓰던 침대 위에 눕자마자 스르르 깊은 잠 속으로 빨려 들어갔다.

소영은 잠시 서서 잠든 동생의 모습을 내려다보았다.

이 누가 그토록 예쁘던 동생 미영을 저토록 지친 모습으로 만들어놓았는가.

그는 정녕 누구인가.

그는 브라이언인가.

아니면 늘 감시의 눈빛을 빛내는 이 땅의 수사기관원들인가.

그도 아니라면 이 땅을 벗어나고 싶어하는, 그러나 결국은 멀리 날아가지도 못하고 날갯죽지가 부러진 채 추락하고 만 미영 자신인가.

소영은 터져나오려는 울음을 목구멍 속으로 씹어삼켰다.

온통 지저분하게 어질러진 안방의 물건들(주로 장롱 서랍 속에서 끄집어낸 철 지난 옷가지들이 주류를 이루고 있었지만)을 한 가지씩 치워가면서 소영은 자꾸 대상이 불분명한 살의가 느껴졌다.

예전에 선구를 따라서 가보곤 하던 영화관에서 '황야의 무법자'나 '황야의 7인' 또는 '석양의 건맨' 등의 서부영화를 보면서 소영이 받았던 통쾌함도 따지고 보면 인간의 마음속에 끊임없이 누군가를 살해하고 싶은, 또는 파괴하고 싶은 본능적 욕구가 잠재되어 있다는 말과 매우 밀접한 관계가 있을 것이라는 생각이 불현듯 소영에게 들었다.

왜 갑자기 그런 생각이 들게 되었는지에 대해서는 소영 자신도 알 수 없지만 아무래도 세상에 대한, 주위에 대한, 인간에 대한 완벽한 고립감 때문이라는 막연한 생각만은 지울 수 없었다.

소영은 안방을 대충 치우고 나서 거실로 나왔다. 마룻바닥에 판화처럼 선명하게 찍힌 구두 발자국을 걸레로 말끔히 지우기 위해서였다.

물걸레로 마루를 닦으며 소영은 생각했다.

정말 김 형사의 심증을 맞게 해주기 위해서라도 소영은 김재겸 씨, 아니 삼촌을 한번만 만나보고 싶었다. 그를 만나서 무엇을 어떻게 해야 되겠다는 구체적인 계획은 하나도 갖고 있지 못했지만 말이다.

아니다.

그것은 잘못된 말이다.

김 형사의 심증을 맞게 해주기 위해서가 아니라 이 땅에서 버림받은 미영과 소영 자신을 위해서 삼촌을 한번쯤은 꼭 만나보고 싶은 것이었다.

막상 만나면 물어보고 싶은 것도 많은 것 같았다.

먼저 왜 어머니를 자살하게끔 만들었고, 우리 두 자매를 그토록 괴롭혀왔느냐는 질문을 해보고 싶었다. 그러면 삼촌은 뭐라고 대답하실까.

멀리 떨어져 있는 그가 가까이 있는 이웃보다도 오히려 더 많이 우리 두 자매의 상처와 고통을 이해해줄 수 있을 것만 같았다.

소영은 걸레질을 끝내고 건넌방으로 들어갔다.

건넌방도 안방과 마찬가지로 엉망으로 어질러져 있었다. 소영은 흐트러진 물건들을 대충 정리해놓고는 다시 안방으로 건

너와 미영의 침대 옆자리에 누웠다.

잠든 미영이의 꿈을 지켜주기 위해서는 아무래도 소영 자신이 브라이언이 있던 빈 자리를 채워주어야만 한다는 생각이 들었기 때문이었다.

이튿날 아침.

거실에서 요란스럽게 울어대는 전화벨 소리에 소영은 설핏 든 잠에서 깨어났다. 아직 미영은 깊은 혼수상태에 빠진 듯 잠 속에 곯아떨어져 있어서 전화벨 소리 따위는 아랑곳없었다. 미영이 깰까봐 조용히 침대를 빠져나온 소영은 거실로 나와 수화기를 들었다.

수화기 속에서는 그토록 기다리고 기다렸던 털보의 음성이 흘러나왔다.

"말하지 말고 듣기만 해!"

털보는 소영의 음성을 확인하자 그렇게 말했다.

"지금 이 전화도 도청을 당하고 있을는지 모른단 말야. 그러니까 내 말을 듣기만 하고 있으라구."

소영은 너무 반가워서 무슨 말인가를 하고 싶었지만 우선은 털보의 지시대로 따르기로 했다.

소영이 입을 다물고 있자 그가 말했다.

"…."

"지금 밖으로 나와. 그리고 아파트 앞에 있는 공중전화 부스 있는 데 알지? 그쪽으로 천천히 걸어서 와. 내 말 알겠어?"

물론 소영은 알고 있었다. 크로바아파트 입구에 세워져 있는 한 개뿐인 공중전화 부스도, 털보가 묻는 말의 의미도 모두 알고 있었다.

자물쇠가 열쇠를 거부하고, 집이 집주인을 거부하고 있을 때, 그때 그곳 공중전화 부스에서 교환양에게 미친년 소리를 들었던 기억이 새삼스럽게 났다. 뿐만 아니라 공중전화 부스 안에서 바라다보았던 서녘하늘에 걸린 핏빛 노을도 함께 떠올랐다. 흡사 달리의 그림인 '내란의 예고'같이 섬뜩한 느낌을 주던 그 핏빛 노을….

소영은 안다고 대답하려다가 털보의 지시 때문에 입안에서 튀어나오려던 발음을 다시 되밀어 삼키고는 고개만 끄덕였다.

"…."

그런데도 상대방에서는 용케도 소영의 의사 표시를 알아들은 듯했다.

"그곳으로 지금 나와!"

그리고 수화기는 끊겼다.

소영은 거실의 수화기를 내려놓고 안방으로 들어가보았다. 미영은 아직 잠에서 깨어나지 못하고 있었다. 잠든 동생의 얼굴이 그렇게 생각해서 그런지 몹시 거칠어져 있는 것처럼 보였다. 그러나 소영은 우선 털보를 만나야만 했다.

모든 건 그 다음이었다. 미영이 왜 브라이언을 살해하러 독신자 아파트로 들어갔으며, 한미합동수사본부에서는 어떤 심문을 당했으며, 브라이언이 미영의 석방에 어떤 작용을 했는지는 모두 소영이가 털보를 만난 다음의 문제들이었다.

우선은 털보를 만나야만 했다. 그러기 위해서는 지금 그가 지시한 대로 행동하는 길밖에는 달리 뾰족한 방법이 있을 것 같지가 않았다.

털보는 '지금 밖으로 나오라'고 했지만 그것은 두 자매가 너무 늦잠을 자고 있었다는 사실을 모르고 털보가 그렇게 말한 것일 터이다. 만약 소영 자신이 일어나자마자 털보의 전화를 받은 것을 알았다면 그는 결코 그런 식으로는 말하지 않았을 것이다.

여자가 어떻게 잠옷 바람으로 집 밖을 나다닌다는 말인가 그렇게 된다면 공중전화 부스 안에서 교환양에게 들었던 '미친년'이라는 소리가 정말이 될 것이라고 소영은 생각하는 것이었다.

소영은 세수를 하고, 거울 앞에서 대충 머리를 빗어넘기고, 옷을 갈아입었다.

그리고 잠든 동생의 모습을 더 쳐다보고는 서둘러 아파트를 빠져나왔다.

털보로부터 지금 즉시 밖으로 나오라는 전화를 받고 소영은 최대한 서둘러 나온 것이다. 지체된 시간이 불과 10분 내외밖에는 되지 않았을 것이라고 생각하면서 소영은 손목시계를 들여다보았다.

분침은 소영이 예측했던 것보다는 거의 배에 가깝게 숫자판 위를 달려가고 있었다.

그러나 털보는 보이지 않았다. 하지만 소영은 좌우를 두리번거리면서 그 앞을 계속 서성거렸다. 공중전화 부스 부근 어디에서 털보가 지금 당장이라도 불쑥 나타나며 그 무뚝뚝한 음성으로 '그동안 어디가 아팠었느냐?'고 물어봐줄 것만 같아서였다.

소영은 차츰 맥이 풀리면서 까닭모를 불안감으로 초조해지기 시작했다.

하긴 쫓기고 있는 사람을 밖에서 20분이나 기다리게 하고 있었다는 사실이 소영은 자신의 발등을 찍고 싶을 정도로 후회스러웠다. 그깟 세수를 안 하면 어떻고, 그깟 잠옷 차림이면 어떻다는 말인가. 소영은 그렇게 생각하며 다시 한번 공중전화 부스를 휘둘러보았다.

이제 어떻게 할 것인가를 결정해야만 했다. 언제까지나 오지 않는 사람을 이대로 무작정 기다리고만 있을 수도, 그렇다고 그냥 훌쩍 이 자리를 떠날 수도 없는 노릇이었다. 다시 집으로 들어가서 털보의 전화를 기다리는 것이 더 나은 것인지, 아니면 이대로 조금 더 기다려보는 것이 나은 것인지를 소영이 미처 판단하지 못한 채 잠시 망설이고 있을 때였다.

조금 전에 두서너 명의 어린이와 아낙네를 치일 뻔하면서 아파트로 들어갔던 승용차 한 대가 유턴해서 다시 나오며 소영의 앞에 멈춰섰다.

"어서 타세요!"

"…."

소영이가 무슨 영문인지 몰라 멀뚱거리며, 창밖으로 비쭉 얼굴을 내밀고 말하는 사내의 얼굴만을 쳐다보고 있자 사내도 답답하다는 듯 다시 손짓을 해대며 빠르게 말했다.

"털보 형을 만나려면 빨리 타시라구요."

그제서야 소영은 아차 싶었다.

어디선가 낯익은 듯하게 느껴지던 그 사내는 바로 관광호텔 나이트클럽의 영업부장이었다.

털보를 처음 만나던 날 그와 둘이서 갔었던 그 관광호텔 나이트클럽에서 영업부장이 털보 앞에서 꺾던 허리의 각도가 매우 깊었다는 것만이 어렴풋이 기억에 되살아날 뿐이었다.

그러나 소영은 너무 긴장된 탓인지 어떤 표정도 짓지 못했다. 하다못해 눈인사라도 나눠야 할 처지였지만, 상황이 상황인지라 아무 소리도 없이 승용차의 뒷좌석에 황급히 몸을 실었다.

차가 출발하자 영업부장은 연신 백미러를 통해 뒤를 살폈다. 아마 미행이 없는가를 알아보는 눈치였다.

차가 국도로 접어들자 무거운 침묵을 깨고 소영이 먼저 입을 열었다.

"털보 씨는 어디에 계세요?"

그는 운전대를 붙잡고 계속 백미러만 살피고 있었다.

소영이도 얼결에 누군가 뒤쫓고 있는 것 같아 그를 따라 등을 돌려 뒷차를 돌아다보았지만 뒤쫓고 있는 차는 한 대도 없었다.

소영이가 다시 정색을 하고 물었다.

"어디에 계시느냐고 물었어요. 못 들으셨어요?"

"…."

그래도 그는 마찬가지였다. 계속 아무 말도 하지 않은 채 운전만 하고 있었다. 차를 타라고 할 때 외에는 벙어리처럼 계속 입을 다물고 있었다.

"어디에 계세요?"

소영이 세 번째 물었을 때 비로소 입을 열었다. 그러나 대답은 아주 짧았다.

"다 왔습니다."

소영은 어이가 없었다.

"털보 씨가 지금 계신 곳이… 어디냐구요?"

그가 백미러로 그렇게 다그치는 소영의 얼굴을 힐끗 한번 쳐다보고는 뚜벅 말했다.

"가보면 압니다."

차는 교통대 쪽으로 가도 되는 것을 일부러 육교 쪽으로 방향을 틀은 것 같았다. 아마도 쑥고개 외곽을 한 바퀴 다 돌 모양이었다.

아니면 경찰서 건물을 피해서 가고 있는 것인지도 몰랐다. 어쨌거나 운전을 하고 있는 사람이 말을 많이 아끼고 있다는 것과, 쓸데없는 말을 되도록 피하고 있다는 것만은 소영 자신도 이제 깨닫게 되었다.

차는 쑥고개의 외곽을 한 바퀴 다 돌더니 다시 관광호텔 후문

쪽으로 들어섰다.

소영은 그때까지 아무 소리도 하지 않고 기다리고만 있었다.

차를 세운 영업부장이 운전석에서 뛰어내리더니 소영이 탄 뒷좌석의 문을 열어주면서 재빠른 목소리로 말했다.

"어서, 609호실로 올라가십시오. 지금 그곳에서 털보 형이 기다리고 계십니다."

소영이 차에서 내리자 그는 다시 운전석으로 옮겨가 앉더니 어딘가로 차를 몰고 떠났다. 차의 뒷모습을 잠시 지켜보다가 소영은 서둘러 관광호텔 안으로 들어갔다.

그날도 분명히 609호실이었었다. 맥주나 둬 병 먹고 있으면 그 안에 내려오겠다고 말하며 올라간 털보는 일이 쉬이 끝나지 않아서였는지 내려오지 않았고, 영업부장이 맥주와 과일을 갖다준 적이 있었다. 바로 그날 소영은 그 나이트클럽에서 먼발치로 미스 송의 모습을 보았던 것이다.

그때 털보의 손에 쥐어져 있었던 한 뼘 정도의 길쭉한 뿔로 된 열쇠고리엔 관광호텔의 로고가 새겨져 있었고, 노랑색으로 쓰여진 '609'라는 아라비아 숫자도 분명히 찍혀 있었다. 소영은 아직도 그 모든 것을 기억하고 있는 터였다.

엘리베이터는 6층에서 섰다.

소영은 609호실이라는 문패가 붙어 있는 방문 앞에서 크게 심호흡을 한번 했다.

그리고 방문을 두드렸다.

"똑. 똑. 똑…."

안에서 아무런 대답이 없다.

다시 두드렸다.

그러자 열쇠 구멍으로 밖을 충분히 관찰한 듯한 방 안에 있는 사람이 방문을 열어주었다.

털보였다.

소영은 털보의 얼굴을 보자마자 지난 며칠간 자신이 겪었던 모든 괴로움과 서러움과 외로움이 일시에 눈가 한 군데로만 몰려드는 것을 어쩌지 못했다.

"바보같이 울긴…."

털보가 소영의 팔을 잡아 방 안으로 끌어당겼다. 그리고 문을 닫았다.

처음 들어와보는 호텔이었지만 고급 자개장과 침대, 그리고 응접세트 위에 놓여진 전화기, TV수상기, 창가로 처진 주황색 커튼 따위의 방 안의 물건들이 소영의 망막에서 하나씩 무너져 내리기 시작했다.

"그만 울고… 우선 앉아봐. 울음을 그치라니까."

소영은 털보가 앉혀주는 대로 응접의자에 주저앉았다.

"지금부터 내가 하는 얘기를 잘 들어."

털보는 소영의 맞은편 자리에 앉으며 그렇게 말했다.

소영은 손수건을 꺼내 눈물을 찍어내고는 조용히 고개를 끄덕였다.

소영은 자기 자신이 생각해봐도 참으로 한심스러웠다.

언제부터 자신이 이렇게 약해졌는지 정말 모를 일이었다. 아무래도 여자는 남자에 따라 변화되어진다는 말이 맞는 것만 같았다.

털보가 강하기 때문에 상대적으로 자신이 약해지고 있는 것인지도 모른다는 생각이 불현듯 들었다.

"말씀하세요."

털보는 담배를 한 개비 꺼내물고 라이터를 켜서 입에 물고 있던 담배에 불을 당겼다. 그리고 폐부 깊숙이 연기를 들이마셨다가 뱉어냈다. 아마도 가슴이 답답한 모양이었다.

"내게 김재겸 씨를 아느냐고 물었지?"

"네, 물었어요."

"분명히 얘기해서 나는 김재겸 씨라는 분을 알지 못해."

순간 소영은 고개를 반짝 치켜들고 털보의 눈을 똑바로 쳐다보았다. 참으로 맑고 큰 눈이었다.

"그럼 왜 도청을 염려하셨어요?"

"그것은…."

털보는 다시 한번 담배연기를 길게 빨아들였다가 뿜어냈다. 그리고 말했다.

"… 지금의 내가 마약사범으로 지명수배를 받고 있기 때문이야."

소영에게는 갑자기 혼란이 왔다.

지금 털보가 어쩌면 자신을 속이고 있는지도 모른다는 느낌이 강하게 들었다.

그는 왜 김재겸을 모른다고 하는 것일까. 여러 가지 상황으로 미루어보아서 그는 틀림없이 김재겸과 연계되어 있을 가능성이 높았다. 그럼에도 불구하고 그는 김재겸을 모른다고 부정했다. 거기에는 분명히 그럴 만한 어떤 이유가 있을 터였다.

그 이유란 무엇인가.

"어제 아침 비행기로 선구가 출국했어."

소영은 그 이유만 곰곰 생각해보느라고 털보의 그 같은 말을 미처 듣지 못했다.

"지금 뭐라고 그러셨어요?"

소영의 물음에 털보는 담배를 한 모금 더 빨고는 꽁초를 재떨이에 비벼껐다. 그리고 차분하게 말해주었다.

"선구가 어제 아침 비행기로 출국했어. 미스 송과 함께."

"분명해요?"

"분명해."

털보의 말에 너무 충격을 받은 탓인지 소영의 가슴은 쉽게 진정되지 않았다. 언젠가는 그 두 사람이 함께 떠날 것이라는 막연한 예감은 늘 가지고 있었지만, 막상 그 말을 듣자 쇼크현상 같은 게 왔다. 더욱이 어제 아침이라면 소영 자신은 경찰서에서 병원으로 옮겼을 때이고, 미영이도 한미합동수사반에서 심문을 받고 있을 때였다.

그들은 왜 하필이면 그날 떠난 것일까? 왜 두 자매를 경찰서에 어마어마한 죄목으로 옭아넣고 난 후에 떠난 것일까? 소영은 경찰서에서 조사를 끝내고 김 형사가 '미스 송을 아느냐?'고 묻던 말이 문득 떠올랐다.

그렇다.

그동안 지독한 안개처럼 뿌옇게 자신의 눈앞을 가려왔던 것이 무엇인지를 소영은 비로소 알 것도 같았다.

털보가 갖고 있는 조직의 힘이라는 것도 매우 대단하다는 느낌이 들었다. 기지촌을 떠나 있었던 그는 불과 하루 사이에 기지촌에서 벌어진 모든 일들을 거의 다 꿰뚫고 있는 것이 분명했다. 그렇지 않다면 소영을 만나자마자 털보는 어디가 아파서 병원에 입원을 했었는가부터 묻는 것이 순서였기 때문이다. 그런데 그는 '어디 가 아파서 병원에 입원했는가'보다는 '바보같이 울긴…'이라는 말부터 했다.

털보는 한마디로 소영과 미영 두 자매가 어떤 죄목으로 어떻게 해서 경찰에 구속되었으며, 왜 병원에 입원했었고 어떻게 퇴원했는지까지를 모두 다 소상히 알고 있음이 분명했다.

소영이 억지로 미소를 지으며 털보를 쳐다보았다.

"피해다니는 것 힘들지 않아요?"

소영의 질문에 털보는 쓰게 웃었다.

"힘들긴, 워낙… 그렇게 살아온 놈인데, 뭐, 괜찮아."

"언제까지 그렇게 피해다니실 거예요?"

그러자 털보는 담배연기 대신에 한숨을 길게 한번 내쉬었다.

"글쎄, 그건 나도 모르지. 다른 때 같았으면 한두 달 정도만 피해 있으면 유야무야 끝나곤 했는데, 이번엔 조금 다른 것 같군. 엉뚱한 죄목까지 추가시켜놓고 지명수배자 전단을 전국에 뿌려대고 있으니, 니미랄."

털보는 자기도 모르게 그렇게 투덜거렸지만, 소영은 엉뚱한 죄목이란 말에만 유의했다.

"엉뚱한 죄목이란 뭘 말하는 것인가요?"

그러자 털보는 그 질문까지도 담담하게 대꾸했다.

"지명수배자 전단에는 나와 있지 않지만, 나는 그들이 나를 잡으면 어떻게 엮어넣으려고 하는지를 알고 있다는 거지. 소영이처럼 김재겸 씨와 연관시켜서 간첩에 동조했다는 건데… 개새끼들."

이제 모든 사실은 좀 더 명확해졌다. 털보는 간접적으로 검찰이나 경찰의 고위간부나 정보부 쪽과 분명 손이 닿아 있고, 그들은 그러한 정보를 끊임없이 털보의 조직에 흘려주고 있음이 분명했다. 만약 그렇지 않다면 털보는 어떻게 소영이가 김 형사에게 진술한 조서의 내용까지를 알아낼 수 있겠는가 말이다.

그러나 그가 누구인지를 소영은 묻지 않았다. 그러한 사실을 설사 털보가 알고 있다손치더라도 그 정보를 말해줄 리도 없지만, 그것은 조직의 일급비밀일 수도 있겠기 때문이었다.

소영으로는 털보가 그냥 고마울 뿐이었다. 자신의 체포 따위는 아랑곳하지 않고 대전에서부터 쑥고개까지 달려와준 것만으로도 털보는 동창생으로서의 역할을 충분히 해냈다고 소영은 생각하는 것이었다. 뿐만 아니라 그는 선구와 미스 송의 동반 출국도 알려주지 않았던가.

아직 그 이유는 불분명하지만 소영의 생각으로는 소영 자신이 좋아하던 한 사내에 대한 그의 관심일 터였다. 만약 선구와의 사이가 원만했었다면 털보는 소영이 죽는 날까지도 영영 나타나지 않았을 수도 있었다는 생각이 들었다.

그 두 사람의 동반 출국 소식을 처음 들었을 때 소영은 심장이 멎는 것 같은 쇼크를 느꼈었다. 그러나 이제 그들은 떠났고, 그 소식을 전해준 털보만 남아 경찰에 쫓기고 있는 중이었다.

소영은 눈을 한번 감았다가 떴다. 두 사람은 눈싸움이라도 하듯 서로의 눈빛만 쳐다보았다. 두 사람은 모두 아무런 말도 하지 않았지만, 서로가 서로를 애타게 원하고 있다는 사실만은 서로의 눈빛에서 충분히 깨달을 수 있었다. 소영이 먼저 눈을 깜박거렸다. 털보의 눈빛이 너무 눈부셔서 자신으로서는 도저히 감당하기가 어려워서였다. 그러자 털보가 투박한 두 손을 뻗어 소영의 가냘픈 두 손을 마주 잡아쥐고 일어섰다.

다음 순간 소영은 그의 품안에 안겼다.

털보의 얼굴에 붙은 수천 수백 개의 따가운 털들이 소영의 얼굴을 향해 일제히 날아와 예리하게 꽂혀갔다. 소영의 고운 피부가 일제히 비명을 내지르자 털보의 부드러운 혀가 소영의 입안으로 헤집고 들어와 무방비상태의 입안을 마구 흐트려놓고 있었다.

소영은 자신도 모르는 사이에 털보의 등 뒤로 손을 뻗쳤다.

털보가 소영의 무거운 짐들을 한 가지씩 벗겨내주었다. 아버지에 대한, 삼촌 김재겸에 대한, 어머니에 대한, 선구에 대한, 동생 미영이에 대한, 주리에 대한, 김 형사에 대한 모든 겉꺼풀을 한 겹씩 벗겨내자 소영은 갑자기 추워졌다.

알몸의 소영을 번쩍 안아들고 털보는 침대 속으로 들어갔다. 그때까지도 소영은 계속 눈을 감고 있었다. 눈을 뜨면 그 모든 짐들이 다시 자신의 몸에 덧씌울 것만 같아서였다. 짐을 벗어버리고 싶다. 멍에를 벗어버리고 싶다. 멍에를 벗고 저 푸른 초원을 야생마처럼 맘껏 달리고 싶다.

안타까웠다.

목덜미와, 누구에게도 아직 내맡겨본 적이 없는 젖가슴과, 처음 드러내보이는 사타구니께에서도 그의 뜨거운 입김이 느껴지면서 소영은 그만 몸을 뒤틀고 말았다. 바로 그 순간이었다.

하복부에 뿌듯한 압박감이 느껴지면서 털보의 거대한 물건이 살을 갈갈이 찢고 무작정 밀고 들어왔다. 그러나 그것은 소영의 안으로부터 절대적으로 지지받고 환영받는 것이었으므로 아프다는 생각은 별로 들지 않았다. 아니 오히려 소영은 기쁨의 비늘을 달기 위해 그의 등 뒤로 손을 돌려잡고 그의 몸과 자신의 몸이 하나가 되기 위해서 몸부림쳤다.

완벽하게 노출된 소영의 매끄럽고 보드라운 우윳빛 피부는 털보의 구릿빛 근육에 의해 사정없이 난도질당하고 있었다.

소영의 모든 감각과 세포는 수천 갈래로 흩어져 나갔다가 다시 하나로 결집되기도 했고, 또 다시 팽팽하게 긴장되어 정점을 향해 끝없이 끝없이 치닫고 있기도 했다. 소영은 물가에 빠지지 않으려고 애쓰면서, 또는 낭떠러지에서 떨어지지 않으려고 애쓰면서 눈을 감은 상태로 털보의 허리를 더욱 더 끌어당기며 날카롭게 전율하고 있었다.

소영의 손은 털보의 허리에서 가슴으로, 가슴에서 다시 머리로, 머리에서 다시 엉덩짝으로 미친 듯 제멋대로 옮겨다니며 안타까워하다가 그리운 털보의 머리를 움켜쥐고 몸부림쳤다.

소영은 입을 다물고 있었다. 아니 입술을 깨물고 있었다. 자꾸 목구멍 속에서 신음이 터져나올 것만 같아서였다.

그러나 참고 또 참아도 결국은 참을 수 있는 한계가 있다는 것을 소영은 깨달아가고 있었다. 소영은 소리치고 싶었다. 아니 울고 싶었다. 땀에 젖어 끈끈해진 털보의 가슴에 더욱 자신의 가슴을 밀착시키며 허리를 끌어안으며…. 그러다가 소영은 자신도 모르게 있는 힘을 다해 소리치면서 벽을 허물어버렸다.

그러자 거기 새로운 세계가 드러났다. 세상을 바라보는 시각의 변화가 소영에게도 마침내 온 것이었다. □

|중편|

르포군단

르포군단

<르포군단軍團에서 일할 일꾼을 찾습니다!>

조간신문을 뒤적이던 나의 눈길을 끈 것은 바로 위와 같은 광고의 헤드라인이었다.

5단 8센티짜리 사원모집 광고였는데, 광고치고는 좀 맹랑하다는 느낌이 들었다. 르포군단이라니? 이것이 도대체 무슨 소리일까.

나는 호기심으로 신문을 바짝 끌어당겨 자세히 들여다보았다. 응시자격이라는 것도 매우 간단했다. 왜냐하면

'응시자격 : 없음'

이라고 분명히 밝혀놓고 있었기 때문이었다. 이처럼 간단한 사원모집 광고를 나는 일찍이 본 적이 없었다. 그동안 주로 보아온 응시자격은 4년제 정규대학 졸업자나 졸업 예정자였으므로 대학교 졸업장이 없는 내게는 늘 응시자격부터가 미달인 셈이었다. 그러한 내게 '응시자격 : 없음'이 눈에 확 들어온 것은 어쩌면 지극히 당연한 일일는지도 모를 일이었다.

제출서류 1) 자기소개서 1통

2) 르포 50매

이것이 전부였다. 사진을 붙이고 출신도명을 적고 성명, 주민등록번호, 생년월일, 본적, 현주소, 호주와의 관계, 호주성명, 학력 및 경력사항 등 이루 헤아릴 수도 없이 복잡하고 천편일률적인 질문에 따라 기입해야 하는 이력서를 과감하게 파기하고 자기소개서 1통과 르포 50매만으로 '일꾼'을 뽑겠다고 하는 '르포군단'이라고 하는 곳에 나는 왠지 친근감이 느껴졌다.

특히 자기소개서 작성에 있어서도 형식을 따로 두지 않고 쓰고 싶은 대로 쓰게 한 것은 매우 잘한 것 같았다.

물론 '르포 50매' 뒤에는 괄호가 쳐지고 다음과 같은 단서를 달고 있었지만 그 단서까지도 내게는 좋게만 보였다.

(단, 한 가지 주제를 두 가지 시점으로 접근하여 각 25매씩 쓸 것)

'일꾼'에게는 원고료조로 입사 기념 상금과 매월 월급을 드리며 뽑히지 않은 분들의 원고는 모두 반환해드린다는 맨 뒤에 붙어 있는 문안을 보면서 르포군단에 대한 나의 친근감은 차츰 신뢰감으로 바뀌어졌고, 그래서 마침내는 내가 직접 한번 응시해 볼 생각까지도 갖게 되었는지도 모를 일이었다.

마감날짜를 확인해보니까 앞으로 사흘 정도가 더 남아 있었다.

됐다.

그 정도 시간이라면 충분하다는 판단이 섰다.

그 동안 아무 일도 하지 않고 하루 종일 미영의 방에서 양주잔이나 홀짝이며 칩거蟄居만 해온 나로서는 이번 기회를 절대적으로 놓칠 수가 없었다. '일꾼'에 뽑히지 않으면 정말 안 될 입장이었다.

김영란 선생은 서울로 무슨 연수를 받으러 가셨다고 했다.

"호봉 수가 올라간다나 어쩐다나 하여간 교감 선생이 되려면 꼭 받아야 하는 연수라던데 그걸 무슨 연수라고 하더라…."

김영란 선생의 어머님은 반가운 기색으로 내 아래위를 훑어보며 그렇게 말씀하셨다.

대문 앞에 서서 나는 잠시 망설였다. 기왕 내친김에 서울까지 올라가서 김영란 선생을 만나볼 것인가. 아니면 이대로 다시 고향으로 내려갈 것인가.

"식사 전이면 잠깐 들어와서 조반이나 함께 허고 가지."

그러나 나는 밥생각은 별로 없었다. 갑자기 긴장이 풀어져서인지 양키홀에서 양키들에게 두들겨맞았던 온몸이 다시 욱신욱신 쑤셔댔다. 미영의 방에서 몇 알 삼켰던 진통제와 몸에 붙였던 파스의 효능이 이미 다 끝난 모양이었다. 나는 꾸벅 인사를 하고 김영란 선생의 어머님 앞을 물러나왔다.

약국에 들러 진통제와 파스를 몇 장 사갖고 근처의 여관으로 들어갔다. 우선 밀린 잠부터 실컷 자고 나서 생각해보고 싶었다. 방으로 여관 조바녀석을 불렀다. 우선 가슴에 친친 동여맸던 붕대부터 풀어놓고 온몸에 거의 빈틈이 없이 파스를 붙여달라고 부탁하자 조바녀석은 병원에 가시지 않아도 괜찮은지를 거듭 물었다. 나는 진통제 몇 알을 삼키고 나서 괜찮다는 뜻으로 미소를 지어보였다.

조바녀석에게 지금이 몇 시인지를 묻고 내일 이 시간에 꼭 깨워줄 것을 당부한 채 자리에 누웠다.

이튿날 새벽 조바녀석은 약속대로 나를 깨워주었다. 꼬박 24시간을 내처 잠만 퍼질러 잔 셈인데도 잠은 여전히 부족한 것 같았다. 생각해보니까 밥을 먹어본 지도 꽤나 오래된 것 같았다. 그런데도 여전히 식욕은 생기지 않았다. 아니 설사 식욕이 생겼다 하더라도 나는 식당으로 들어가 밥을 사먹을 수는 없었을 것이었다. 어머님이 눈물을 질금거리며 쥐어주셨던 그 젖은 돈도 쑥고개행 차표 한 장을 사고 나니까 이미 거덜이 난 상태였으므로.

쑥고개행 버스를 타고 오면서도 나는 좌석을 두리번거렸다. 왠지 그 사내가 어딘가에 숨어서 감시의 눈초리를 빛내고 있을 것만 같아서였다.

쑥고개에 도착하자마자 미영의 집으로 숨어든 이후 나는 아직까지 한번도 문 밖 출입을 하지 않고 지내왔다. 물론 방 안에 화장실과 욕실과 침실과 주방기구 등이 고루 갖추어져 있어서 밖으로 나갈 일이 별로 없었기 때문이기도 했지만, 자칫 밖으로 잘못 나갔다가 단골가게집 사람들의 눈에라도 띄는 날에는 곧바로 아버님의 귀에 들어갈 것이고, 그렇게 되면 그 즉시 불호령이 떨어질 것은 자명한 이치였다. 민우나 백란에게 전화라도 하고 싶었지만 왠지 자신이 지금 처한 상황이 그들을 오히려 불편하게 만들지도 모른다는 생각이 들었는데, 그것은 사내의 줄기찬 미행 탓이었는지도 몰랐다.

밤과 낮이 뒤바뀐 생활에 어느 정도 익숙해진 나는 미영이 출근하는 저녁 6시경이면 갑자기 마음이 불안하고 초조해지기 시작했고, 그녀가 퇴근해서 집으로 들어오는 새벽 3시경이면 그 불안감과 초조감이 일시에 해소되고는 했다. 그러니까 나는 저녁 6시부터 이튿날 새벽 3시까지 그 9시간 동안은 방구석에서 침대로, 침대에서 응접세트로, 응접세트에서 욕실로, 욕실에서 방구석으로, 방구석에서 다시 침대 위로 왔다갔다 하며 양주잔만 홀짝거릴 뿐 하는 일이라고는 아무것도 없었다. 내가 할 수 있는 일이란 오직 양주잔을 홀짝거리는 일과 시계를 바라다보는 일뿐이었다.

시간의 목을 조르면 힘줄처럼 불쑥불쑥 튀어올라오는 분침과 시침, 그렇게 시간이 해체된 방에서 함께 살을 맞대고 사는 남자와 여자의 감정의 교류란 참으로 묘한 것 같았다.

그녀는 나를 아무도 없는 빈방에 가둬두고 자신만의 사물로 간주하고 있다는 사실에 대해서, 나는 그녀가 파라다이스홀의 수많은 미군들 앞에서 공개적으로 알몸을 흔들어대며 춤을 추고 있다는 사실에 대해서, 서로 조금씩 죄의식을 느끼고 있는 것 같았고, 그 죄의식은 새벽 3시경부터 이루어지기 시작하는 우리의 성性의 교합으로 해소되길 서로에게 강하게 요구하고 있었다.

우리들은 그렇게 서로의 가슴에 상징의 화살 하나씩을 간직하고 있었다. 그만큼 성애는 격정적이었다. 그러나 그 격정의 순간이 지나고 나면 격정적이었던 것보다 더 큰 자괴심과 자기 모멸감이 다시 가슴 속을 파고들었다.

나는 아버지의 콩나물공장으로 기어들어가거나 아니면 미영이와 함께 어디 먼 곳으로 도망가 그곳에다 움막이나 하나 짓고 모터도 놓고 지하수를 퍼올리며 한번 직접 콩나물을 길러보고 싶었다.

정오까지 늘어지게 한숨 자고난 미영에게 내가 그렇게 말하자 그녀는 깜짝 놀라며 침대에서 상체를 벌떡 일으켜 세웠다.

"여길 뜨자고요?"

"그래."

나는 침착하게 대꾸하면서 그녀가 상체를 일으킬 때 침대에서 바닥으로 미끌어져내린 홑이불을 끌어올려 실오라기 하나 걸치지 않은 그녀의 알몸 뒤로 덮어씌워주었다.

"고기가 물을 떠나서 어떻게 살아요."

그녀의 말은 회의적이라기보다는 도전적이었다.

흡사 자기 자신이 쑥고개라는 커다란 저수지에 갇힌 한 마리 잉어라도 되는 듯했다.

"글쎄, 좀 서운하겠지만 어차피 뜰 것이라면 뜨는 것이 빠를수록 좋지 않겠어."

"싫어요."

그녀의 음성은 아주 단호했다.

"난 아저씨와는 연애만 하고 결혼은 미군과 할 거예요."

"그게 무슨 소리야?"

나는 그렇게 반문하면서 언젠가 들었던 '이 몸을 갖고 누구에게 시집을 가겠어요?'라는 그녀의 자학적인 말을 순간적으로 떠올렸다.

그녀의 대답은 역시 예상했던 대로였다.

"아저씨에게 나를 책임져달라고 할 만큼 난 뻔뻔스러운 여자가 못 돼요."

나는 무슨 말인가를 하려고 하다가 그냥 입을 다물고 말았다. 그녀의 말이 다음과 같이 이어지고 있었기 때문이었다.

"미군들은 일단 결혼하면 그 여자의 과거를 별로 중요하게 생각지 않는 것 같아요. 그런데 한국 남자들은 어떤가요? 아저씨도 마찬가지예요. 지금은 나와 결혼하자고 말하지만 살다보면 언젠가는 내가 미군홀에서 스트립걸로 일했고, 미군들과 동거도 하고, 몸을 함부로 팔았던 여자라는 게 기억될 것이고, 그러면 그날로 부부관계는 깨지는 거지요. 왜 불을 보듯 뻔한 그런

위험한 결혼을 하겠어요. 난 그냥 이대로가 좋아요. 아저씨와 연애만 하는."

말을 마치자 그녀는 배시시 웃으며 두 팔을 뻗어 갑자기 내 목을 끌어안고 침대 위로 쓰러졌다.

르포군단이라는 곳에 보낼 자기소개서와 르포 50매를 나는 마감날 오후가 되어서야 가까스로 완성할 수가 있었다.

"오늘 날짜의 우체국 소인이 찍혀야 하니까 지금 바로 우체국으로 가서 이걸 좀 부쳐줘. 등기로!"

그러자 그녀는 내가 내민 봉투를 흔들어 보이며 나불거렸다.

"상금이 얼마예요?"

"그건 왜?"

"이거 상금 타면 나랑 반타작해요. 나도 아저씨 글 쓰는 걸 곁에서 꽤 도운 편이에요. 원고지 사드렸지. 글 쓰실 때 간식 만들어다드렸지. 커피 끓여다드렸지. 그리고 부정탈까봐 글 쓰시는 동안은 그 짓도 조르지 않았잖아요?"

그녀는 섹시하게 웃었다.

밤을 꼬박 새워가며 원고지에 매달려 있었던 사흘 동안 한번도 갖지 못했던 성관계를, 이제 홀가분하게 다 끝냈으니 다시 갖자는 뜻이 그녀의 섹시한 웃음 속에는 숨겨져 있었던 것이다. 그것을 눈치챈 내가 따라 웃으며 건성으로 대꾸했다.

"그래 반타작이다!"

그녀가 봉투를 들고 우체국으로 가고 나서였으니까 한 4시 30분쯤은 되어서였을 것이다.

나는 침대에 누워 이불을 머리 위까지 푹 뒤집어쓰고 잠을 청해보았지만 잠은 쉽게 오지 않았다.

너무 피곤해도 잠이 오지 않는 경우가 있다는 말은 콩나물공장에서 일하는 사람들에게만은 늘 해당되지 않는다고 생각해왔었는데, 오늘은 그 말이 조금 일리가 있다는 생각이 들었다. 쉽게 수면을 취할 수 있는 경우와, 쉽게 수면을 취할 수 없는 경우는 육체적인 노동에서 오는 피로와 정신적인 노동에서 오는 피로의 차이점일는지 모르겠다는 생각이 들었다. 내가 이불을 뒤집어쓰고 그 육체적인 피로와 정신적인 피로를 함께 생각하고 있을 때였다.

느닷없이 방문이 열리는 소리가 들렸다. 이불 속에서 얼결에 들은 것이어서 그 소리가 정확하다고는 말할 수 없지만 그 소리는 흡사 누군가가 방문을 워커발로 걷어차면서 침입한 듯한 소리였다.

내가 홑이불을 걷어제치고 방문께를 바라보자 거기 낯익은 미군 하나가 떡 버티고 서 있었다.

그는 토니였다.

파라다이스홀에서 녀석의 패거리들에게 몰매를 맞았던 몸뚱어리 구석구석의 근육들이 녀석을 보자마자 한꺼번에 바짝 긴장하는 것 같았다.

녀석은 침대에서 일어난 사람이 미영이가 아니라 한국 남자라는 사실에 다소 놀란 것 같았다.

"…."

나는 쉽게 입이 떨어지지 않았다. 너무 갑작스러운 사태에 맞닥뜨린 탓도 있었지만 자신을 토니에게 도대체 어떻게 설명해야 되는가도 난감한 일이 아닐 수 없기 때문이었다.

아직 토니는 자기가 만신창이로 짓밟은 사람이 바로 나라고 하는 사실은 까맣게 모르고 있음이 분명했다.

나는 침대에서 내려섰다.

온몸의 세포와 근육이 일제히 기립한 상태여서인지 묘한 환청처럼 한쪽 귀에서 웅웅거리는 이상한 소리가 계속해서 들려왔다.

언젠가 나의 온몸이 녀석의 워커발에 짓밟혀 죽었다가 다시 깨어났을 때 그때가 바로 이 방, 이 침대에서였고 그날 미영에게 들었던 말들이 토니를 보자 다시금 들리는 것 같았다.

'… 아주 질이 나쁜 자식이에요. 이 방에서 한 6개월 동안 동거同居를 했었지요. 처음 한두 달은 그래도 꼬박꼬박 돈을 갖다주더니 그 다음 두 달은 돈을 안 갖다주는 거예요. 걔들 월급날이 한 달에 두 번이니까 네 번이나 기다린 셈이지요. 그런데 꿩궈먹은 소식이에요. 그래도 기왕에 시작한 동거여서 그깨, 돈 몇 푼 때문에 싸울 수도 없고 그냥 내버려뒀었어요. 그랬더니 나중엔 돈을 갖다주는 게 아니라, 이 핑계 저 핑계 대면서 슬슬 돈을 뜯어가는 거예요. 나머지 두 달간 그 자식이 제 돈을 얼마나 뜯어갔는 줄 아세요? 제가 갖고 있었던 저금통장이 거의 바닥이 날 정도였어요. 그래서 참다참다 그 자식보고 그랬지요. 너나 나나 이 바닥에 돈벌러온 게 아니냐. 그렇다면 돈을 벌어야 할 텐데, 나는 너하고 동거해온 지난 6개월간 돈을 뜯기기만 했지 한푼도 벌지 못했다. 그간 네게 준 돈은 돌려받지 않아도 좋다. 그러나 내 집에선 그만 나가달라. 네가 있으면 나는 다른 손님들을 받을 수가 없기 때문이다. 그랬더니 그 자식이 싱글싱글 웃으면서 좋다, 그만 헤어지자고 나가버리더군요. 그래서 나도 끝난 줄 알았어요. 그런데 그게 아니었어요. 그 자식이 시도 때도 없이 다른 미군과 잠잘 때마다 집으로 나를 찾아와서 괴롭히는 거예요. 그러다가 어젯밤 같은 일이 생겼지요. 토니, 그 자식 아주 질이 나쁜 놈이에요.'

이 말은 신비하게도 녹음기에서처럼 한쪽 귀에서 그대로 흘러나왔다. 아니 흘러나왔다고 생각되는 이 말은 녹음기를 가장 빠른 속도로 역회전시켰을 때처럼 내 뇌리를 빠르게 스치고 지나간 말이었는지도 모른다.

"후 더 핼 이유? 왓더 핼 아유 두잉 히어?(넌 웬 놈이냐? 여기서 뭘하고 있는 거냐?)"

"…."

"돈트 유 히얼 미? 썬어브어비치! 왓더 훠킹 가이 유아? 웨얼즈 미영? 캄온, 유마덜 훠커!(이새끼, 누구냐니까 왜 대답이 없어? 그리고 미영이는 어디 갔지? 어서 말해봐, 이새끼야!)"

토니는 워커를 신은 채 그냥 방 안으로 들어서서 나에게 그렇게 험한 소리로 다그쳤다.

"개·새·끼."

나는 이빨로 그 세 음절을 토막내 잘근잘근 씹어뱉으며 방어 자세를 취했다. 나의 모습을 가만히 노려보고 있던 토니의 눈에 서서히 놀라움이 나타나기 시작했다. 아마 나의 특이한 방어 자세를 보고 그때서야 비로소 내가 누구라는 것이 기억이 난 모양이었다.

토니는 갑자기 꽁무니를 빼려고 했다. 지난 번에는 여럿이서 몰매를 때리다가 오늘은 막상 일 대 일로 붙는다고 생각하니까 더럭 겁이 났는지도 모를 일이었다.

토니가 등을 돌리고 워커발로 걷어차고 들어왔던 방문을 다시 나서려 할 때였다.

나는 급하게 그를 불러세웠다.

"오캄온, 기브미 어 브레이크!(잠깐 기다려라!)"

"디스 이스 더 매스터 베드룸 하우 데어 유 겨인 히어 위드 유얼 더티 아미 부츠? 유아 낫 얼 나우드 투두잇. 받 아일디 톨더레이트 에즈롱 에즈 유 크린더 매스 유브 메이드 위드 더 멉.(여기는 안방이다. 그런데 너는 신성한 안방에 워커를 신은 채 들어왔다. 용서할 수 없는 일이다. 그러나 나는 그것도 용서하겠다. 네가 더럽힌 방문 앞을 걸레질로 깨끗이 닦아놓는다면 말이다.)"

그렇게 말하며 냉장고 밑에 처박아두었던 걸레를 꺼내 토니 앞으로 던져주었다.

앞에 떨어진 걸레를 한 발 비켜 밟으며 토니는 옆으로 섰다. 걸레와 나를 번갈아 쳐다보는 그의 얼굴은 붉으락푸르락했다.

현재 마음의 상태가 걷잡을 수 없이 흥분되어 있다는 증거이기도 했다. 나는 다시 재촉했다.

"테이크 더 멉 앤드 클린자 옆 바이 유어 셀프, 라이트 나우!(어서 걸레를 집어들고 네가 더럽힌 걸 닦아라!)"

모르긴 해도 녀석은 아마 미영이가 혼자 있는 줄 알고 그녀에게 약간 겁만 줄 목적으로 방 안에 워커를 신은 채 들어왔을 것이다. 그러나 막상 들어와보니 미영은 없고 엉뚱하게 한국인 사내 하나가 침대에 있었고, 그가 미영이를 보호하겠다고 자신에게 싸움을 걸어왔던 바로 그 제대병이라는 사실을 깨달은 것이다. 원수는 외나무다리에서 만난다고, 녀석은 지금 나로부터 걸레를 집으라는 심한 모욕을 당하고 있는 중이었다. 아니 녀석은 어쩌면 내가 꺼내든 시퍼렇게 날이 선 과도만을 겁내고 있는지도 모를 일이었다.

토니는 어쩔 수 없이 걸레를 집어들고 뒷걸음질치면서 수없이 많은 제트Z 자를 그렸다. 그러더니 방문 가까이 가서는 방문을 열고 엉덩이부터 밖으로 내놓은 후 기회를 엿보다가 후다닥 도망을 치는 것이었다.

그를 쫓아 급하게 구두를 꿰어 신고 밖으로 나왔을 때는 벌써 저 멀리 골목을 잽싸게 꺾어돌고 있는 토니의 뒷모습만 보일 뿐 골목은 바람 한 점 없이 깨끗하기만 했다.

수면제를 다량으로 복용한 듯 깊은 잠 속에 곯아떨어져 있던 골목이 이제 비로소 서서히 깨어나고 있는 듯한 생각이 들었다.

그것이 미영의 안방에서 칩거해 있던 내가 대문 밖 골목으로 나와서 느낀 첫 번째 생각이었다. 그러나 나는 곧 들어오고 말았다. 여기서 서성거리다가 자칫 '그 사내'나 아버지에게 들키지 않으리라는 보장은 어디에도 없었기 때문이다.

방으로 들어온 나는 먼젓번처럼 구두를 벗어서 화장실의 벽 쪽에다 가지런히 기대놓았다. 그리고 토니가 팽개치고 간 걸레를 다시 빨았다. 토니가 걸레질로 대충 지웠지만 아직도 뚜렷하게 남아 있는, 토니가 왔다간 흔적을, 나는 빤 걸레로 안방에서 열심히 지우고 있었다.

우체국에 갔던 미영이 돌아온 것은 바로 그 무렵이었다.

"아니, 지금 뭘 하시는 거예요? 생전 안 하던 걸레질을 다 하시고…."

그녀는 내가 걸레질을 하는 모습이 참으로 신기했던 모양이지만 나로서는 그 힘든 콩나물공장의 펌프질에 비한다면 이깨 걸레질쯤이야 아무것도 아니라고 생각하며 속으로 씩 웃었다.

안방까지 더럽혀놓은 토니의 워커 자국을 말끔히 지울 수만 있다면 이깨 걸레질쯤은 매일이라도 할 수 있다고 나는 생각했다.

"부쳤어?"

"네, 여기 있어요. 이게 부친 영수증인데 잘 보관하세요."

나는 그녀가 내미는 영수증 쪽지를 들여다보았다. 우체국에서 발행한 그 영수증 쪽지에는 우편물의 그램 수와 접수번호만 성의 없이 찍찍 갈겨쓴 상태였다.

"수고했어."

라고 말하며 영수증 쪽지를 그녀의 말처럼 정말 잘 보관하기 위해 차단스가 있는 곳으로 걸어가서 온갖 양주병이 일렬횡대로 쭉 기립해 있는 두 번째 칸에서 'MENT'라고 씌어진 파란 술병을 들어올리고 그 아래 영수증 쪽지를 넣어두었다.

나는 토니가 다녀간 것을 그녀에게는 얘기하지 않았다.

토니가 워커도 벗지 않은 채 그냥 방 안으로 뛰어들어왔었다는 사실을 얘기한다면, 아무리 미영이가 당찬 여자라고 할지라도 몹시 놀랄 것이 분명했으므로.

혹시라도 토니가 파라다이스홀로 찾아가서 그녀에게 행패를 부리지나 않을까 다소 걱정이 되지 않는 것은 아니었지만, 면전에서 토니에게 나쁜 자식이라고 말하던 그녀의 용기와 조금 전에 내가 녀석에게 들이댔던 예리한 과도의 위협이 한동안은 녀석에게 그런 생각을 갖지 못하도록 할 것 같았다.

서로 6개월간 동거를 하면서 토니 녀석은 나름대로 미영이의 최대 약점이 무엇인지를 이미 파악했을 것이었다. 그것은 그녀가 혼자 있는 시간, 그러니까 출근시간 무렵에 방에서 화장을 하거나 또는 침대에 길게 누워서 휴식을 취하고 있을 그 시간에 갑자기 들이닥쳐 겁을 준다는 것이 토니 녀석이 짜낸 계략일 시 분명했다.

오늘의 실패로 토니 녀석은 그녀에 대한 전략을 완전히 바꾸거나 아니면 아예 그녀를 포기할 수도 있다는 것이 나의 생각이었다.

그러나 아직은 완전히 마음을 놓을 단계는 아니었다. 언제 어떤 형태로 토니가 나타나는지는 아무도 예측할 수가 없었기 때문이었다.

토니가 파라다이스홀에 나타날 것인지 또는 아예 나타나지 않을 것인지에 대한 은근한 두려움과 막연한 기대감이 함께 뭉뚱그려진 마음상태처럼, 처음 한동안은 눈빠지게 기다려지던 르포군단의 합격자 발표도 이제 시들해져버린 어느 날이었다.

나는 기다림에 지쳐 있었다. 나는 절망하고 있었다. 나는 매일 밤 6시부터 새벽 3시까지를 아무것도 하지 않고 오직 그녀만 기다리고 있다고 하는 사실이 갑자기 두려워졌고, 끝내 오지 않는 르포군단의 합격자 발표를 기다린다는 것도 마찬가지였다.

기다림 자체가 아닌 일을 하고 싶었다. 어떤 일이고 현장의 일을 하고 싶었다. 일이 하고 싶어서 미칠 지경이었다. 이 상태로 더 이상은 견딜 수가 없었다. 그래서 마침내 자폭하는 심정으로 아버지에게 돌아가기로 마음을 굳혔다.

그것은 토니가 MP들을 데리고 이곳으로 찾아와 "저 놈이 나를 과도로 찔러죽이려고 했으니 살인미수죄로 구속시켜야 한다"고 말하기를 기대하는 것에 다름아니며, 토니가 파라다이스 홀로 찾아가 미영에게 심한 행패를 부릴 것을 속으로 은근히 기대하고 있는 것과도 진배없었다.

그렇게 변한 자신의 모습을 발견하고 나는 깜짝 놀랐다.

정오 무렵 일어나 도살장으로 끌려가는 소처럼 나는 어눌한 음성으로 미영에게 그 같은 사실을 말했다.

"나, 내일은 집으로 들어가겠어. 아무래도 콩나물공장 일을 도와야만 될 것 같아."

미영은 의외로 담담하게 내 얘기를 받아들였다.

"시기가 조금 이를 뿐 언젠가는 그런 말을 하실 줄 알았어요. 얘길 듣고나니까 마음이 오히려 홀가분하고 기분도 썩 좋아지네요. 자, 우리 이럴 게 아니라 건배해요."

미영은 침대에서 몸을 웅크리고 빙그르르 반 바퀴를 돌면서 방바닥으로 완전하게 내려섰다. 체조선수들의 착지동작처럼 자연스러운 모습이었다. 그녀가 허리를 펴자 늘씬한 알몸이 그대로 드러났다. 늘 보아온 몸이지만 오늘은 무척 아름답다는 생각이 들었다.

그녀는 손만 뻗으면 손이 쉽게 닿는 침대 옆 옷장에서 앞면이 그대로 터진, 그래서 젖가슴과 사타구니가 그대로 드러나는 분홍빛 가운을 꺼내 몸 위에 걸치고 차단스 쪽으로 걸어갔다.

차단스의 둘째 칸에서 양주병과 양주잔을 꺼내는 그녀는, 왼쪽 손가락 중 엄지손가락 사이에는 양주병 모가지를 끼워들고 있었고, 중지와 약지 사이에는 두 개의 가늘은 양주잔의 길쭉한 몸매를 끼워서 들고 있었으므로 그 모습은 흡사 아름다운 유리꽃처럼 보였다.

그녀는 오른손으로 냉장고의 문을 열고 치즈를 꺼낸 다음 돌아서면서 궁둥이로 툭 쳐서 냉장고의 문을 닫았다.

그녀는 응접탁자 위로 갖고온 것들을 모두 내려놓고 즉석 술상을 벌였다.

"자, 어서 일루 와요!"

그때였다. 누군가가 밖에서 부르는 소리가 들렸다.

안집에서 누가 대문을 따러 나가는 모양이었다. 토니가 워커발로 안방을 침범했던 그날 이후, 나는 미영에게 말한 적이 있었다.

"주인집 아주머니에게 부탁해서 대문은 늘 안에서 잠그도록 했으면 좋겠어."

"왜 그러세요?"

"그냥, 누군가가 나를 불쑥 찾아올 것만 같은 두려움 때문이야."

"피이."

그녀는 그때 별로 대수롭지 않은 일로 취급해버리고 말았었지만, 오늘 대문을 닫아 건 것으로 보아서는 당시 주인집 아주머니에게 부탁했던 것이 틀림없었다.

나는 응접소파에 앉아 바깥의 동정에 귀를 기울였다. 그녀는 두 개의 빈 잔에 가득가득 양주를 따랐다.

앞에 놓인 양주잔을 들어올리며 나는 그녀를 향해 걱정스럽게 물어보았다.

"무슨 일이지?"

"글쎄요."

라고 말하는 그녀의 표정에서도 불길한 그늘이 언뜻 스치고 지나가는 것을 나는 놓치지 않고 보아냈다.

밖에서 주인집 아주머니의 목소리가 들려왔다.

"미영아! 미영아! 아직 자냐? 아니면 일어났냐?"

양주잔을 들었다놓으며 미영은 방문을 열고 밖으로 나갔다. 물론 분홍색 가운 위로 띠를 한번 둘러매어 옷 속이 보이지 않도록 마무리를 하고서였다.

미영이 방문을 열고 나가자 주인집 아주머니가 묻는 말이 재빨리 방 안으로 뛰어들어왔다.

"너, 이근호라는 사람 아니?"

"왜요?"

"등기속달이 하나 온 모양인데, 주소는 이곳으로 되어 있는데 사람이 누군지 모르겠으니 이거야 원…."

"아, 그분 제가 잘 아는 분이에요. 편지는 어딨어요?"

곁에 서 있었는지 우체부의 목소리도 들려왔다.

"그럼 어서 이근호 씨 도장 가지고 나오십시오."

그녀가 내게 진작에 새겨놓은 막도장을 받아갖고 가서 눌러 주고 받아갖고 들어온 등기속달은 그동안 거의 잊고 있었던 르포군단에서 온 것이었다.

그녀는 소파에 앉자마자 갑갑한지 가운 위로 두른 띠를 풀어냈다. 그리고 탁자 위에 놓인 그 우편물을 그녀는 가늘고 길쭉한 손가락을 펴서 내가 앉은 방향을 향해 쭈욱 밀어내면서 입을 열었다.

"르포군단이 뭐하는 회사예요."

"나도 아직 자세히는 몰라, 그러나 글쓰는 회사인 것만은 분명한 것 같아."

미영의 질문에 건성 대꾸하며 나는 르포군단이라는 로고가 새겨진 부분을 쥐고 봉투의 한 귀퉁이를 잡아 쭉 찢었다.

곱게 잠들어 있는 것 같던 종이가 기지개를 켜면서 봉투 밖으로 삐져나왔다.

합격통지서

이근호 귀하

귀하의 능력을 르포군단이 가장 비싼 값으로 사겠습니다.

18일 9시까지 출근해주십시오. 약속대로 상금을 보내

드립니다. 이 금액으로 우선 서울에다 하숙부터 구하실 것을 희망하면서….

르포군단

대표 백진표 드림

봉투 안에는 일금 1,000,000원짜리 자기앞 수표가 두 장 들어 있었다. 나는 그 중의 한 장을 꺼내 미영에게 내밀었다.

"그냥 집으로 들어가게 되는 줄 알고 몹시 걱정했는데 다행히 오늘 합격통지서가 왔군. 자, 이건 적지만 마음의 정표니까 받아둬."

그녀는 내가 내민 수표를 그 길고 가늘은 손가락으로 끌어당겨 수표의 액면가를 한참 동안 살펴보더니 씁쓸하게 물었다.

"아저씨에게 온 금액이 전부 얼마예요?"

"2백만 원."

"그럼 이건 반타작을 하자고 약속했던 걸 지금 이행하고 있는 게 아니던가요?"

그렇다. 우리는 분명히 그런 약속을 했었다. 너무 오래 기다리느라고 내가 잠시 그녀의 말을 잊고 있었던 것뿐이다.

내가 고개를 끄덕거리자 그녀가 양담배를 한 개비 뽑아물고 라이터 불을 붙여 연기를 길게 한 모금 빨아들였다가 다시 내뿜고는 말했다.

"괜히 마음의 정표니 뭐니 해가며 사람 마음 약하게 만들지 마세요."

나는 부끄러웠다. 그녀가 다시 입을 열었다.

"마지막에 와서 축배의 의미가 약간 바뀌긴 했지만 아무튼 우리가 헤어지기로 한 것은 변함없는 사실이잖아요. 정말 잘된 일이에요. 진심으로 축하해요. 자, 건배!"

그날 밤 나는 꿈을 꾸었다. 꿈속에서도 나는 펜으로 르포를 쓰고 있었고, 그녀는 몸으로 르포를 쓰고 있었다. 알몸을 양키들에게 하나의 상품으로 내놓는다는 것 자체가 이 시대의 당대적 삶 속에 하나의 기록적인 의미를 갖는 것은 아닐까.

참답고 진정한 의미의 르포란 자기의 몸을 던지는 것이 아닐까. 몸을 직접 내놓고 팔고 사고 울고 느끼고 사랑하는 것이 아닐까. 그 이상 더 완벽한 르포가 어디 또 있겠는가.

잠이 깨자 온몸에 식은땀이 촉촉이 배었다.

시계를 쳐다보았다. 새벽 6시.

심한 갈증이 느껴졌다. 나는 침대에서 내려와 냉장고의 문을 열고 안을 들여다보았다. 내용물이 별로 없었다. 허나 오늘쯤은 그녀가 슈퍼마켓이나 지굴시장에 나가 먹을 것을 한아름 사다 넣으리라고 생각하면서 빈 냉장고의 문을 다시 닫았다.

나는 컵을 들고 화장실로 들어가 수돗물을 틀어놓고 그 물을 받아마셨다. 수돗물을 거푸 두 컵 정도 계속해서 받아마시자 정신이 번쩍 들었다.

맑은 정신이 되어 안방으로 되돌아온 나는 다시 침대 위로 기어올라가 잠을 청한다는 것도 그렇고, 그녀를 깨울까도 생각해 보았지만 이제 겨우 잠든 지 두 시간 남짓밖에 안 되었을 그녀를 깨운다는 것도 잔인한 짓 같았다.

나는 그냥 응접소파에 가서 앉았다. 앉아서 무심코 탁자 위를 쳐다보는 순간, 하얀 봉투 한 장이 눈에 들어왔다. 그 봉투를 집어들면서 혹시, 하는 생각으로 잠든 미영이의 모습을 쳐다보았다. 그녀가 유서를 써놓고 죽었을지도 모른다는 생각이 불현듯 들었기 때문이었다.

봉투의 내용물을 꺼내보았다. 동그라미가 자그만치 여섯 개나 쳐진 수표 한 장과 간단한 메모지가 함께 나왔다. 메모지에는 다음과 같은 글귀가 적혀 있었다.

진심으로 드리는 부탁입니다.
날 깨우지 말고
그냥 조용히 나가주세요.
미영 드림.

미영에게 다가가 어깨를 두어 번 흔들며 그녀의 이름을 부르자 그녀는 졸리움이 가득 담긴 큰 눈을 떠 한동안 깜박거리다가 응접 테이블 위로 시선을 던졌다. 아마 자신의 메모를 내가 읽었는지 그 여부를 확인하고 싶었는지도 몰랐다.

"미영아, 우리 서울로 함께 떠나자, 응?"

"아니, 그 말 하려고 날 깨우셨어요?"

나는 대답 대신 고개만 주억거렸다. 그러나 그녀가 지금껏 별로 들어보지 못했던 앙칼진 목소리로 쏘아댔다.

"아저씨는 왜 그렇게 촌스럽지요. 이젠 꼴도 보기 싫으니 그냥 가세요."

그녀는 홑이불을 머리 위까지 끌어올리면서 홱 등을 돌려 돌아누웠다.

미영은 새벽 3시가 넘어서야 들어왔을 것이다. 그녀는 잠든 나의 모습을 보면서 아마 이 메모를 적었을 것이다. 늘 자신을 기다려주던 한 남자가 자신을 기다리지 않고 그냥 잠들었을 때 느끼게 되는 일종의 배신감 같은 것이 작용했을지도 모를 일이었다. 기다림이란 늘 그런 것이다. 기다림이란 언제나 가장 커다란 기쁨을 주거나, 아니면 가장 처절한 절망감을 주거나 그 두 가지 중의 하나일 뿐이다.

그녀를 기다리지 못하고 깜빡 잠이 든 나는 나대로 밤새 악몽에 시달리며 괴로워했다.

그녀와 함께 서울로 올라가야 할 것인가. 아니면 혼자 올라가야 할 것인가를 놓고 나는 머리가 터지도록 고민했었다.

그러나 한 가지 분명한 사실은 나는 미영과 백란, 그 두 여자 중에서 미영이를 선택했다는 점이다. 그녀의 안방에서 칩거해

온 지난 두 달의 세월이 결코 무익하지만은 않았다는 것이 나의 생각이었고 그녀를 흔들어 깨웠던 진짜 이유이기도 했다.

그녀의 쌀쌀맞은 행동거지가 모두 나와의 정을 끊으려고 하는 유치한 짓거리라는 것쯤은 충분히 이해하면서도, 그리고 그녀의 말대로 이것이 정말 촌스러운 짓이라는 걸 알면서도 나는 일금 1백만 원이 든 봉투를 그대로 남겨놓은 채 미영의 안방을 걸어나왔다. 나오면서 자신보다 앞서 6개월간 그녀와 동거해왔다던 토니가 떠올랐다. 토니와 비교한다면 이제 겨우 처음 두 달에 불과하지만 (거기에 해당될 뿐이지만) 언젠가는 나머지 두 달과 그 나머지 두 달까지도 그녀를 기쁘게, 그리고 행복하게 해주고 싶었다. 그것이 나의 진심이었다.

"어머니, 저 취직했어요."

내가 그렇게 말씀드리자 어머니는 눈가에 맺히는 물기를 앞치마로 닦아내고는 두 손을 뻗어서 내 손을 마주 잡으셨다. 너무 기쁘고 반가우셨던 모양이었다.

한 사나흘 후쯤이면 풀릴 것이라고 당신이 말씀하셨던 아버지의 화는 두 달이 지난 지금까지 아직도 풀리지 않고 있었다. 아버지의 화는 그렇게 쉽게 풀리지는 않을 것이다.

내가 미영의 집을 나온 것은 너무 이른 시간이어서 곧장 집으로 들어가기에는 시간이 적당하지 못했다. 지금은 한참 새벽 배달을 하고 있는 중이거나, 공장 일에 눈코뜰새 없이 한참 바쁠 것이다.

나는 잠시 생각하다가 두 달간 만나지 못했던 민우를 만나기 위해 목천으로 걸음을 옮겼다. 땡땡이집을 꺾어 돌아 10여 분쯤만 더 들어가면 새로운 주택가들이 양쪽으로 쭉 늘어서 있었다. 은행원답게 깔끔한 그 양옥집들 중에서 우측으로 다섯 번째 집이 바로 민우녀석의 집이었다.

민우의 처가 문을 열어주면서 물었다.

"누구세요?"

"접니다."

민우의 처는 대문을 열고 내 얼굴을 보자 엷은 미소만 지어보였다. 그것이 인사였다. 나도 정중하게 머리를 숙여 인사했다. 워낙 말이 없는 자기 마누라가 조금 답답하다고 민우녀석은 가끔 투덜거렸지만, 나로서는 귀찮게 물어주지 않는 이런 경우가 더없이 마음 편했다.

"이 친구 아직 잡니까?"

민우의 처는 대문을 다시 걸어잠그고 자기보다 앞서 녀석의 방으로 걸어가는 내게 들릴 듯 말 듯한 목소리로 말했다.

"아뇨, 일어나셨어요."

녀석, 그 지독한 늦잠 버릇은 필시 애기를 낳고 나서부터 고쳐진 모양이군.

나는 속으로 그렇게 뇌까렸다. 은행이란 곳에 취직을 해서까지도 한동안 고쳐지지 않던 늦잠 버릇 때문에 민우의 처는 결혼을 해서도 한동안 꽤나 애를 먹어왔었다.

녀석은 나를 보자마자 댓바람에 소리부터 질렀다.

"야, 임마! 너 그동안 어디 있었어? 이 자식 이거…."

나는 두 달 전 파라다이스홀에서의 사고 이후 녀석을 오늘 처음 만나는 것이었다.

"지난 번 미안했다."

"이 친구 지금 무슨 귀신 씻나락 까먹는 소릴 하고 있는 거여?"

"너, 두 달간 어디 처박혀 있었냐구?"

나는 갑자기 할 말을 잃고서 멍청하게 입을 다물고 있을 수밖에는 별 도리가 없었다. 나는 방 안을 두리번거리며 녀석의 아기를 찾았다.

"뭘 그렇게 두리번거리니?"

"네 아기 얼굴 좀 보려고."

"어머니 방에 있어. 어머니는 요즘 애 보는 재미에 사시는 것 같다."

"인사를 드려야 되지 않겠니?"

"인사는 뭐 조금 있다가 조반식사 때 자연스럽게 하면 되지. 일부러 할 필욘 뭐 있니. 건 그렇고 넌 요즘 도대체 어떻게 되어 가는 건지를 나는 도통 모르겠다."

얘기가 다시 원점으로 되돌아오자 녀석은 신바람나게 떠들어댔다.

"네가 집에서 쫓겨나던 날 너, 김영란 선생님 댁엘 갔었다면서?"

"그건 어떻게…?"

"백란 씨한테 들었지 누군한테 들었겠니, 임마. 그 이후 두 달 동안 도대체 어디에 있었느냐니까, 왜 대답이 없니?"

"…."

"백란 씨가 굉장히 궁금하게 생각하고 있드라. 지금이라도 전활해줘."

나는 문득 잘못왔다는 생각이 들었다. 전혀 예상하고 있지 못했던 질문은 아니었으면서도 막상 백란이의 소식을 듣고 나니까 흡사 수음이라도 하다가 들킨 소년처럼 한없이 부끄러워졌다. 내가 고개를 떨구고 있는 동안 녀석은 자기 처에게 아침식사 준비를 시켰다.

"이거 답답해 미치겠네. 임마, 말 좀 해봐라. 도대체 두 달간 어디 있었길래 전화 한 통도 할 수 없었는지, 우린 네가 아주 뒈졌는 줄 알았어."

"자식 죽기는…."

"임마, 그럼 멀쩡한 사람이 두 달간 행방불명이 됐는데도 그런 생각이 안 들겠니?"

"미안하다."

"너 정말 말 안 할래? 도대체 그동안 어디에 처박혀 있었는지."

그러나 나는 차마 미영의 집에 있었다는 말만은 녀석에게 할 수가 없었다.

"뭐 그냥, 여기저기 돌아다녔어."

"어디 어디를 돌아다녔었는데?"

내가 계속 입을 다물고 있자 녀석도 그 대답을 듣는 것을 포기한 것 같았다.

"어쨌거나 그래 잘 왔다. 이젠 집에서 용서해주신대?"

나는 녀석의 얘길 듣는 순간 용서라는 단어가 신경에 몹시 거슬렸다. 용서란 놓아주는 것이다. 물론 죄를 면해주거나 야단치지 않는다는 의미도 그 속에 포함되어 있지만 용서란 원래 죄인을 방면시켜주는 것을 뜻했다. 그렇다면 나는 놓여진 상태에서 지금 다시 아버지라는 감옥에 갇히러 들어가는 꼴에 다름아니라는 생각까지 들었다. 죄수가 석방을 시켜줘도 사회에 쉽게 적응하지 못하고 다시 죄를 짓고 옥으로 기어들어온다는 얘길 나는 어디선가 들은 기억이 있다. 지금 내 자신의 모습이 바로 그런 형국이 아닌가 싶기도 했다.

"네 녀석 얼굴 봤으니 이제 그만 일어날게. 나중에 차분한 기분으로 다시 찾아오겠다."

내가 자리에서 일어서자 녀석은 펄쩍 뛰었다. 아침식사나 함께하면서 어머니께 인사도 드리고 애기 얼굴도 보고 자기와 같이 출근하자고 붙잡는 것을 한사코 사양하고 밖으로 나왔다.

대문 밖까지 따라나온 녀석이 등 뒤에다 대고 소리쳤다.

"백란 씨한테 꼭 전화 한 통화 해줘라!"

그러나 나는 민우녀석의 말을 무시한 채 백란이에게는 전화를 하지 않았다. 다만 그녀와 함께 만났던 궁전다방으로 가서 그냥 죽치고 앉아 시간만 죽이고 있었다. 콩나물공장으로 들어갈 적당한 시간을 맞추기 위해서.

"취직된 곳이 어디냐?"

어머니가 한쪽 손을 놓고 나머지 한쪽 손으로 나를 안방으로 이끌면서 그렇게 물으셨다.

어머니의 손에 이끌려 안방으로 들어가면서도 나는 자꾸 아버지가 계실 것만 같아 머뭇거렸다. 그러한 나의 기분을 눈치채셨는지 어머니는 시원스럽게 말씀해주셨다.

"오늘은 아버지가 콩나물콩 사러 온양 장엘 가셨단다. 좀 늦으실 게다. 자, 앉거라. 그런데 취직한 곳이 어디라고 했지?"

어머니가 재차 물으셨다.

"르포군단이에요."

"르포군단이라면, 저 뭣이냐, 미군부대 이름이냐?"

"아니에요. 어머니, 르포를 대행하는 회사예요."

어머니는 내가 취직한 르포대행 회사가 뭘하는 곳인지 쉽게 이해하실 것 같지가 않았다. 좀 더 자세히 설명하려 하자 어머니는 맡은 일부터 물으셨다. 그것은 아버지와 함께 오랜 세월

살아오면서 어머니 나름대로 터득하신 하나의 지혜일 터였다.

"게서 네가 하는 일은 뭐냐?"

"뭐 르포도 쓰고, 다른 사람이 쓴 르포를 고치기도 하고, 관리도 하고 뭐 이것저것 여러 가지 다 해요."

"정말 다행이다. 할 일이 없는 사람의 목숨은 죽은 목숨이나 진배없단다. 모쪼록 윗사람 말씀 잘 듣고 윗사람의 눈 밖에 나는 일이 생기지 않도록 열심히 일해야 한다. 알겠냐? 그래, 출근은 언제부터 하기로 했니?"

"출근은 내일부터에요."

"그럼… 어쩔 셈이냐?"

어머니는 난감해하시는 것 같았다. 내가 집에서 서울로 출퇴근을 하는 것보다 아예 서울로 올라가 하숙을 하고 있었으면 하고 바라는 눈치가 역력했다.

집에서 서울로 출퇴근하는 것을 본다면 아버지는 또 그 지겨운 펌프질과 콩나물 배달과 수금까지도 내게 시키실 것이 틀림없다고 어머니는 생각하시는 것 같았다.

콩나물공장의 일손이 달리면 아버지는 함께 있는 사람이라면 그가 누구라도 일을 시켜왔었으니까. 그것은 이모님 내외분이 부부동반으로 모처럼 놀러오셨던 3년 전의 어느 날도 마찬가지였다. 새벽부터 잠을 설치고 일어나 아버지의 부탁으로 마지못해 공장에 들어가 일을 거드시던 이모님 내외분은 그날 일은 일대로 죽도록 하고 또 욕은 욕대로 실컷 먹고는 그 후부터 지금

껏 일체 우리집과는 내왕을 끊고 지내시는 터였다.

그러한 사실을 잘 알고 계시는 어머니는 무조건 아버지의 눈에 띄지만 않으면 된다고 굳게 믿고 계신 것 같았다.

"그렇지 않아도 서울에서 하숙을 할 생각입니다. 그래서 오늘은 제 짐 좀 갖고 가려고 왔어요. 올라가서 하숙을 정하면 곧 편지할께요. 어머니."

나의 얘기를 다 듣고나서야 어머니는 비로소 안도하시는 것 같았다.

"그래, 그동안 어디에 있었니?"

그러나 나는 두 달간의 행적을 낱낱이 말씀드릴 수가 없었다. 그래서 그냥 잘 지냈다고만 얘기했다.

어머니는 더 이상 묻지 않았다. 새벽에 쫓겨났던 아들이 두 달 만에 나타나서 취직했다고 하는 것만으로도 어머니는 충분히 기분이 좋으신 모양이었다.

내가 안방을 나와 툇마루에 걸터앉으며 벗어놓았던 구두를 다시 꿰신고 있을 때였다.

파란 대문을 자전거로 밀고 들어서던 동석이 녀석이 나와 눈이 마주치자 깜짝 놀라는 표정을 지었다. 무슨 큰 죄라도 지은 놈처럼. 그러다가 녀석은 곧 멋쩍은 듯 씨익, 웃어보이며 자전거를 돼지우리 앞까지 끌어다댔다.

"형, 언제 왔어유?"

자전거 뒤에는 빈 배달통이 묶여 있었고, 빈 배달통 안에는 녀석이 수금하면서 가게집마다에서 거두어온 보자기들이 가득할 것이었다. 녀석이 자전거 받침대를 고정시키고나서 우물가로 걸어오면서 그렇게 물었다.

"응, 지금."

대꾸하면서 나는 속으로 녀석이 정말 대견스럽다는 생각을 다시 했다.

어머니가 안방문을 열고 나오면서 동석이 녀석을 향해 자랑스러운 듯 말씀하셨다.

"형이 미국 회사에 취직을 했단다. 오늘 서울로 올라가야 하니까 네가 차부까지 형 짐 좀 실어다드려라."

어머니는 르포대행사를 자꾸 미국 회사로 잘못 이해하고 계신 것 같았다. 나는 그것을 정정시켜드릴까 생각하다가 그만두고 말았다. 어차피 짧은 시간에 어머니에게 그런 것들을 모두 이해시켜드린다는 것은 불가능하다는 생각이 들었기 때문이었다.

나는 내가 제대하고 와서 잠시 쓰던 방으로 들어가보았다. 방은 아직 남에게 세를 주지는 않았지만 언제까지나 이대로 놀리고 있지는 않을 터였다. 이제 내가 떠나면 아버지는 곧바로 내 짐을 묶어 다락에 옮겨놓고 이 방을 남에게 다시 세를 놓으실 것이었다.

내가 서울로 올라가서 당장 필요한 책들을 챙기는 동안 어머니도 따라들어와 옷가지와 이불보따리를 묶고 계셨다.

책은 아무리 줄이고 줄여도 트렁크로 두 개나 되었고, 옷가지와 이불보따리는 한 덩어리로 묶었으므로 부피가 매우 커져 있었다.

어머니는 이불보따리를 다 묶고나서 이마에서 흐르는 땀방울을 손등으로 쓰윽 문지르며 말씀하셨다.

"이 짐들은 차부까지 동석이가 실어다줄 게고, 이건 당장 필요할 테니까 자, 받거라."

어머니는 언제 준비하셨는지 앞치마 주머니에서 제법 두툼한 돈봉투를 꺼내 내게 내미셨다. 나는 하숙비가 있다고 말하면서 한사코 그 돈봉투를 거절했다. 어머니는 정말 돈이 있느냐고 몇 번씩 다짐하셨다. 나는 할 수 없이 솔직하게 말씀드렸다.

"어머니, 내가 돈이 없으면 누구에게 손을 내밀겠어요? 어머니밖에 없잖아요. 돈은 넉넉하게 있으니 아무 걱정하지 말고 그 돈은 도로 넣어두세요, 어머니."

어머니는 꺼내셨던 돈봉투를 앞치마에 넣으면서 또 눈시울을 붉히셨다.

"어머니 창호는 어디 갔어요?"

내가 짐을 다 꾸리고 나서 허리를 펴며 묻자 어머니는 그제서야 생각을 제대로 정리한 듯 말씀하셨다.

"참, 그 애는 요즘 군대간다고 매일 밤 송별식인지 뭔지에 불려다니느라 정신이 없다. 저도 아주 죽을 맛인 모양이더라. 공장일하랴 부족한 잠잘 때 동무들하고 송별식 하랴 정신없어. 걔나 좀 만나보고 가거라. 지금 좌동으로 숙주나물 배달 갔는데 아마 곧 돌아올 게다."

나는 시계를 들여다보았다. 벌써 10시가 넘어 있었다. 서둘러 올라가지 않으면 하숙집도 못 구할는지 모른다. 하숙도 구하지 못한 상태에서 르포군단에 첫 출근을 할 수는 없는 노릇이었다.

"어머니 지금은 시간이 없어서 안 되겠고, 제가 하숙을 정하는 대로 곧 편지를 낼께요."

"그래, 그럼 그렇게 하려무나. 참, 니 회사 주소라도 한 장 적어줄 수 없겠니?"

그러나 내가 나가게 될 회사가 어떤 회사인지도 모르고, 아직 출근도 해보지 않은 상태에서 회사 주소를 함부로 적어드린다고 하는 것은 왠지 마음이 내키지 않았다.

"어머니, 제가 바로 편지할께요."

동석이 녀석은 방문 앞에다 자건거를 받쳐놓고 짐들을 모두 내다싣고는 다시 자전거 받침대를 풀고 출발했다.

어머니는 내가 회사 주소를 알려드리지 않은 것이 못내 서운하신 모양이었다. 그러면서도 대문 밖에서 한 20여 미터를 더 따라오며 연신 앞치마 자락으로 눈가를 찍어내고 계셨다.

"그만 들어가세요, 어머니."

내가 그렇게 소리치자 어머니는 걱정말고 어서 그냥 가라는 듯 손을 두어 번 내젓고는 그대로 바닥에 앉으며 앞치마 자락으로 눈가의 물기를 닦아내고 계셨다.

나는 큰소리로 물었다.

"왜 그러세요, 어머니?"

어머니도 음성을 조금 높이셨다.

"아무것도 아니다, 눈에 티가 들어간 모양이다."

그러면서 어머니는 계속 손을 내저으며 어서 가라는 시늉만 해보였다.

앞서가는 동석이 녀석은 자전거를 끌고가고 있었다. 짐이 많을 때는 오히려 자전거를 끌고가는 것보다 타고가는 것이 훨씬 수월한데도 동석이 녀석은 나와의 보조를 맞추느라고 그냥 끌고가고 있는 것 같았다. 참 기특한 녀석이었다.

차부까지 와서도 녀석은 버스가 들어올 때까지 기다렸다가 버스가 도착하자 서둘러 짐칸에 트렁크와 이불보따리를 모두 옮겨 실어주었다.

내가 버스에 오르자 녀석은 손을 흔들어주었다.

"형, 잘 가유."

그리고는 버스가 출발하기도 전에 자전거를 타고 휑하니 가버렸다. 아마 다른 급한 배달이 남아 있는 모양이었다.

버스가 용산역에 도착하자 나는 지게꾼을 불렀다. 혼자서는 도저히 트렁크 두 개와 이불보따리를 함께 옮길 수가 없었기 때문이었다.

"어디까지 가십니까?"

곁으로 다가온 지게꾼이 버스의 짐칸에서 끌어내린 짐들을 곁눈질로 쳐다보면서 물었다.

"대학로까지 갑니다."

"얼마 주시겠습니까? 한 만오천 원은 받아야 하는데…."

지게꾼은 흥정의 여지를 남기듯 딱히 얼마 달라고는 하지 않았다.

"택시로 갈 겁니다. 그러니 요 앞에 있는 택시 정류장까지만 실어다주십시오."

그러나 지게꾼은 내놓고 느물거렸다.

"이 많은 짐을 실어다주는 미친놈의 택시가 어딨습니까? 그러지 말고 내가 용달을 하나 불러드릴 테니 용달차로 가시지요."

나는 지게꾼과 쓸데없는 승강이를 하고 싶지가 않았다. 그래서 단호하게 말했다.

"택시 타는 곳까지 실어주실 건지 아닌지만 말씀하십시오."

지게꾼은 마지못해 등짐처럼 지고 있던 지게를 벗어서 땅바닥에 받쳐놓고 그 위에 짐들을 얹었다. 택시 정류장까지는 불과 80미터도 되지 않았다.

나는 지게꾼에게 천 원짜리 지폐 두 장을 쥐어주고 그 자리에서 줄곧 택시를 기다렸다. 그러나 택시들은 내게 어디로 가는지의 방향만 묻고는 도망치다시피 달아나는 것이었다.

지게꾼의 말처럼 '두 개의 트렁크와 이불보따리를 실어줄 미친놈의 택시'는 세 번째 왔다.

운전기사는 운전석에서 내려 직접 차 뒤로 가서는 열쇠로 뒤

트렁크를 열고 이불보따리를 낑낑거리며 집어넣어주었다. 뿐만 아니라 이불보따리가 들어감으로써 뒤 트렁크가 열린 채 덜컹거리는 것이 걱정스러웠던지 기사양반은 비닐끈을 구해다가 직접 뒤 트렁크 문과 차체를 몇 겹으로 연결시켜 트렁크 문과 이불보따리를 고정시킨 후에야 운전석으로 가서 앉았다. 고마웠다. 그는 세 사람의 운전기사 중 한 사람에 불과했지만 그의 자상한 태도 하나로써 그냥 달아났던 앞서의 운전기사 두 사람까지도 미워할 수가 없었다. 운전기사 전체에 대한 고마움이 내 안에 싹텄으므로, 대학로에 도착한 나는 미터요금에서 얼마를 더 얹어주고 급히 근처의 복덕방으로 뛰어들어갔다. 르포군단이 있는 종로5가 부근에 하숙집을 구하기 위해서였다.

마침 하숙집은 몇 군데 나와 있었다. 나는 복덕방 영감을 모시고 나와 택시에 태운 채 아무 곳으로나 빨리 가자고 서둘러댔다. 그것은 운전기사에 대한 나의 미안함이 그만큼 크게 작용했기 때문이었으리라.

하숙집에서 거의 뜬눈으로 밤을 새운 나는 이튿날 르포군단에 첫 출근을 했다. 그러나 화장품대리점 2층에 세들어 있는 르포군단의 사무실로 들어선 순간, 나는 솔직하게 실망하고 말았다. 내세울만 한 학력이나 경력이 없는 나 같은 사람에게 선뜻 2백만원이라고 하는 거금을 내놓은 회사치고는 사무실이 너무 형편없었기 때문이었다.

사무실 크기는 15평을 넘지 못할 것 같았고 사무실 집기도 별로 없었다. 파일과 캐비닛, 그리고 응접세트가 각기 하나씩 벽쪽을 향해 놓여 있었고, 타이피스트 겸 급사인지, 또는 급사 겸 경리 겸 타이피스트인지 신분이 정확하지 않은 아가씨 하나가 책상에 앉아 타이프라이터를 두들겨대고 있었다. 그리고 그 위쪽으로 두 개의 큰 책상이 서로 마주보고 있었다.

아무리 생각해보아도 르포군단이라고 하는 회사의 정체를 알 수가 없었다. 신문에 가끔 오르내리는 사기꾼 회사일는지도 모른다는 생각이 불현듯 떠올랐다.

타자를 치던 아가씨가 내게 말을 걸어왔다.

"저 이근호 씨가 맞지요?"

"네, 그런데…."

아가씨는 위쪽에 서로 마주보고 있는 책상을 하나씩 가리켰다.

"저 안쪽에 있는 것이 이 선생님 자리이고, 이 바깥쪽에 있는 것이 사장님 자리예요."

도대체가 모를 일투성이였다.

사장님과 마주앉아 근무하고 있다는 사람을 나는 태어나서 지금까지 아직 본 적도 들은 적도 없었다. 그런데 내가 바로 그런 최초의 사람이 될 모양이었다.

"우선 좀 앉으세요."

내가 응접소파에 엉덩이를 내려놓자 아가씨가 뭘 마시겠느냐고 물어왔다. 그러나 내게는 이보다도 지금 당장 르포군단이라고 하는 회사의 사장을 만나보고 싶었다. 그의 정체가 궁금해서 도저히 못 견딜 지경이었다.

"차는 뭘로 하시겠어요? 인삼차와 녹차와 칡차가 준비되어 있는데요."

아가씨가 재차 묻자 나는 녹차를 마시겠다고 대답하고 나서 물을 끓이기 위해 커피포트를 전원에 꽂는 아가씨를 쳐다보았다. 그리고 지금 내가 참 이상한 곳에 와 있는 것 같다라는 느낌이 들었다.

"사장님은 몇 시에 나오십니까?"

아가씨는 돌아서서 시계를 들여다보았다.

"곧 나오실 겁니다. 9시 정각이면 출근하시니까요. 이제 5분 남았군요."

그 말에 나는 나도 모르는 사이에 시계를 들여다보았다. 9시 5분 전. 첫 출근이라는 강박관념 때문에 너무 긴장이 되어서 조금 일찍 출근을 한 모양이었다.

그녀는 자기 자리로 돌아가 다시 타이프라이터를 두들겨대기 시작하더니 곧 그 용지를 뽑아들고 원고와 틀림없이 쳤는가를 일일이 대조해본 후 수화기를 들었다.

"아, 여기는 르포군단인데요. 모르세요? 지난 번에 한번 왔었잖아요. 이화동에 있는 화장품대리점 이층 말예요"

상대편은 그제서야 겨우 위치를 알아들은 모양이었다. 화장품대리점 이층이라는 말에.

"지금 사무실이 비어서 그런데 죄송하지만 좀 이쪽으로 와주실 수 없을까요?"

그러나 상대방도 일이 많이 밀렸는지 또는 이쪽 일을 한번 해보니까 별로 신통하지가 못해서였는지 쉽게 오려고 하지 않는 것 같았다.

사장이 사무실로 들어선 것은 바로 그때였다.

아가씨는 상대방에게 알았다면서 수화기를 내려놓고 사장에게 오늘 처음으로 출근한 나를 소개했다.

"사장님 이분이 이근호 씹니다."

"아, 나와주셨군요."

사장은 응접소파로 걸어와 내 손을 덥석 마주잡았다.

"저는 백진호라고 하는 사람입니다."

사장은 첫인상부터가 아주 꾀죄죄해 보였다. 아무리 좋게 보아주려고 해도 영락없이 버스 간에 올라와 이 제품으로 말씀드리자면 근방 영등포에 자리잡고 있는…, 하고 떠드는 40대의 약장수와 별반 차이가 없어 보였다.

커피포트에서는 물이 맹렬하게 끓으며 으샤, 으샤 하고 뚜껑을 위로 밀어올리고 있었다. 그것을 보자 사장은 아가씨 쪽을 쳐다보면서 말했다.

"김지애 씨, 난 인삼차로 한 잔 줘!"

사장의 그 한마디 말로도 나는 두 가지를 알아낼 수 있었다. 하나는 아가씨의 이름이 김지애라는 점이고, 또 하나는 사장이 형식적인 인사치레의 말은 별로 좋아하고 있지 않다는 점이다. 내게 무슨 차를 시켰느냐는 등 어쩌구해가며 상대방에게 예의를 차릴 수도 있었으련만 사장은 전혀 그렇지가 않았던 것이다.

"우선 이근호 씨의 입사를 축하합니다. 하숙집은 구하셨습니까?"

"네, 요 앞 대학로에다 얻었습니다."

나는 왼팔을 뻗어 하숙집이 바로 파일박스 뒤에라도 있는 것처럼 파일 쪽을 가리켰다. 사장은 김지애 씨 쪽을 돌아보며 물었다.

"김지애 씨, 아직 그것 다 안 끝났나?"

"타이핑만 끝내고 아직 복사를 못했어요."

"우리 차만 좀 갖다주고 김지애 씨는 어서 복사집에 다녀와야겠는데."

"네, 그렇게 하겠습니다."

김지애 씨는 차를 두 잔 타서 응접탁자 위에 갖다놓고 훌쩍 밖으로 나가버렸다. 타이핑된 종이 한 장만 달랑 들고서.

다녀오겠다느니 갔다오겠다느니 하는 형식적인 말은 일체 생략되어진 채였다. 정말 그 사장 밑에 그 여직원이었다. 사장이 인삼찻잔을 들고 입으로 가져가기 전에 물었다.

"르포대행사라는 말을 들어보신 적 있습니까?"

질문을 던진 후 사장은 인삼차를 후루룩 마셨다. 나는 편집대행이니 광고대행이니 하는 말은 더러 들어봤지만 르포대행이란 말은 처음 들어본다고 솔직하게 대답했다. 사장은 인삼찻잔을 탁자 위에 내려놓고 말했다.

"이것은 우리나라에서 최초로 탄생된 미래지향적인 회사입니다. 이 르포군단이라는 회사가 앞으로 얼만큼 빠른 속도로 발전되고 확장되는가는 이근호 씨가 얼마나 나와 호흡을 잘 맞춰주는가에 달려 있습니다."

사장은 여기서 잠시 말을 멈추고 앞에 놓인 인삼차를 다시 들어 한 모금 마시고 또 찻잔을 내려놓았다. 나도 그를 따라 녹차잔을 들어올려 한 모금 마신 후 조용히 찻잔을 내려놓았다.

"나는 이번에 5백편이 넘는 르포를 읽으며 우리나라의 르포가 지닌 문제점이 무엇이고, 앞으로 타개해나가야 할 점은 무엇인지를 분명히 깨달았습니다. 내가 왜 이근호 씨의 르포를 선택했는지 그 이유를 아십니까?"

나는 머리를 가로저으며 사장의 눈을 마주 쳐다보았다. 나를 발견하고 선택해준 사장의 눈은 그렇게 날카롭지도 못했고 그렇다고 광채가 나도록 반짝반짝 빛나지도 않았다. 그렇기는커녕 오히려 졸음이 한 움큼 담긴 눈곱이 낀 그런 눈이었다. 사장은 그런 눈을 꿈벅이며 조용조용 말을 이었다.

"손거울 손에 쥐고 양지에서 음지로, 또는 음지에서 양지로 햇빛을 반사시켜본 경험을 가진 사람이라면 아마 손거울을 쥔 손목의 각도가 조금만 틀어져도 햇빛은 전혀 엉뚱한 지역으로 또는 방향으로 날아가버리고 만다는 사실을 깨달을 수 있을 것입니다. 손거울은 사건, 사태, 사물, 인물에 접근하는 객관적 자[尺]의 또 다른 이름이지요. 필자가 어떻게 바라보는가의 시각, 또는 필자가 어떻게 받아들이는가의 인식의 차이에 따라서 햇빛은 엉뚱한 지역이나 방향으로도 날아갈 수 있을 것입니다. 흔히 르포란 발로 쓰는 문학이라고 말해지고 있지만 그것은 크게 잘못된 생각입니다. 발로만 쓰여져서는 결코 상업주의와 결탁하지 않을 수 없게 되고, 그렇게 결탁되어진 르포란 허위의식을 완벽하게 벗어나기가 어려울 것입니다. 참다운 의미의 르포란 글쓴이가 거울을 쥔 손목의 각도로 어디든 갈 수 있어야 하고, 또 철조망의 안과 밖을 수시로 넘나들 수 있어야 한다고 생각합니다. 그런 의미에서 이근호 씨가 쓴 르포는 손거울을 쥔 손목의 각도를 슬로비디오보다도 더 정확히 보여주는 것이었습니다. 처음 25매의 르포는 기지촌의 양색시들을 우리의 고전에 나오는 심봉사의 딸 심청이로 비유해서 썼고, 나중의 25매는 그 심청이들의 의식주에서부터 침대 패턴까지가 어떤 과정을 거쳐 제2의 양키로 변모되어가는가의 천착이었습니다. 르포란 시각의 차이에 따라 이처럼 엄청난 변화를 줄 수도 있는 것입니다."

나는 찻잔을 들었다. 찻잔 안에는 이미 싸늘하게 식어버린 녹차가 한 모금 가량 남아 있었다. 나는 그 녹차를 입안에 털어넣으며 사장에 대한 나의 그릇된 인식을 바로했다.

사장은 김지애 씨가 복사물을 찾아가지고 사무실로 들어오기 전에 르포에 대한 사전적 강의를 했는데, 그 강의 내용을 요

약하면 대략 다음과 같다.

1차 세계대전 이후 매스컴의 급격한 변화와 발전은 다큐멘터리의 방법으로 현장을 충실하게 묘사, 보고하는 새로운 문학장르를 탄생시켰다. 그것이 바로 르포르타지reportage이다. 그러나 르포문학은 문학의 한 장르에 속하면서도 시, 소설, 평론, 희곡, 수필 등에서는 제외되고 수기의 한 분야(또는 형태)로 구분되어 있다. 크게 르포를 4가지로 나누어보면 1) 사회 통념으로 작가의 주관적 해석을 피한 사실의 냉철한 기술, 2) 대상 그 자체를 설명하는 것이 아니라 제시해야 하므로 강렬한 문제의식과 관찰력이 필요하며, 3) 기술방법은 묘사보다 즉물적卽物的이며, 4) 대상의 본질에 육박하는 분석력과 통찰력의 필요성 등으로 문예사전은 풀이하고 있다는 것이다.

이러한 특성을 지닌 르포가 우리나라에 처음 유입된 경로는 동아일보의 창간과 더불어 쓰여지기 시작한 '사회면 기사'로부터였다고 보는 것이 권영민 씨(서울대 교수)의 시각이나 개화사상이 처음 들어온 유길준의 『서유견문』에서부터라고 보기도 하고, 카프문학의 전성기 때로 보는 시각 등 다양하지만 사장의 생각은 전혀 다르다는 것이었다. 우리 문학사에서 최초의 르포문학이라고 볼 수 있는 것은 (학자들에 따라 조금씩은 다른 견해를 가지고 있지만) 그래도 다음 두 가지의 르포(또는 일기)라는 것이다. 임진왜란 때의 『징비록』이 그 하나이고, 병자호란 때의 『산성일기』가 나머지 하나라는 것이다. 유성룡의 『징비록』은 당시 어느 성주가 얼마나 비겁한 행동을 취했는가의 '현장'에 대한 객관적 비판기록이다. 『산성일기』 역시 마찬가지다. 남한산성에 갇혀 있던 인조가 항복하기까지의 과정, 겨울에 얼어죽는 군사들의 그 처절한 고통을 기록한 것이 바로 이 르포라는 것이다. 그렇다면 이 『산성일기』의 기록자는 누구인가. 사장은 바로 그 점이 중요하다고 강조했다. 기록자는 한낱 궁녀에 불과했다. 궁녀의 시각으로, 궁녀의 의식으로, 궁녀의 손목으로 기록된 『산성일기』야말로 우리 르포문학의 가장 커다란 문학적 자산이 아닐 수 없다고 사장은 단언하면서 그러나 시각과 의식과 손목의 각도로 새롭게 쓰여진 르포의 실체는 무엇이며, 그것은 지금 우리 시대에 어떻게 기능하고 있는가를 차분하게 설명했다.

끝없이 은폐되고 감추어진 '현장'에의 확인, 그것이 바로 르포가 감당해야 할 몫임에도 불구하고 현행 일간지와 방송매체와 주간지, 그리고 여성지들은 서로 앞다투어 흥미 위주의 잠입르포, 밀착르포 등으로 오직 까발리기에만 주력하고 있다. 물론 이러한 일련의 현상은 르포에 대한 작가의 기본적 인식의 부족에서보다도 편집자나 경영자의 얄팍한 상업주의적 편향성, 그리고 눈에 보이지 않는 정치공작과의 야합일 가능성이 더 높다는 것이다. 이것은 한마디로 작가나 언론 자신의 색맹현상, 의식마비, 시각상실에 다름아니라는 것이다.

이처럼 반신불수가 다 된 르포를 치유하기 위해서 가장 시급한 것은 바로 작가나 언론의 시각상실의 회복이라고 사장은 말했다.

진정한 의미의 르포문학이란 『산성일기』를 썼던 한 이름 없는 궁녀와 같은 민중의 시각으로, 손거울을 쥔 손목의 각도로, 실천을 위한 변혁으로 쓰여져야 한다고 믿기 때문에 감히 르포대행사를 발족시켰다는 것이 사장의 르포군단 설립 취지였다.

사장은 전국에 이미 13명의 르포 전문가를 확보해놓은 상태라고 말했다. 여기까지 얘기했을 때 김지애 씨가 꽤 많은 분량의 복사물을 찾아갖고 사무실로 들어왔다. 사장은 그 중에서 맨 위에 놓여 있던 한 장을 뽑아 읽으며 다른 손으로 한 장을 더 집어서 내게 넘겨주었다.

"한번 읽어보시오."

복사물은 평범한 안내장이었지만 첫 줄부터 당혹감을 안겨주는 것으로 보아서는 결코 평범한 보통 안내장은 아니었다. 형식적인 인사말은 안내장에서조차 생략되어져 있었다.

김일성의 인터뷰도 해드립니다!

귀하

한국 최초의 르포대행사가 발족되었습니다. 손쉬운 일들은 당신들이 하시고 당신들이 하지 못하는 힘들고 불가능한 것들만 우리에게 시키십시오.

우리는 어떠한 르포라도 쓸 수 있습니다. 값은 다소 비싼 편이지만 이미 식상한 국내 르포작가들과는 전혀 다른 신선한 필진을 고루 갖추고 있습니다. 원고료는 편집자가 원고를 검토하고 책에 게재된 후에 후불로 받겠습니다.

* 일을 맡기실 때는 전화 584-782 ××××로 하셔서 김지애 씨를 찾으십시오.

르포군단 대표 백진표

안내장을 다 읽고 나서 나는 사장의 얼굴을 쳐다보았다.

"이걸 어디로 보내실 겁니까?"

사장은 무표정하게 대꾸했다.

"신문, 잡지, 방송국, 사보 등입니다. 한 7백 군데가 넘지요. 자, 이제 우리도 일을 시작해볼까요?"

사장은 일어서서 책상 두 개가 마주 쳐다보고 있는 곳으로 가서 앉았다. 나도 그를 따라 일어서서 그 맞은편 책상으로 가 앉을 수밖에는 별도리가 없었다.

책상은 산뜻한 느낌을 주었다. 새로 들여온 철제 책상이어서라기보다는 초록색 카펫을 댄 후 그 위에 다시 3밀리짜리 두꺼운 유리를 깔아서 눈의 피로도를 줄이고 보기에도 산뜻하게 해 놓은 것 같았다. 한 가지 다행스러운 것은 책상 위에 책꽂이가 놓였기 때문에 서로 엎드려서 일할 때에는 사장과 서로 시선을 맞부딪치지 않아도 된다는 사실이었다.

책상 위에는 문인주소록과 원고지 몇 권, 그리고 볼펜, 사인펜 등을 담는 연필꽂이 등이 가지런히 놓여 있었다.

책상에 앉자 김지애 씨가 다가와 사장과 내게 작업량을 고루 나누어주고 자기 자리로 돌아갔다.

나는 복사된 사보 주소록을 곁에다 놓고 겉봉을 쓰면서 이런 단순노동을 하는 것이 주업무라면 내가 너무 큰 돈을 받는 것이 아닌가 하는 생각이 들었다.

"이근호 씨 점심은 어떻게 하기로 했습니까?"

사장으로부터 점심시간에 그러한 말을 들을 때까지 나는 내내 엎드려 봉투 쓰는 작업만 했다. 안내장에 귀하라고 쓰여진 곳의 밑줄친 부분에 편집자의 이름을 찾아넣는 일과 겉봉에 주소를 쓰는 일이었다.

"점심은 밖에서 먹는 것으로 했습니다."

"그럼 함께 나갑시다."

나는 일손을 놓고 사장을 뒤따라 층계를 내려왔다. 밖으로 나오자 화장품대리점 건물과 함께 붙어 있는 조그만 식당이 보였다. 사장이 그곳으로 들어가자 주인 아주머니가 아는 체를 했다. 아마 단골인 듯싶었다. 사장은 메뉴판을 한번 일별한 후에 곧바로 내게 넘겨주며 말했다.

"이 집 음식은 뭐든 괜찮습니다."

내가 된장국을 주문하자 사장은 주문받으러 온 소녀에게 손가락만 두 개 펴보였다.

주문한 된장국은 시간이 그렇게 오래 걸리지 않아서 곧 도착했다.

나는 식사를 하면서 큰 용기를 냈다. 지금 이런 안내장을 보내면 르포군단에 르포를 의뢰해오는 사람이 얼마나 될까를 감히 사장에게 물어보았던 것이다.

사장은 스스럼없이 이렇게 대꾸했다.

"예를 하나 들어봅시다. 김영삼 씨의 아버지가 현재 어디에 살고 있는지 아십니까?"

"글쎄요, 정말 어디에 살고 있습니까?"

"부산이나 거제도일 것입니다. 갑자기 여성지에서 김영삼 씨의 아버지를 취재할 일이 생겼다고 가정합시다. 그러면 서울에서 기자 두 사람(사진기자 한 명 포함)이 비행기를 타고 가든, 새마을호를 타고 가든, 부산까지 갈 것 아닙니까. 부산에 계시다면 다행이지만 만약 부산에 없고 거제도에 계시다면 부산에서 다시 거제도로 가는 배를 탈 것이고, 막상 거제도에 도착해서 그 김영삼 씨 아버지가 살고 계신 집에 찾아갔다고 합시다. 도대체 경비가 얼마나 날 것이라고 생각하십니까. 더구나 그분이 집에 계시면 다행이지만, 만약 그분이 집에 계시지 않을 경우는 어떻게 합니까. 그때까지 두 사람에게 들어간 교통비와 식대와 숙박비만 하더라도 꽤 엄청날 것입니다. 그러나 그들에게 가장 중요한 것은 돈보다도 시간입니다. 마감 때 기자가 그렇게 며칠씩 자리를 비운다고 하는 것은 회사로서는 엄청난 손실이지요. 그들이 한 가지 취재에 쓰는 경비의 삼 분지 일 정도만 르포군단에 지불한다면 우리는 그들의 금전적, 시간적 손실을 최소화시킬 수 있는 방법이 있다는 겁니다. 우리는 여기서 부산에 사는 문인이나, 거제도에 사는 문인, 가령 거제도에서 계시다면 그곳에서 슈퍼마켓을 하고 있는 최영이 씨에게 부탁할 수도 있겠지요. 우리는 전화로 최영이 씨에게 김영삼 씨 아버지를 만날 때는 이렇게 하라는 등의 취재지시를 내려보냅니다. 취재해서 기사는 언제까지 쓰고 원고는 언제까지 송고해달라고 하면 되는 겁니다. 원고가 도착하면 그 원고는 곧장 잡지사로 넘기는 것이 아니라 반드시 우리가 리라이팅을 해야지요. 그러니까 그 모든 취재지시와 리라이팅을 내가 해야 하는데 혼자 하기에는 너무 벅차기 때문에 이근호 씨를 동업자로 뽑은 것입니다. 이제 아시겠습니까? 르포군단에 얼마만 한 양의 르포가 의뢰될는지 예상할 수 있겠습니까?"

나는 고개를 끄덕거렸다. 이젠 모든 게 확실해졌다. 집을 떠나올 때 나는 이미 어머니에게 그 같은 사실을 말씀드렸었다. 다만 내가 예상하지 못했던 것은 사무실의 규모와 인적 구성뿐이었다.

사장은 일본이나 미국에도 한국에서와 같은 조직을 갖고 있음이 분명한 것 같았다. 나는 사장의 얘기를 들으면서 차츰 이

마와 등줄기에 진땀이 솟았다. 온몸이 좋아서만 결코 아니라는 생각이 들었다.

안내장을 발송하고 만 이틀이 지나면서부터 잠자던 두 대의 전화통은 불이 나기 시작했다.

그러나 그것은 르포에 대한 청탁이 아니라 르포군단에 대한 매스컴의 관심도를 나타내는 것에 다름아니었다. 도대체 르포군단이라는 곳이 뭘하는 곳인지 매스컴 특유의 호기심의 이빨을 드러내고 있었다.

사장은 그런 것까지를 모두 예측한 듯 일간지와 주간지 그리고 방송국에서 사무실로 취재를 나오겠다고 하니까 별 망설임 없이 모두 그렇게 하라고 대꾸했다.

사무실로 속속 찾아드는 기자들을 만나며 사장은 그 특유의 논리로 이 시대에 르포대행사 설립의 당위성을 역설했다.

기자들의 질문은 '르포'라는 말 뒤에 '군단軍團'이라는 군대 용어를 과연 붙일 수 있는가에 집중되어 있었다. 군과 사단 중간의 전략 단위병단戰略單位兵團이 르포 뒤에 붙은 것에 대해 매우 재미있어하는 표정들이었다. 거기에 대한 사장의 답변을 요약하면 대충 이러했다.

"우리들은 총칼을 들고 모인 것이 아니다. 펜을 들고 모인 사람들의 모임이라는 점에서 저마다 독립적으로 작전을 수행할 수가 있다. 독립적으로 작전을 수행할 수 있는 전략병단을 사단

師團이라고 부르지 않는가. 그리고 두 개 이상의 사단이 합쳐지면 언제나 군단이 되는 것인데 우리는 열세 개의 사단이 모인 엄청난 군단인 것이다."

그 이튿날부터 조석간 신문과 방송은 일제히 사장의 사진을 대문짝만하게 내면서 취재한 내용들을 보도하기 시작했다.

사장은 돈 한 푼 들이지 않고 수천만 원짜리 광고를 한 셈이었다.

일간지와 주간지, 그리고 방송이 르포군단에 대해 그토록 시끄럽게 떠들어대자 월간지들도 르포군단을 기웃거렸다. 자기들로서는 충분한 기사감이 되기 때문이었다.

르포의 청탁도 하루에 두세 건씩은 쏟아져 들어오기 시작했고 사장과 김지애 씨는 르포 청탁 전화를 받으면 매우 상세히 메모하거나 미심쩍은 부분은 직접 편집자를 만나서 청탁 의도를 명확히 전해듣기도 했다. 그래야만 나중에 실수가 발생하지 않는다는 것이었다.

사장이 전국에 확보해놓은 13명의 인물도 나와 크게 다를 건 없는 모양이었다. 그들에게도 나에게 했던 것과 똑같이 거금 2백만 원씩을 보냈을 가능성이 있었다. 다만 그들은 그 지역에 그대로 거주하며 필요할 때만 이쪽에서 전화로 취재지시를 내리고 있는 것인지도 몰랐고, 또는 그들을 맨투맨 식으로 만나서 르포에 대한 세뇌교육을 철저히 시켰는지도 알 수 없는 일이었다. 아니 어쩌면 그들을 모두 한자리에 모아놓고 합숙훈련까지 시켰는지도 모를 일이었다.

다만 내가 알고 있는 것은 사장이 그 13명의 인물을 전공분야(?) 별로 분류해놓았다는 것과 내가 그 서류에 나도 모르는 사이에 기지촌문제 전문가로 체크되어 있다는 사실뿐이었다.

13명의 인물은 ① 농·어촌문제 전문가 ② 여성문제 전문가 ③ 공장·탄광근로자문제 전문가 ④ 정치·경제문제 전문가 ⑤ 예술문제 전문가 ⑥ 기지촌문제 전문가 ⑦ 호텔·외교문제 전문가 ⑧ 종교·범죄문제 전문가 ⑨ 학생·교육문제 전문가 ⑩ 자연·사회과학 문제 전문가 ⑪ 통일·역사문제 전문가 ⑫ 스포츠·레저문제 전문가 ⑬ 여행·교통문제 전문가 등이었다. 이 중에서 왜 유독 나만 사무실 근무자로 택했는지에 대해서는 알 바 없지만, 사장이 나름대로의 어떤 치밀한 계산 하에 그 같은 결정을 내렸으리라는 데에는 이제 의심의 여지가 없다.

나는 그동안 사장을 엄청 잘못보았던 것이다. 그는 정말 겉으로 보기와는 다르게 독립적으로 작전을 수행할 수 있는 13개의 사단을 거느린 엄청난 르포군단의 총사령관답게 치밀하고 조직적인 사람임에 분명한 것 같았다.

나는 하루가 다르게 불어나는 업무량에 짓눌려가고 있었다. 그렇다고 무슨 기지촌에 대한 르포 청탁이 엄청 많이 들어왔다는 얘기가 아니라, 사장의 그림자처럼 또는 수족처럼 그와 완전한 일심동체가 되어야만 했기 때문이었다.

말하자면 청탁이 들어오는 즉시 두 사람이 앉아서 청탁에 대한 토의를 했고 그 토의 중에서 취재의 방향이 자연스럽게 결정되는 것이었다.

물론 나는 몇 마디 조언을 하는 경우가 더러 있긴 했지만, 대부분은 그냥 앉아서 사장의 의견을 메모하는 정도에 그치고 말았다. 좋게 말하자면 나와 사장의 절충된 의견을 메모하는 것이었지만, 나쁘게 말하자면 그것은 참으로 교묘한 사장의 일방적 지시였던 것이다.

어쨌거나 외형적으로는 그랬다. 사장과 내가 충분한 토의를 거쳐 결정한 명확한 청탁 의도, 취재의 방향, 질문의 요점 등이 확정되면 나는 그것을 메모해서 독립적으로 작전을 수행할 수 있는 전국에 확보해놓은 13명의 르포전문가에게 전화로 상세히 지시했고, 그 원고들이 마감 며칠 전까지 속달우편으로 송고되어 오면 나는 밤을 새워서라도 그 원고를 검토하고 원래의 메모대로 리라이팅을 해야 하는 것이었다.

말하자면 청탁 당시의 첫 회의를 통해 결정된 취재 방향을 내가 메모해 갖고 있었으므로 사장은 내게 리라이팅까지를 책임지게 한 것이었다.

하루 종일 전화로 취재지시를 하고, 원고를 검토하고, 정신없이 리라이팅을 하다보면 하숙집에 돌아와서까지도 나는 파김치처럼 푹 지칠 수밖에 없었다.

집을 떠나올 때는 하숙집이 정해지면 곧 어머니에게 편지를 올리겠다고 한 어머니와의 약속을 나는 반쯤은 지키고 나머지 반쯤은 지키지 못한 셈이었다. 왜냐하면 성의없이 엽서만 한 장 사서 "저는 잘 있으니 아무 염려마시고 부모님 건강 조심하시라"는 내용만 달랑 써보냈었기 때문이었다.

그런데 지금 나는 내가 약속을 지켰는지 못 지켰는지조차 생각할 겨를이 없었다. 고향의 콩나물공장과 부모님과 아우를 나는 까맣게 잊은 채 르포군단의 일원으로서 오직 잡념 없이 회사 일에만 매진해왔다. 그렇게 석 달하고도 보름이 지난 어느 날이었다.

토요일인데도 밤 10시가 지나서야 나는 겨우 일거리를 챙겨 들고 퇴근할 수 있었다.

하숙집에 돌아와 내 방으로 들어서며 나는 손으로 오른쪽 벽면을 습관처럼 더듬거렸다. 다른 때 같았으면 손을 뻗자마자 쉽게 찾아지던 형광등 스위치가 오늘 따라 잘 만져지지가 않았다. 너무 피곤에 지쳐서 그런 모양이었다. 한참을 상하좌우로 더듬거리자 손가락 끝에 무엇인가가 짚여왔다.

스위치를 위로 올리자 찰칵, 하는 뇌신경이 끊어지는 소리와 함께 스타트 전구가 깜박깜박하며 형광등을 점화시키고 있었다. 그러다가 반짝하며 형광등에 불이 들어오자 방바닥 가운데 놓여진 하얀 편지봉투가 그대로 눈에 들어왔다.

나는 방바닥에 주저앉으며 그 봉투를 집어들고 겉봉부터 살폈다.

겉봉에는 어머니의 필체가 분명한 연필글씨로 '이근호 앞'이라고 적혀 있었다.

그 글씨를 보는 순간, 나는 왈칵 까닭모를 설움이 복받쳐올랐다. 봉투를 뜯어 내용물을 꺼내 보았다. 색바랜 공책장이 두 장 나왔다. 몽당연필에 계속 침칠을 해가며 눌러쓰셨을 어머니의 모습이 떠올랐다.

근호야 바다 보아라

몸성이 잘 있는지 궁금하다.

이 고슨 지금 벨 이른 업다만서도 메칠 전에 민우와 가치 집으로 온 중학교 여 선상님이 니가 보낸 엽서를 보고 하숙집 주소를 저거 갓는데 그 거시 마음 께림칙하다.

모가 필을 든 거슨 그거보다도 니 애비가 요즘 드러서 자주 아프시다고 하는데 아무래도 니 아우 창호가 군대로 가고 나서 일꾼을 한 명 더 두엇는데 그 일꾼이 일을 시키기도 전에 동석이 마저 나가버리고 말아서 그런 거 갓다.

동석이가 나간 거슨 황씨네 아저씨가 꼬여서 그리 되엇다고 니 애비는 말하지만 동석이 말인즉슨 황씨네 부인이 암에 걸렷기 때문에 콩나물공장을 헐갑에 내노아서 그거슬 자기가 인수한 것이라고 한다. 모든 두 사람 말이 다 맞는 거 갓다고 생각한다. 그러나 제일로 걱정되는 거슨 동석이가 황씨네 콩나물공장을 인수하면서부텀은 갑짜기 우리집 콩나물이 나가지 않는다는 점이다.

지난 일을 애비가 다 용서한다고 허니까 너도 니 애비를 용서하고 도라왓으면 조켓다.

객지에서 하숙하며 몸골치 말고 그만 집으로 도라오도록 하거라.

모씀

나는 어머니의 편지를 읽고 또 읽었다.

처음 편지를 읽었을 때는 편지 내용이 쉽게 와닿지 않았다. 그것은 어머니의 구어투 문체나 문법적 오류에도 이유가 있었던 것 같다. 그러나 나는 어머니의 편지를 다시 읽으면서 다음과 같은 몇 가지 새로운 사실들을 깨닫게 되었다.

1) 동생 창호가 군대에 간 사이에 동석이 녀석이 황 씨네 콩나물공장을 인수한 점.
2) 콩나물공장을 아무리 값싸게 내놨다고 하더라도 동석이 녀석의 저금액만으로는 그 인수가 전혀 불가능하다는 점.
3) 동석이 녀석이 황 씨네 콩나물공장을 인수하면서부터 갑자기 우리집 콩나물이 나가지 않는다는 것은 단골집 경쟁이 지금 매우 치열하게 벌어지고 있다는 점.
4) 아버지의 말씀처럼 동석이 녀석이 황 씨의 꼬임에 빠졌다면 그것은 그만큼 '파격적인 대우'를 황 씨가 동석이 녀석에

게 제시해줬을 가능성이 높다는 점 등이었다.

파격적인 대우란, 말하자면 동업 조건이거나 근로조건의 개선일 터였다.

녀석은 늘 잠이 부족해서 가끔 콩방에서 콩을 퍼나르다가 그대로 콩가마 위에 코를 쑤셔박고 쓰러져 코를 골다가 아버지에게 들켜 혼구녕이 난 적이 한두 번이 아니었다. 뿐만 아니라 펌프질에도 녀석은 아마 이가 갈릴 정도의 한이 맺혀 있을는지도 혹 모를 일이었다.

그런 한풀이를 위해서라도 녀석은 황 씨네 콩나물공장을 직접 인수했을 가능성도 있었다. 부족한 돈은 차차 벌어서 갚기로 하고.

아버지와의 치열했던 단골집 싸움, 그 정면대결에서 두 번이나 참패한 황 씨의 쓰린 경험과, 아버지 밑에서 5년 넘도록 많은 단골을 확보한 채 노예처럼 잠도 못 자고 하루 종일 펌프질만 하면서 살아왔던 동석이 녀석의 한이 서로 만났다면 결과는 아마 그런 쪽으로 모아졌을 터였다.

동석이 녀석의 꿈은 자신이 한번 직접 모터를 놓고 콩나물을 기르고 싶었을 것이고, 그것은 콩나물을 기르는 기술이나 배달 솜씨를 봐서나 녀석의 근면성으로 봐서도 매우 옳고 당연한 일이었다.

그러나 동생 창호가 군대에 가고 없는 사이에 그러한 일들이 전격적으로 진행되어졌다고 하는 것은 도덕적으로나 윤리적으로 결코 옳지 못하다는 생각이 들 뿐이었다. 그러니까 한 맺힌 동석이 녀석의 독자적인 분업에는 동조하면서도, 황 씨와의 야합이나 결탁은 오늘 시기적으로 결코 옳지 못하다는 것이 나의 생각이었다.

나는 회사에서 갖고온 일거리를 봉투째 방바닥에 내팽개쳐 둔 채 벽에 기대어 담배를 꺼내 피웠다.

그때 누군가가 방문을 똑똑똑 두드렸다. 방문을 열어보니 하숙집 아주머니가 문 밖에 서서 말했다.

“저녁식사는 어떻게 하셨어요? 안 하셨으면 지금 차려오고요.”

이럴 때 막상 밥을 차려달라고 한번 말해보면 하숙집 아주머니는 어떤 표정을 지을까가 나로서는 몹시 궁금했지만, 나는 아직까지 한번도 하숙집 아주머니의 이같은 인사치레의 말에 밥상 봐달라는 식으로 불손하게 말해본 적이 없었다. 하숙집에서의 저녁은 늘 10시 이전에 들어와야만 얻어먹을 수 있었다. 10시가 넘은 시각에 들어오는 하숙생들은 대부분 밖에서 저녁들을 하고 들어오는 경우가 많아서 10시가 넘어서 들어오는 하숙생들에겐 으레 밥을 차려다주지 않는 것으로 알고 있었고, 하숙생들 역시 10시가 넘어서 들어오면 으레 밥이 없는 것으로 알고들 있었다. 그것은 하숙집에서 하나의 불문율처럼 되어버린 것이다. 그런데 10시가 훨씬 넘은 지금 시각에 어떻게 밥상을 차려다달라고 말할 수 있겠는가. 나는 서둘러 대답했다.

"아닙니다. 저녁은 밖에서 하고 들어왔습니다."

"참 아까 편지가 한 통 왔길래 방에다 넣어드렸는데 보셨지요?"

"네, 봤습니다."

나는 가능한 한 대답을 짧게 끊었다. 하숙집 아주머니도 내가 쓸데없이 남하고 말하는 걸 좋아하지 않는다는 것을 눈치채고는 자리를 비켜주었다.

"그럼 편히 쉬세요."

하숙집 아주머니가 문을 닫고 물러간 후 나는 벽에 기댄 채 계속 줄담배를 피워댔다.

내가 막상 쑥고개로 돌아간다라는 생각을 했을 때 가장 먼저 내 기억에 떠오른 사람은 아버지와 어머니가 아니라 고향을 떠나올 때 정을 끊으려고 애쓰던 미영이의 모습이었다.

가슴이 답답했다.

나는 일어서서 창문을 열어젖히고 방 안을 환기시키면서 밖을 내다보았다. 미영의 생각이 지워지면서 키 큰 나무와 나뭇가지 사이에 열매처럼 매달린 불빛이 보였다.

문예진흥원과 방송통신대학의 울창한 숲이 내다보이고 그 주위로 대학로의 벤치마다 젊은 남녀가 어깨동무를 하고 앉아 있거나, 서로 두 손을 마주 잡고서 밀어를 속삭이고 있는 모습이 눈에 들어왔다.

나는 하늘을 쳐다보았다. 별이 하나도 보이지 않았다. 어둠만이 가득한 저 하늘 가장 깊숙한 곳에 숨어 있을 아름다운 별, 아름다운 향기를 지닌 별, 그 별을 향해 날아가는 나는 한 개 사랑의 상징인 화살이고 싶었다.

망막을 닫듯 커튼을 내렸다.

요와 이불을 폈다. 그리고 이불 속에 들어가 베개를 가슴에 대고 엎드려 회사에서 갖고온 일감을 꺼내놓았다. 일요일인 내일까지는 어떠한 일이 있어도 반드시 끝내야 할 원고의 리라이팅 작업이었다.

그러나 원고는 눈에 한 자도 들어오지 않고, 눈에 들어오는 것은 오직 몽당연필에 연신 침을 묻혀가며 편지를 쓰고 계신 어머니의 모습이었다.

이튿날 아침, 하숙집 아주머니가 깨우는 바람에 겨우 일어나 눈곱도 떼지 않은 채 그냥 아침상을 받고는 다시 이불 속으로 기어들어가 담배를 피워물고 있을 때였다.

하숙집 아주머니가 방문 앞에서 나를 불렀다.

"이 선생님, 손님이 찾아오셨는데요."

내게 찾아올 손님이라고는 2백만 원을 아무 조건 없이 내주신 르포군단의 대표 백진표 씨와 급사 겸 경리 겸 타이피스트인 김지애뿐인데, 그들은 나의 하숙집 위치를 몰랐다. 아니 언젠가 비상연락을 위해 그들에게 하숙집 전화번호를 적어준 적이 있긴 있는데, 손님이 왔다면 어쩌면 그들이 급한 일이 생겨 전화로 하숙집의 위치를 묻고는 직접 찾아왔을는지도 모른다는 생각이 들었다. 아마 그들이 틀림없을 것이라는 생각을 하면서 방문을 연 나는 밖에 서 있는 사람의 얼굴을 보고 그만 깜짝 놀라고 말았다.

그녀는 백란이었다.

그러고보니 어머니의 편지에서 그녀가 내 하숙집 주소를 적어간 적이 있는데, 그것이 '마음 께림칙하다'고 한 어머니의 글월이 떠올랐다.

하숙집 아주머니는 멍청히 서 있는 우리 두 사람의 모습을 번갈아 쳐다보더니 무슨 생각이 들었던지 슬그머니 자리를 피해주었다.

백란의 손에는 예쁜 장미꽃다발이 쥐어져 있었다.

"편지를 할까 하다가 마침 일요일에 서울 올라오는 일이 있어서 겸사겸사 왔어요."

그녀는 그렇게 입을 열었지만 나는 죄인처럼 고개를 푹 떨구었다. 도저히 그녀의 얼굴을 맞바로 쳐다볼 수가 없었기 때문이었다.

"손님이 왔는데 이렇게 밖에만 세워두실 참인가요?"

나는 그때서야 퍼뜩 정신이 들었다.

"아, 방이 누추해서…. 일단 들어오십시오."

그녀는 방으로 들어서더니 요와 이불을 개어서 한 곁에 쌓아두고 방을 쓸고 걸레질도 하고 하숙집 아주머니와 속닥거리더니 어디서 구해왔는지 화병도 하나 구해오는 등 야단법석을 피워댔다.

백란이 화병에 새빨간 장미꽃을 모두 꽂아놓았을 때, 쟁반에 커피 두 잔을 받쳐갖고 들어오던 하숙집 아주머니가 그걸 보고 한마디했다.

"이 선생님 방이 갑자기 신혼부부의 방 같네요."

백란은 하숙집 아주머니가 들고온 쟁반을 받으며 장미꽃처럼 빨갛게 얼굴을 붉혔다.

백란은 의상에서부터 읽고 생각하고 사고하는 것까지가 중학교 영어 교사답게 정말 세련된 여자였다. 그런데 왠지 내겐 그 세련이 생리적으로 맞지 않는 것만 같았다.

하숙집 아주머니가 돌아가는 걸 보고나서 내가 말했다.

"그동안 방을 돼지우리처럼 지저분하게만 써왔는데 오늘은 아주 깨끗하게 치워놨군요. 그동안 나는 내 방 청소를 일부러 못하게 했습니다. 왜냐하면 자칫 회사의 중요한 메모나 원고지 한 장이라도 잘못 치워버릴까봐서요. 그런데 어떻게 오셨습니까?"

백란은 내가 방이 돼지우리처럼 지저분하다는 등 오늘은 너무 깨끗하게 치웠다는 등 하는 말을 할 때까지만 해도 내 말을 비꼬는 말로는 받아들이고 있진 않았던 것 같다. 그러나 내가 일부러 방 청소를 시키지 않고 있고, 그 이유가 회사의 메모지 한 장이라도 잘못 치워버릴까 봐서라고 말하자 백란은 갑자기 안색이 달라지기 시작했다. 그리고 자신이 쓸고 닦아낼 때 묻어나간 휴지들을 머릿속으로 점검해보는 것 같았다. 그러나 백란을 결정적으로 당혹스럽게 한 말은 어떻게 왔느냐는 질문이었다. 그녀는 처음 하숙집에 오자마자 겸사겸사 왔다고 분명히 말했음에도 불구하고 나로부터 그 같은 질문을 다시 듣자 몹시 자존심이 상한 모양이었다.

"우리 이것만 마시고 잠깐 밖으로 나가요."

나는 잠깐이라는 그녀의 말 때문에 그냥 커피만 마시고 일어섰지만, 밖으로 나와서는 일이 전혀 엉뚱한 방향으로 진행되어 가고 있음을 깨달았다.

대학로에서 이화동 로타리를 지나자 '타임 리 레인'이라고 하는 조그만 카페가 나타났다. 우리는 그 카페로 들어갔다.

자리에 앉자마자 그녀는 내 눈을 똑바로 쳐다보면서 물었다.

"왜 나를 피하시는지 그 정확한 이유를 알고 싶어요."

그녀의 기습적인 질문에 나는 몹시 당황해하면서 담배를 입에 물었다.

그때 종업원이 엽차를 갖다놓으며 우리에게 차 주문을 하라고 했다.

그녀는 다시 커피를 주문했고, 나는 주스를 주문했다. 남자와 여자와의 차 주문이 서로 바뀐 것 같아서인지 종업원은 주방 쪽으로 걸어가며 고개를 갸우뚱거렸다.

나는 성냥불을 켜서 입에 문 담배에 불을 붙이고 연기를 폐부 깊숙이 빨아들였다가 내뱉었다.

"말해보세요?"

백란이 재촉했다.

민우에게도 새벽에 찾아갔었고, 집의 어머니에게도 편지를 했었으면서 왜 자기에겐 전화 연락조차 한번 없었느냐는 말은 생략되어진 채였다.

나는 대답했다.

"아마 백란 씨에 대한 내 죄의식 때문이었을 겁니다."

"죄의식, 그건 무슨 뜻이죠?"

나는 미영이와 지난 두 달간 동거했었다는 말을 백란에게 탁 털어놓고 고백해버리고 싶은 충동을 가까스로 참아냈다.

"…."

"첼란이란 시인을 혹 아세요?"

참으로 엉뚱한 질문이었다. 왜 이 자리에서 갑자기 첼란이란 보도 듣도 못한 개뼈다귀 같은 친구의 이름이 튀어나오는지 나는 그 이유를 알지 못했다.

"그 시인의 시 중에서 「강에서」라는 시를 한번 들어보실래요."

백란은 첼란인지 첼로인지 하는 시인의 시를 차분하게 낭송하고 있었다.

강에서

미래의 북녘 강에서

나는 그물을 내던진다.
네가 머뭇거리며
돌로 쓴
그림자를 담은 그물을

"어때요?"

라고 그녀가 물었지만 나는 느닷없이 그 첼란인지 첼로인지 하는 사람의 시를 외워댄 그녀의 심경을 이해할 수가 없었다.

그물이 두어 번 나온 것으로 보면 무슨 고기잡이의 은유 같기도 했으나, 나와 너의 관계나 미래의 북녘 강은 마치 예수가 베드로에게 그물치기를 지시한 먼 바다와도 같아서 영 떨떠름했다. 특히 돌로 쓴 그림자는 무슨 심오한 의미를 내포하고 있는 암호 같아서 더욱 그렇다. 나는 대꾸했다.

"모르겠군요."

"그래요?"

그녀는 날라져온 커피잔을 들어 한 모금 마시고 그렇게 반문했다. 나는 첼란이 누군지 궁금했다.

"첼란이란 사람이 도대체 누굽니까?"

"어떻게 얘기해야 될까요. 내 전공과는 먼 독일 사람이고, 본명은 안첼Ancel이고, 여류 그래픽디자이너와 결혼했고, 세느 강에서 투신자살한 시인이라는 것밖에는 나도 잘 몰라요."

나는 백란으로부터 첼란이 세느 강에서 투신자살했다는 말을 듣고 난 후에야 「강에서」라는 그의 시도 조금 이해가 가는 듯싶었다.

"집 소식 들었어요?"

"네."

"앞으로 어떻게 하실 작정이세요? 민우 씨 얘길 들으면 아무래도 근호 씨가 콩나물공장 일을 맡아서 하게 될 것 같다고 하던데…."

"글쎄요, 그런데 그게…."

그녀는 잠시 망설이는 듯하더니 용기를 내어 말했다.

"나, 어제 날짜로 학교에 사표냈어요."

그 말을 듣는 순간 나는 마음 한쪽 구석이 쿵 소릴 내며 무너져 내리는 것 같았다. 그만큼 그녀의 사표는 내게 충격적이었다. 그제서야 나는 그녀가 지금까지 취해왔던 모든 행동들에 대해서도 이해가 갔다. 왜 자기 전공도 아닌 첼란의 시를 암송했는지, 그리고 왜 어머니를 찾아갔으며, 왜 장미꽃을 사들고 서울의 하숙집으로 찾아왔는지, 그 모든 것이 다 이해가 갔다.

"부모님과 언니가 함께 충분히 의논한 결정이니까 아마 번복되지는 않을 거예요."

나는 입을 굳게 다물었다.

갑자기 하숙집에 두고온 일거리와 고향에 두고온 콩나물공장의 일거리가 동시에 떠올랐다.

그리고 놀라울 정도의 센스와 뛰어난 감각과 조직력과 분석력을 고루 갖추고 있는 르포군단의 대표 백진표 씨와, 늘 그 지겨운 펌프질만 고집하시는 아버지의 우직한 모습도 함께 떠올랐다. 내 의식 속에서 그 두 사람의 어울리지 않는 동거는, 어떤 것이 세상을 쉽게 사는 것이고, 어떤 것이 세상을 어렵게 사는 것인지 그리고 어떤 일이 더 보람되고 생산적인 일이며, 어떤 일이 의미없고 비생산적인 일인지를 나는 판단하지 못했다.

백진표 씨가 과학적인 듯싶지만 아직 FAX 한 대 갖춰놓지 못한 것처럼, 아버지도 모터 한 대 갖춰놓지 못한 것은 마찬가지라고 보여졌다. 그녀와 헤어지고 나서 나는 하숙집으로 돌아와 이삿짐을 꾸렸다가는 다시 풀고, 풀었다가는 다시 꾸리면서 괴로워했다.

그날 밤 귓속에서는 물줄기를 시원스럽게 뿜어올리는 모터 돌아가는 소리와 FAX 들어오는 소리와, 삐그덕거리며 눌러대야만 하는 고통스러운 펌프질 소리의 환청이 밤새도록 나를 떠나지 않았다.

소설 속 그 사람

박석수

이 작품은 내게 참으로 잊지 못할 여러 가지 얘깃거리를 지닌 소설이다.

미완의 이 장편소설 배경은 『철조망 속 휘파람』에 나왔던 기지촌 쑥고개의 그 후의 모습이다.

이 소설에 나오는 대부분의 인물들은 거의 대부분이 실존인물이거나 내용도 사실에 가깝다.

미군부대 주변에서 화실을 경영하던 김소영은 김옥기金玉基 누님을 모델로 한 것이고, 월북한 그녀의 아버지나 내 막내 삼촌을 한데 접목시켜 빨갱이 가계를 만들었다.

마약밀매에 손을 댄 깡패로 그려진 털보는 내 친구 털보의 이미지를 그대로 그려본 것이다. 그리고 미국이라는 거대한 나라로 분재기술 하나만 가지고 쳐들어간 황선구라는 소설 속 인물도 내 친구 상룡이에 다름아니다. 이러한 사실들을 소설적으로 재구성한 것이 바로 '차표 한 장'이었다.

1987년까지만 해도 이북 얘기는 거의 금기시되었기 때문에 나는 소설의 끝을, 이남에서 삶에 지칠 대로 지친 김소영이 얼굴도 한번 본 적이 없는 아버지를 찾아 평양행 차표 한 장을 사는 것으로 처리할 예정이었다.

그러나 그것은 어차피 상징적으로 처리할 수밖에는 별 도리가 없을 것 같았다. 전 3부 중 제1부를 겨우 끝냈을 무렵 나는 뇌종양으로 쓰러졌고, 그래서 나의 대표작이 될는지도 모를 '차표 한 장'은 중단되었다.

당시 연재를 했던 『마드모아젤』에 연재가 3회를 넘기면서부터 몇 군데 출판사에서 조심스럽게 출판 제의가 들어왔으나 이미 그 작품은 행림에서 출판하기로 계약서를 작성하고 난 후였다.

어쨌거나 내가 '차표 한 장'의 2부와 3부를 남겨놓고 쓰러지자 그 1부만 가지고는 책을 내기가 좀 뭣했는지 3백매만 더 써주면 특별원고료를 주겠다고 해서 알겠다고 대답한 후 3백매를 더 쓰려하자 왠지 모든 게 시들해졌다. 왜냐하면 한 2년 사이에 문인, 국회의원, 대학생, 신부 등이 줄이어 이북에 다녀오게 됨으로써 내가 처음 생각했던 소설적 의도가 많이 반감되었기 때문이기도 했지만, 무엇보다도 다시 그 소설을 이어서 쓸 의욕도, 건강도 많이 잃고 말았기 때문이었다.

나는 2년 전을 떠올렸다. 내가 당진에서 요양을 하고 있을 때, 몇 번씩이나 걸음하신 천승세 선생님의 부탁대로 나는 1년 8개월 만에 아내의 반대를 무릅쓰고 다시 상경해 '한겨레'에서 일했다. 그리고 틈틈이 옥기 누님을 찾았다.

어느 출판사나 첫 번째 내는 시집이 그 출판사의 성격을 결정 지어준다고 나는 평소 굳게 믿어왔다. 창비의 첫 시집이 신경림 선생의 『농무』였고, 문지의 첫 시집이 황동규 선생의 『나는 바퀴를 보면 굴리고 싶어진다』가 그 좋은 예이다.

나는 그녀의 시집으로부터 '한겨레 시집'을 출판시키고 싶었다. 그러나 누구도 그녀의 소식을 알고 있는 사람은 없었다.

내 아파트 옆방을 빌려 한 몇 년쯤 살다가 내가 이사하면서 그녀가 마지막으로 떠난 곳은 의정부였다. 그녀는 거기서도 방을 한 칸 빌려 살고 있었다. 그때 이웃에 함께 살던 구멍가게집 주인 송인식 씨(그는 '시와 시론' 동인이기도 했다)도 모르고, 유신시절 기관에 쫓겨다니며 가끔 누님의 화실을 거점으로 시를 일본으로 송출하던 어떤 시인도, 그리고 '시와 시론'의 대장인 김대규 형조차도 그녀의 소식을 깜깜 모르고 있다는 사실이 나는 까닭 모르게 분하고 원통했다.

그 무렵 미혼여성지 『마드모아젤』에서 연재 제의가 들어왔고, 나는 그녀를 주인공으로 해서 소설을 한번 써볼 결심을 굳혔다. 그러나 그녀를 주인공으로 한 '차표 한 장'은 아직 내 미완의 장편으로 남아 있고, 나는 죽기 전에 그녀가 아직 평양행 차표를 끊지 않았음을 지난해 확인했다.

그녀는 내가 상경해서 찾아헤매던 2년 동안 어딘가에 숨어 있다가, 이제 내 앞에 모습을 드러낸 것이다. 고희원 형 아들 돐 때갔다가 전혀 의외의 인물에게 옥기 누님의 소식을 들은 것이다.

50세도 훨씬 넘은 나이에 아직 처녀로 있으면서, 문단에 데뷔도 하지 않은 채 그녀는 외롭게 숨어 투쟁하듯 시 쓰고 그림만 그렸다. 그것이 내가 사랑하는 소설 속 주인공 김옥기 누님이 반쪽짜리 땅에서 살아온 생생한 삶의 모습이었다.

박석수朴石秀

1949년~1996년
시인 소설가. 경기 평택군 송탄면 지산리 출생. 중앙대 신방대학원 출판잡지학과 졸업. 1971년 대한일보 신춘문예에 시 「술래의 노래」 당선. 1980년 『월간문학』 신인상에 소설 「신라의 달밤」이 당선. 『소설문학』, 『직장인』, 『여원』 편집부장 역임. 〈시와 시론〉 동인.

박석수 전집 ❸ 소설
차표 한 장

지은이_ 박석수
기 획_ 박석수기념사업회
펴낸이_ 조현석
펴낸곳_ 북인
디자인_ 푸른영토

1판 1쇄_ 2022년 12월 03일

출판등록번호_ 313 - 2004 - 000111
주소_ 서울 마포구 동교로19길 21, 501호
전화_ 02-323-7767
팩스_ 02-323-7845

ISBN 979 - 11 - 6512 - 067 - 2 03810

이 책은 평택시 문학분야 공모사업 보조금 지원을 받아 출간하였습니다.

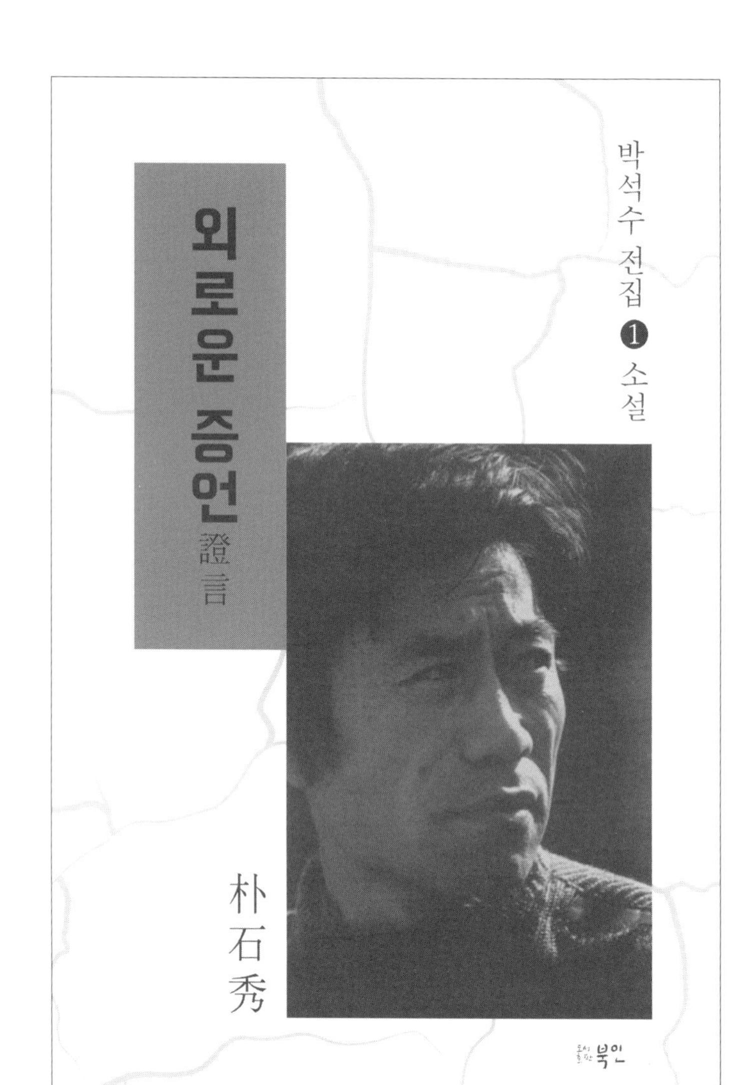
박석수 전집 1 소설
외로운 증언
證言
朴石秀
북인

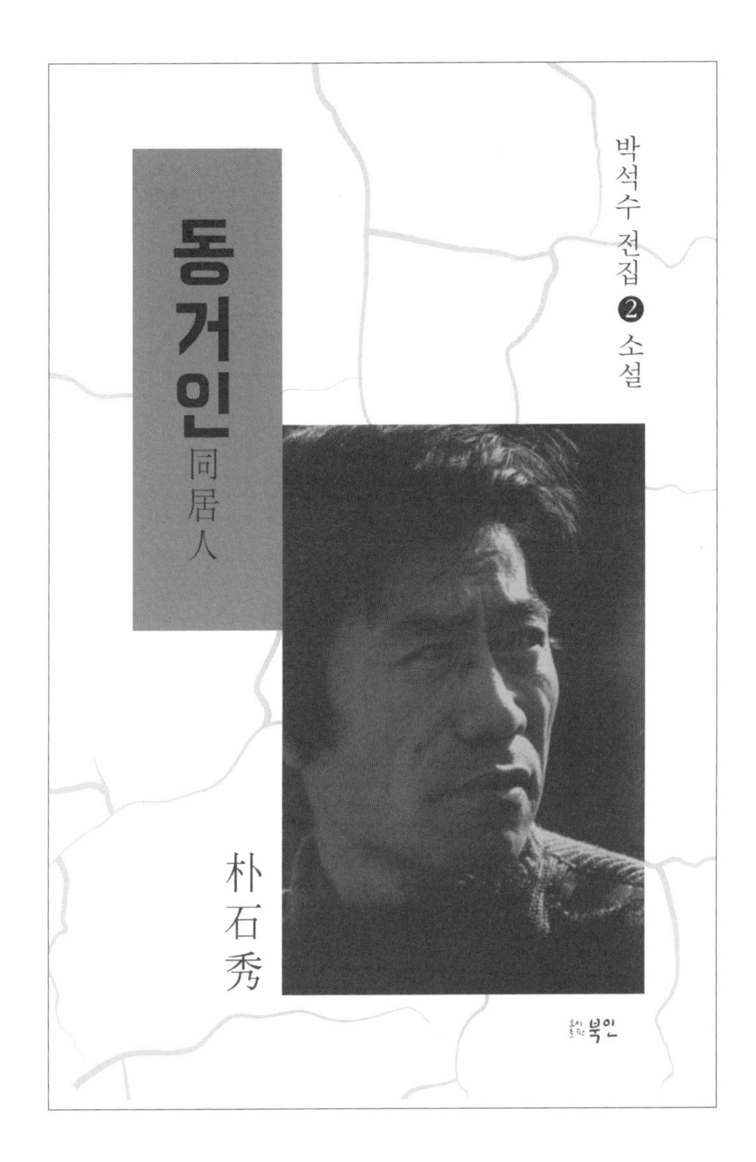
박석수 전집 ② 소설
동거인
同居人
朴石秀
북인